U0070268

炊出好運道 1

商季之 著

風文創 1252

目錄

序文

商季之

從最開始寫文的時候，我就堅定的認為應該寫一篇美食文。

年少時那些描述吃食的課文，是年幼枯燥學習生涯中的一道光亮，讓我留下極其深刻的印象。因而在寫到吃食的時候，就一定會有一戳就冒油的鹹鴨蛋、蓴菜羹和糖葫蘆，這好像是對年少時自己的一種回應和嘉獎，也是對那段天真無邪歲月的懷念。

而一本小說必然不可能僅僅只描述美食，於是便借著女主的小食肆，展開了一系列的故事。除去對美食的執念，我對親情相關的題材，也有很大的興趣。

相連的血脈會在面對許多問題時，表現出更高程度的妥協和包容。那如果……當一對沒有血緣關係的「父女」組合在一起的時候，會發生什麼樣的事呢？他們之間又要如何表達關心和愛呢？於是便有了這個故事的開頭。女主重新作出了選擇，徹底改變了一切。

我一直希望能用文字表達出關於愛與勇敢的力量，希望所有苦難都有存在的意義，也希望所有的辛勞都能有所回報。

感謝出版社能給我這次出版的機會；感謝編輯；感謝在這個故事構思和創作過程中提供幫助的朋友們；感謝所有曾經讀過、現在正要讀和未來可能會讀這個故事的讀者們。寫下的故事能被人閱讀，實乃人生一大幸事。

第一章

刀刃抵在後頸上的時候，鍾菱才切實感覺到來自死亡的恐懼。

她被捆縛雙手，跪在刑場中央。刑場的周圍圍了一圈看熱鬧的百姓，其中有不少書生模樣的青年，憤憤不平的大聲講述鍾菱的罪行。

「就這個小姑娘？殺了狀元郎的妻子？」提著菜的大嬸瞪大眼睛，拽著身邊的年輕書生追問道。

「不僅是妻子呢，連狀元的弟弟她也沒放過。」

年輕書生還沒說話，一旁的同窗已經憤憤不平的開口了。「我和狀元是同鄉，他們一家雖然清貧，但是夫妻舉案齊眉，善待幼弟。狀元郎好不容易熬出頭，卻碰到這樁事，您說她該不該死。」

「哎呀呀，難怪當時遊街的時候，看狀元郎一點都不高興的樣子，原來是碰上了這檔子事，真該死啊。」

「是啊，真的該死。」

周圍的百姓此起彼伏的響應了起來。

先前提問的大嬸在憤憤不平的大罵一通後，仍不解氣，她從菜籃子裡摸出一個雞蛋，伸長手臂，朝著在刑臺上跪著的鍾菱砸去。

雞蛋碎在鍾菱的膝邊，蛋液飛濺在她素白的裙子上。

鍾菱似是被砸回了神，她迷茫的抬起頭，可等待著她的卻是更多朝她飛來的爛菜碎葉。

她被迫低下頭，緊緊的閉上眼睛，企圖麻痺自己的感覺，讓滿身菜葉的自己顯得不那麼狼狽，讓千夫所指的畫面看起來不那麼的屈辱羞恥。

悔意翻湧，曾經的一幕一幕無比清晰的在腦海中重演。

她本是二十一世紀一個再普通不過的女大學生，一朝穿越，成了這不知名朝代京城富商唐家的養女。

在被唐家撿到收養前，這具稚嫩的身體似乎經歷了常人難以想像的苦難，全然沒有以前的記憶。她身上只有一塊印章，刻著一個「菱」字，於是便隨了養父的姓氏，改叫了唐菱。

鍾菱本以為，她會以「唐菱」的名字，就這樣在唐家平安長大，安穩生活下去；可誰知在及笄前夕，竟遇上了衣衫襤褸的親爹上門認親。親爹邋遢落魄不說，還只有一條手臂，沈默不語的冷漠樣子看起來非常可疑，一點都沒有見到女兒的激動和快樂。

因此她選擇繼續留在唐家。

可誰知，這第一步棋她就走錯了。唐家看似富貴，實際上卻是個狼窩。

她拒絕認親不過多久，唐老爺子病重，掌事的唐家嫡女從小便厭惡鍾菱，為了羞辱她，逼她隨那殘廢親爹把姓氏改回了「鍾」，還強行把鍾菱嫁給陳王。陳王風流成性，貪好酒色，年紀都足夠給鍾菱當爹了。嫁進王府後，鍾菱沒有過上一天好日子。

她如今會獨自一人跪在這刑場上，也是拜陳王所賜。

陳王迫害進京參加春闈的書生，害得書生的髮妻、幼弟慘死。鍾菱這個陳王妃就這樣被推到眾人面前，成了殺害狀元親人的罪人。

她就是一個揹鍋的！

一片枯黃的菜葉擦過她的臉頰，殘留在葉片上的水漬驚得鍾菱一個激靈。她抬起目光，擁擠的人群還在對她指指點點。

在死亡面前，從未有過的怨恨升騰了起來。不甘和屈辱的情緒交雜，在這一瞬間達到了巔峰。

就在這時，耳邊傳來行刑的指令。

沒等鍾菱反應過來，劊子手手起刀落，果斷又迅速的結束了她悲慘荒誕的一生。

出乎鍾菱意料的是，在一陣劇烈得讓她眼前發白的疼痛之後，迎接她的不是一片黑暗。她的意識像是被抽離出來，輕飄飄的飄在屍首的周圍，清晰的看著眼前的一切。

她看見在一片叫好聲中，自己的屍體被拖了下去。

行刑之後，犯人的屍首由家屬交錢領走再進行安葬，若是沒有家人來領，那便由官府處理。

鍾菱聽見衙役在討論，眼下天氣漸熱，她的屍體要是放到明日還沒有人來領，就會被丟到亂葬崗。

鍾菱長嘆了一口氣。

她沒有指望過陳王府能有人來替她收屍，而唐家的態度，儼然已經和她這個養女撇清關係了，他們是不會來替自己收殮屍體的。

難道真要落得個葬身亂葬崗的下場嗎？

她雖有意識殘存，卻只是一縷飄搖的魂魄，什麼都做不了，只能遊蕩在自己的屍體旁，等待這一縷意識消散。

不知過了多久，在鍾菱萬念俱灰之時，噠噠的馬蹄聲自遠方傳來，一個身材高大，衣著邋遢的中年男子踏著西沈的日光，縱馬闖進這間停放屍體的小院子。

鍾菱滿臉錯愕的看著來人。

逆著光，他的一只袖管空空盪盪的，衣袖隨風飄飛。

他扔下一袋子錢，沈默的替鍾菱收殮屍骨，騎著馬帶著鍾菱的屍體和她最後一縷意識，朝著京城外飛奔而去。

鍾菱愣愣的看著這個斷了一臂的男人，他一臉頹廢的坐在新立的墳前，眼淚像是流不盡似的，淌過他黝黑臉頰上曲折的皺紋。

他的鬢角爬上了幾分斑白，顯出幾分蕭瑟和虛弱之意。嗚咽聲漸漸散開，肆無忌憚的在荒郊叢林中迴盪，驚得叢林裡的鳥獸振翅低鳴。

鍾菱作夢也沒想到，最後來給她收殮屍體的，是這個被她拒絕了的「父親」。

她小心翼翼的伸出手，想要觸碰獨臂男子顫抖的肩膀，但是無濟於事，她根本觸摸不到他。

他們已經陰陽兩隔了。

眼淚從鍾菱的臉頰滑落，她緩緩的閉上了眼睛，徹底失去了意識。

「二姑娘，二姑娘？」

空洞的腦海中突然傳來一聲呼喊，鍾菱驚得一聲冷汗，猛地睜開眼睛。

入目是金碧輝煌的廳堂，面前的梨花木椅上端坐著的是一個衣著華麗的中年男子，他的目光略帶著關切，正朝著鍾菱望過來。

一旁的雕花小几上，錯金雲紋博山爐升騰起裊裊輕煙，那香味是刻在記憶深處的熟悉味道。

鍾菱驚魂未定的瞪大了眼睛。

眼前這個男人是唐家老爺子，她的養父。

唐老爺子待鍾菱不錯，可他在鍾菱出嫁前就因病去世了。

此時，本該已經死了的唐老爺子關切的問：「怎麼了菱菱，臉色怎麼這麼差？」

還沒等鍾菱消化眼前的場景，一旁端坐的唐家大小姐唐之玉已經頗為不屑的輕笑出聲，搶先開口道：「親爹突然找上門，到手的鋪子就要飛了，她緩不過神也很正常吧。」

鍾菱沒想到這輩子還能看見唐之玉，沒等仇恨升起來，在陳王府這幾年趨利避害的本能卻先讓她察覺到不對勁。

唐之玉這張臉實在是太年輕了，比起鍾菱印象裡那濃妝豔抹的臉，此時的五官可以稱得上是稚嫩。

而且她剛剛說的，鋪子和突然找上門來的親爹……

鍾菱一愣，這不就是她走錯的那第一步棋嗎？

唐家祖輩經商出身，立下規矩，每個唐家的孩子都可以在及笄或及冠那年繼承家中的一間鋪子，學習經營，以作為日後傍身的資本。

雖是養女，鍾菱卻也沒被落下。當年就是在鍾菱要繼承首飾鋪子的時候，唐之玉拿著她貼身的印章，領著一個邋遢的男人，說是找到了她的生父。

這一段記憶已然久遠，卻讓她格外印象深刻，此時正緩緩的和眼前的場景重疊。

鍾菱的腦海裡電閃雷鳴，表面上卻還是呆愣的模樣。

唐之玉似乎很樂意見到她吃癟，她得意的揚起嘴角，言語之間掩飾不住的嘲弄。「既然妳親爹鍾大柱已經來了，那繼承鋪子的事情是不是可以再議了呀？妳說對吧，菱菱。」

見鍾菱沒有反應，唐之玉一挑眉毛，說得更加起勁了。「哎呀，我們二小姐這穿金戴銀習慣了，要跟著落魄親爹去鄉下住，還不知道要怎麼遭罪呢。」

「之玉！」唐老爺子輕呵一聲，微微擰起眉頭。「人還在這裡，妳說的是什麼話！」

他們之間的爭吵，鍾菱都聽不見了。

或許上天終究還是垂憐她，竟讓她回到了做出最初選擇的時候。前世的她做錯了這個選擇題，導致往後的生活淒慘無比。這一次，她不可能再選擇唐家了，這根本就是一條死路，她再怎麼努力，也鬥不過當朝權貴的。

鍾菱緩緩的轉過身，當看到右下方椅子上坐著的高大男人時，她忍不住就紅了眼眶。

男人的衣衫有幾分破舊，打著針腳粗劣的補丁，胸前的位置清晰可見幾團污漬。他面頰消瘦卻又有幾分浮腫，五官是耙犁鑿出的硬朗，尤其是眉間的溝壑，深邃得如同刻在肌膚之上，蒙上了一層灰黃的沙土。

他的亂髮和鬍渣也沒有好好打理，亂糟糟的胡亂生長，在這富麗堂皇的唐府裡顯得格格不入。

他的左袖管空盪盪的，垂蕩在身側。高大又頹然，與鍾菱記憶裡最後的畫面逐漸重疊。

鍾大柱對唐之玉話語中的嘲諷面色不改，只是在見鍾菱看了過來，才抬起頭來，兩人的目光短暫的相接。那昏黃的、充斥著麻木的眼眸之中，蕩漾出一絲漣漪。

耳邊似乎響起了穿過樹林的呼嘯風聲和男人低聲啜泣的聲音，鍾菱的心尖猛地一疼。

當時她太過年少天真，覺得唐家的光鮮總是要強過鍾大柱的落魄。

她曾經以為唐家是一個更好的起點，有更多的資源和更好的機會，卻不知，享受那些財富和資源，都是要付出代價的。

唐家的光鮮之下，是破敗和腐朽；而鍾大柱表面的落魄之下，又會是什麼呢……

「菱菱？」

回憶裡的畫面隨著唐老爺子的一聲呼喚逐漸破裂粉碎，過往的一切輕輕撫過鍾菱單薄的肩膀，湮滅在她的身後。

鍾菱緩緩抬起頭，無視面帶關心的唐家老爺和倚著椅子看戲的唐家小姐，直直的看向坐在下首的鍾大柱。

雖然不知道這條路的結局是什麼，但這是她最後的機會和希望了……

雖然鍾大柱的冷漠反應，和前世一模一樣，渾身上下充斥著悲傷，一點都不像是來認親的；但是記憶裡最後的那個畫面，讓鍾菱願意放下一切疑惑去相信他。

更何況，是她對不起鍾大柱。

她顫抖著沒有血色的嘴唇，艱難的對著鍾大柱喊出了上輩子從未說出口的稱呼。

「爹。」

啪嚓！

茶盞跌落到地上，碎裂出一聲脆響。唐老爺子瞪著眼睛看向鍾菱，指著她呵斥道：「妳在說什麼胡話！」

「我沒有。」鍾菱認真的搖了搖頭，朝著鍾大柱的方向挪了挪腳步。

「妳不是不記得以前的事情了？」

鍾菱被唐家撿到的時候，當時發著高燒，燒退後，她就記不得以前發生的事情了。

可是……除了父母，又有誰會這樣義無反顧的不顧旁人，替一個犯了死罪的人收屍呢？

鍾菱曾經毫不猶豫的拒絕了鍾大柱的認親，而這一次，她迅速的做出了決定，她站在鍾大柱面前，堅定拒絕了唐家人。

「大小姐不是已經拿著我的信物去證實過了嗎？他就是我爹，我能確定。」

眾人都有些錯愕，而鍾菱因為背對著鍾大柱，所以她沒有看到。她話音剛落，鍾大柱眼中的情緒便盡數收斂，他幾乎是本能的就皺起眉，眉眼間閃過一絲警惕和懷疑。

唐老爺子聞言怒瞪了一眼唐之玉。

唐之玉也是徹底傻眼，她只是拿著鍾菱的印章，在京郊詢問了一圈，這個叫做鍾大柱的獨臂男人便自己尋了過來。

鍾大柱能清楚說出鍾菱被唐家撿到時的年紀和大致地點，也知道那印章的用料、上頭有什麼紋樣。唐之玉便沒有多想，直接將鍾大柱帶回了唐家。

她並不是真的想幫鍾菱尋親，她將落魄狼狽的鍾大柱帶過來，也並沒有把鍾菱逼走的意思，只是單純的為了羞辱她。

在鍾菱的一再堅持之下，唐老爺子不得不鬆口，放她離開。

雖然被氣得臉色發黑，但唐老爺子還是安排了馬車，又派人陪著鍾菱收拾了一些行李，甚至還給了她一筆不小的錢，讓一直旁觀的唐之玉氣得面目猙獰，卻無法開口說什麼。

但是鍾菱拒絕了，她只帶走平日裡用的被褥，收拾了幾件簡單樸素的衣裳，確保自己回到鄉下，不至於落得個無衣可穿的地步。

唐家的主子們和下人一路送著鍾菱到門口。

已經卸下渾身飾品的鍾菱，一身素淨的站在門口，和唐老爺子客客氣氣的道別，言辭之間回拒了所有的好意，禮貌卻疏遠，儼然是一副再也不回來的樣子。

鍾大柱就站在馬車旁，看著鍾菱和唐家人道別。雖然褪去了一身明豔的衣裳和繁雜的飾品，再樸素的衣著也難掩鍾菱這些年被嬌養出來的矜貴。

眼看著鍾菱朝馬車走了過來，她眨著眼睛，似乎想張嘴喊人，可鍾大柱卻抗拒似的別開目光，僵硬的扯了扯嘴角。他沒有給鍾菱開口的機會，而是轉身掀開簾子，率先上了馬車。

鍾菱愣了一瞬，但很快就收斂好情緒，抱著包裹跟了上去。

當馬車緩緩行駛，逐漸遠離唐家後，鍾菱一直吊著的心終於是安穩的落了下來。

鍾菱是故意拖著唐家眾人在門口告別的，為的就是要讓左鄰右舍們知道唐家養女出身鄉野，如今要跟著親爹回到鄉下了。

鍾菱不在乎自己身分如何，只是日後陳王想要與唐家聯姻，就怎麼都算計不到她頭上了。畢竟陳王自恃身分尊貴，不可能會娶一個農人的女兒的。這麼一來，推著她走上刑場的大部分威脅，暫時是消除了。

鍾菱抱著自己的小包裹長舒了一口氣，在她放鬆的一瞬間，她感覺到有一道目光落在她身上。

沈重的、疏離的目光。

鍾菱心裡咯噔一下，鍾大柱是不是察覺到什麼不對勁？

可她來不及細想，慌亂抬頭之時，那道落在她身上的目光又瞬間消散了，就好像剛剛的一切都是鍾菱的錯覺一樣，眼前的男人還是如之前那般，沈默、頹廢。

鍾菱張了張嘴，想要喊一聲「爹」，來緩和一下氣氛，可她看著鍾大柱平靜的目光時，卻發現自己根本開不了口。

先前在唐家大廳喊的那一聲，是她尚沈溺在回憶中無法抽身，情緒激動之下喊出來的。此時冷靜下來，她突然發現，縱使懷著一腔熱血要報答鍾大柱，可他們之間的聯繫，畢竟是太少太少了。

她喊不出來。

氣氛陡然間尷尬起來。

鍾大柱似是看透了鍾菱的窘迫，他平淡又冷靜的開口問道：「妳記不得以前的事情？」

鍾菱本能的點了點頭。

「還沒想起來吧。」

這話說得輕描淡寫，卻讓鍾菱猛地出了一身冷汗。

「喊不出來的話，不用勉強。」

鍾菱頂著一腦門的冷汗，詫異的眨了眨眼睛。鍾大柱似乎一點都不在意她怎麼喊他，先前在馬車外時也是，他似乎早就知道鍾菱喊不出這一聲「爹」。

這讓鍾菱突然愧疚了起來，她抱著自己的小包裹，小聲的道歉。「抱歉。」

「妳無須道歉，是我對不起妳。」

哪怕說這話時，鍾大柱的語氣依舊是淡淡的，雖是說著「對不起」，但他的語氣平靜得像是在陳述與他毫不相關的事情。

鍾菱不敢再搭話。畢竟哪怕是父女，他們也已經多年沒見，彼此都需要一些緩衝時間。

第二章

鍾大柱居住的小村莊離京城很近，馬車行駛不到半個時辰就到了。

「小姐小心。」侍女熟練的掀開簾子，要攙著鍾菱下馬車。

在侍女伸出素白的手要扶鍾菱的時候，鍾菱明顯感覺到來自她身後的，鍾大柱的目光。

她思索了兩秒，避開侍女的手。「我已經不是妳家小姐了，不必再這樣伺候我了。」

說罷便提起裙襬，動作有些僵硬的跳下馬車。

眼前的矮屋簡單得可以稱得上破落，透過半敞著的門，隱約可以看見裡面只有破舊的一張方桌。左側是廚房，窗戶大開著，是一覽無餘的空盪盪。

另一邊應當是鍾大柱的臥室和一間柴房，柴房外的雜草長得快有鍾菱半個人高了，門口堆著一堆柴，想來是臨時收拾出來的。

除去這三間房子，正對著廚房有一個只有三面牆，似乎放了些工具的小空間，還有一個棚子，和院子裡的一個水井，除此之外，再無其他東西了。

這屋子雖說是有窗、有門、有四面牆，可望著那單薄的稻草頂，鍾菱毫不懷疑，若是下起雨來，一定是要用盆子在下面接著才行的。

這是真的窮啊……

「這……小姐能住在這裡？」

「這可比我家還要破落啊。」

唐府跟過來的人竊竊交談著，鍾菱權當沒有聽見，她已經推開門走了進去，徑直朝著廚房走去。

灶臺上積著灰，調料隨意打開放著，周圍還飛濺著一些深褐色液體，幾顆大蒜乾癟癟的，卻依舊艱難的冒了個芽，顯得蕭條又狼狽。

不過好在這個廚房看起來還算完整，不用自己劈柴搭灶，倒算是一個好消息。

鍾菱在來到這個時代前，和外婆一起住在鄉下，練就一手好廚藝，而前世她堅持要留在唐家，就是想要有一間自己的鋪子。鍾菱知道唐之玉尤其不喜歡她，所以不管是做什麼生意都好，只要這間鋪子能賺些錢，再加上鍾菱的手藝，就能開一間小食肆。哪怕她隻身一人，也能夠不用再依仗唐家生活了。

只是，前世的時候，鋪子剛到手沒多久，鍾菱便被迫嫁人了。

曾經被扼殺的夢想再次萌芽，如今可以重新扎根生長了。她放棄了一間首飾鋪子，但可以靠自己勤勞的雙手賺出屬於自己小食肆！

「小姐，您的被褥放哪裡？」一侍女抱著被子找到站在廚房發呆的鍾菱。

被喚回神的鍾菱轉身找到了站在院子裡的鍾大柱。「那個……我住在哪裡啊？」

鍾大柱抬手指了指那一側的房間。「我去收拾。」

「那是您的房間吧。」鍾菱擺手拒絕了，她指了指柴房，語氣堅定。「我住那裡就好。」

在鍾菱一再堅持下，侍女百般不願的將被褥放到稻草上，止不住的咕噥著，最後還是鍾菱趕走了企圖要替她打掃一遍院子的侍女，送走了馬車。

這下就可以徹底的和唐家說再見了。鍾菱感慨的笑了笑，朝著自己的新房間走去。

縱使貧苦得連張像樣的床都沒有，鍾菱還是發自內心的感到開心。縱使貧苦，也好過和那些人長了八百個心眼的勾心鬥角。

收拾了一會兒東西後，鍾菱瞥了一眼天色，放下手中的東西，準備去廚房看看。

鍾大柱不知道去哪兒了，但是不妨礙鍾菱懷著滿心「錢財乃身外之物」和「給親爹做一頓好飯」的想法，興沖沖的進了廚房，可她滿腔的熱血很快被澆了個徹底熄滅。

在廚房裡上下翻找了一通的鍾菱捏著兩個雞蛋，盯著案板上孤零零的一棵小白菜，眼神呆滯。她猜想過鍾大柱的財力情況不怎麼好，可怎麼也沒有想到，會差到這種地步。米缸裡居然連一顆米都沒有，櫥櫃裡也空盪盪的。

這兩個雞蛋和小白菜，是廚房裡唯一的食物。用窮得揭不開鍋形容，也是毫不誇張。

鍾菱輕嘆了一聲，檢查起裝著鹽糖等調味品的罐子。

她沒想到首要面對的竟然是生存問題。真不知道鍾大柱平日裡到底是怎麼生活的，難道他平日裡連吃頓飯都很困難嗎？

思緒飄轉，鍾菱突然想起了她前世出嫁前的那些事情。

在那次認親失敗後，鍾大柱倒沒有就這樣一走了之。他有時候會送一些東西來唐府，託門房送去給鍾菱。比如一筐脆嫩的蘿蔔、一籃子的雞蛋，又或是醃好的臘肉。

而她當時做了什麼呢？

鍾菱神色恍惚的望向窗外，那山巒的脊背上堆疊著層層落日餘暉，西下的太陽被簇擁著，沈默的傲立在山巔，審判著大地上的公正是非。

她當時完全沒有在意那些東西，下人會看眼色，收拾好就都丟掉了。

看著眼前破舊的房屋、空盪盪的櫥櫃，還有鍾大柱那被吹蕩在風中的一只衣袖。鍾菱靠著灶臺，只覺得頭皮一麻，渾身發軟。

原來……她曾經百般嫌棄的東西，是來自這樣空盪盪的廚房。

披著夕陽的餘暉，鍾大柱提著什麼東西，朝著小院走過來。

他旁邊並肩走著一位略顯佝僂的老人，正絮絮叨叨的在和鍾大柱說著些什麼，枯皺的手指時不時在空中比劃兩下，一副語重心長的樣子。

是交談的聲音，將鍾菱喚回了神。

可鍾大柱卻依舊面無表情，滿臉的麻木、眉間的溝壑暴露了他的不耐煩。

鍾菱用力搓了搓臉頰，強迫自己打起精神來。她在裙襬上胡亂擦了一把手，笑著迎了上去。「您回來了。」

鍾大柱點了點頭，提著手裡的油紙包，快步從鍾菱身邊經過，徑直朝著廚房走去。

那位老人有些氣惱鍾大柱的沈默和敷衍，他瞪了一眼那消失在門口的背影，但注意力很快就落到鍾菱身上。他上下打量了一遍鍾菱，顫抖著手指，渾濁的眼眸中泛著水光。「妳就是大柱找回來的閨女？」

鍾菱客客氣氣的笑了笑，應道：「我叫鍾菱。」

「好啊，太好了。」老人難掩激動，他抬手抹了一把臉，給鍾菱指了一個方向。

「我是咱赤北村的里正，我家在那兒，妳要有事就來找我。」

里正的態度似乎有些過於激動了，鍾菱有些疑惑，面上卻依舊揚著盈盈的笑，乖巧的應道：「謝謝里正爺爺，我記下了。」

「真是個好孩子啊。」里正頗有感觸的搖著頭，他望著鍾菱，卻似乎在透過她，懷念著什麼。「妳回到妳爹身邊……」

砰——

一聲巨響，打斷了里正的感慨。

鍾大柱將盤子往桌上重重的一放，看了一眼鍾菱，沈聲道：「吃飯了。」

他的態度實在生硬，鍾菱張了張嘴有些愣神。

可里正似乎很習慣了，他樂呵呵的朝著鍾菱擺擺手。「快去吃飯吧，我也該回去了。」

說罷也不等鍾菱回應，里正便俐落的轉身邁開步子了，他背著手，佝僂著脊背，腳步卻輕快又自在。

鍾菱目送他走了一段後，才進了屋。

桌上擺了兩個盤子，燒雞被隨意的切了幾刀，躺在盤子裡，泛著油亮誘人的光澤。一旁幾個蓬鬆圓潤的饅頭擠在一起，堆成了一個小丘。

油脂的香味在香料的刺激下，迸發出難以形容的絕妙味道，勾得人直嚥口水。

鍾大柱並沒有等鍾菱，也沒有招呼她，只自顧自的吃著。他身材高大，坐在小桌旁，就像是一座平地拔起的小山，面前碗裡的饅頭已經被咬了大半，他左手熟練的挾著一塊肉，大口的咀嚼著。

比起身為王妃時，那作戲似的宴席，眼前這破敗的環境和菜色單一的晚飯，居然讓鍾菱莫名的產生了一種安心自在的感覺。

碗筷已經擺好了，鍾菱也不矯情，乾脆的坐下，掰了小半個饅頭到自己的碗裡。

燒雞很香，表皮焦黃，即使有些涼了，也依舊保持微脆的口感，雞肉柔嫩多汁且入味，一次一次咀嚼之下，香味在口齒間橫衝直撞。

鍾菱一口氣吃了兩塊，有些意猶未盡，但已經吃不下了，只得捧著饅頭小口的咬著。

飯桌上沒有人說話，散發著一種詭異的安靜，面對面坐著的兩人像是根本不認識一樣，尷尬的暗流在飯桌上湧動。

但鍾菱沒急著走，這燒雞，明顯是鍾大柱特地為她買回來的，吃了兩口就走的話，實在是不禮貌。

鍾大柱瞥了一眼鍾菱在碗邊放得整齊的筷子，伸手挾了一塊燒雞。

「吃完就好，不用等我。」

「啊，好的。」

鍾菱快速的把饅頭塞進嘴裡，拿著自己的碗筷去廚房洗乾淨，擺進櫥櫃裡。在路過飯桌時，她的腳步頓了頓。

鍾大柱手裡捏著筷子，不耐煩的朝她揮了揮。

鍾菱還有自己的事情要做，她回到房間後點上燈，從角落柴堆上的包裹裡，取出一疊紙。

鍾大柱雖然很奇怪，但起碼不會害她，眼下最要緊的事情還是先讓生活變好一點。

廚房空成這樣，怕是不知道什麼時候就吃不上飯了，得先賺點錢才是。

一想到鍾大柱的生活都已經狼狽成這樣了，卻還是堅持要把自己接回來，鍾菱只覺得自己的肩頭一下子就扛起了這個家，責任重大。

必須要好好賺錢！

陳王府的書房裡有很多書，有很多孤本菜譜和奇奇怪怪的研究筆記。鍾菱在陳王府這些年，不知道翻閱了多少遍了，食材和用量，都已經刻在她的腦子裡了，而且她還能結合自己現代人的記憶，進行改良。

鍾菱微蹙著眉，時不時停下來，托著臉頰思考一會兒。

一直到夜色深沈，周圍靜寂，蟲鳴聲肆意的在荒草中放聲歡愉，鍾菱撓著胳膊上被蚊子叮的包，滿意的檢查了眼前的幾張菜譜。

這是她精挑細選了一晚上，挑出成本少、難度低且容易上手的幾樣小吃。

做完這一切之後，時候不早了，鍾菱小心的將菜譜放到枕頭下，起身準備去漱洗。

夜幕籠罩大地，空氣中不再是帶著灼熱的暑氣，繁茂的植物們在星空下終於得以喘息，呼吸之間帶著微涼水氣。

鍾菱站在院子裡伸了個懶腰，她環顧了一圈四周，拉伸了一下脖頸。

村子裡的人夜裡歇得早，這月亮剛掛上枝頭不久，放眼望去已經沒有幾戶人家是亮著燈了。鍾大柱的窗前也是漆黑一片，只是窗臺上，擺著一個酒罈子。

鍾菱輕手輕腳的走到水缸邊漱洗，目光卻不自覺的盯著那酒罈子看。

若是喝酒，難道不應該配著燒雞喝嗎？為何在深夜裡，才搬出來？

柴房外的草實在是長得太高了，不知道藏了多少的蚊蟲。這些蚊子像是不知疲倦一般，這一整夜，那嗡嗡聲就從未停止過。

在天邊第一縷橙光照在窗臺上的時候，鍾菱就坐了起來。她眯著眼睛，皺著一張臉，煩躁的搓揉著耳朵。

其實天亮之後，蚊子就逐漸消停了，可是這一夜的折磨，讓鍾菱恍惚的覺得自己的腦子裡住進了一隻蚊子，仍在嗡嗡亂叫。

鍾菱呆坐了好一會兒，才緩過神來，她撓著脖子上的蚊子包，慢悠悠的爬下床。

清晨的空氣比想像中還要清甜爽朗，晨光柔和，鍾大柱的身影在廚房的窗前穿梭，房間窗臺上的酒罈子已經不見了蹤影。

鍾菱快速的漱洗完，腳步輕快的走進了廳堂。

小方桌上，昨日的燒雞依舊擺在正中央，只是鍾大柱似乎將燒雞和饅頭一起蒸了，那微黃焦脆的表皮已經失去了誘人的光澤，只剩軟趴趴的褶皺。

鍾菱擰著眉頭看了一眼燒雞，端起面前的清粥。她不習慣早晨吃燒雞這樣油膩的東西，可餓一頓、飽一頓的本能又讓她的心裡泛起了一絲的捨不得。

雖然在喝粥，鍾菱的目光還是一直停在燒雞上。她的腦子裡已經架起了鍋灶，開始企圖拯救這一隻正在流失美味的燒雞了。

鍾大柱低斂著目光，大口嚼著饅頭，似是完全沒有意識到鍾菱的失神。他嚥下最後一口饅頭的時候，鍾菱的粥才喝到一半。

「我去山上砍柴，中午不回來了。」

鍾菱被喚回了神。「啊？」

「妳若是不願意吃這饅頭，就去找里正。」

鍾大柱站起身，掏出幾個銅板放到桌上，也不管呆愣著的鍾菱有沒有聽懂，他抄起桌上剩下的兩個饅頭，不知從哪裡取來油紙，只用一隻手便快速將饅頭裹好，端著碗筷走進了廚房。

「等一下。」鍾菱忙放下碗，站起身來。

鍾大柱回頭看一眼桌上的銅錢，目光平靜的落在鍾菱的臉上。「不夠嗎？」

「不是的，等到午時饅頭就涼了，如果您砍柴的地方離得不遠的話，我做好了午飯給您送過去吧。」

鍾大柱擰著眉頭，將眼前的人上下認認真真打量了一遍。

她落落大方的站在那裡，嘴角揚著一絲小小的弧度，帶著微不可見的小心翼翼和示好，眼眸清澈明亮，教人一眼就能望到底。

「會做飯？」

鍾菱堅定的點頭。「會！」

有些出乎鍾菱意料的是，鍾大柱幾乎沒有猶豫的點頭應下了。他放下碗筷，從廚房的角落裡拎出一個小巧的竹背簍，塞到鍾菱的手裡。

「妳沿著後山的小徑一直往裡走，我會在楓樹附近等妳。」

鍾菱抱著竹背簍，忙點頭應下。

鍾大柱說完，從小棚子裡的工具堆裡撿拾起柴刀插在腰間，便頭也不回的離開了。

或許是因為在陳王府的時候，經常一個人被關在院子裡，鍾菱挺能理解鍾大柱的寡言和冷淡，她看著那朝著後山小徑走去的背影，沒有因為鍾大柱的冷淡態度而感到失落，反而是興致勃勃的規劃起了午飯。

食材有限，留給鍾菱發揮的空間並不多，剩下的燒雞也不多，鍾菱淨手後，將雞肉撕得碎碎的，雞骨頭完完整整的放在一旁——家裡條件不太好，雞骨頭得拿來煮個「雞湯」。

鍾菱費了一番工夫才生上火。

她要做的是曾經在陳王府經常做的一道菜，也是她穿越前，外婆經常給她做的。

將饅頭一分為二切得平整，鍋裡淺淺刷上一層油，饅頭下鍋煎得微微焦黃。原本平淡無奇的饅頭，在這一層薄薄熱油的作用下，散發出淺淡的香味。

鍾菱瞅準時機挾出饅頭，將切碎的青菜混進攪勻的雞蛋液裡。

努力的在油罐子裡掏了老半天，舀了勺油到鍋裡，等到油熱後，再將蛋液倒入鍋中。蛋液觸碰到熱油的瞬間，滋聲四響，油花亂濺，同時香味在這不大的廚房瀰漫開來。

等到一面蛋液凝固，鍾菱眼疾手快的將煎好的饅頭扣上去，靈巧的用筷子收攏蛋液。等到蛋液徹底凝固後，就可以盛出來了。

饅頭上的雞蛋焦黃又柔嫩，泛著金黃色的邊，點綴著翠綠色的菜葉子，看起來鮮活又美味。

從前在陳王府裡，若是碰上陳王心情不好，就會撤了鍾菱的晚膳。

除去基本的饅頭和她費盡心思攢下來的雞蛋，就只有一些中午吃剩的，還沒來得及倒的肉菜。比起吃剩菜，這種吃法起碼會讓人心情愉快一點。

更重要的是，這裹蛋液的饅頭，一隻手就可以直接拿起來吃。

對鍾大柱失去的那隻手臂，雖然鍾菱沒有表現出過多的反應，但她心裡還是在意的。

她本想炒一個青菜雞蛋，只是那樣鍾大柱吃起來會很不方便，甚至有可能會狼狽。鍾菱能做的，就是給出絕對的尊重，將鍾大柱當一個正常人對待。

估算著時間差不多了，鍾菱找了一個盤子扣住雞蛋饅頭，小心的裝進背簍裡。

鍾菱生疏的揹上背簍，在掩上門時，有些惴惴不安的看了一眼鍾大柱的房間，也不知道鍾大柱能不能接受她這樣奇奇怪怪的創新吃法。

第三章

鍾大柱有些疑惑的看著盤裡的雞蛋饅頭。

他從應下鍾菱的請求後，就做好了中午吃冷饅頭的準備了，主要是鍾菱看著實在不像是會做飯的人，更別提還要自己生火了。可眼前這裹著雞蛋的饅頭厚片，看起來像模像樣的。雞蛋金黃，饅頭微脆，在滿是草木氣息的小山上，散發著誘人的香氣。

鍾大柱打量了一眼這新奇的菜，終究還是拿了起來，大口的送進嘴裡。

也不知道這雞蛋是怎麼處理，異常柔嫩，甚至剛入口的時候還在舌尖打了個滑；煎得微脆的饅頭和蛋液搭配得極好，其中還摻雜著微脆的菜絲，平添了一抹清爽；再大口咀嚼，就能感受到混在其中的雞肉絲的鮮美。

縱使對食物完全沒有要求的鍾大柱，也不得不承認，這是一道簡單卻異常美味的菜。毫不相關的食材，莫名其妙的就達成了一種平衡。這種新奇的感覺，鍾大柱已經很久很久沒有感受過了。就像這個突然出現在他面前的「女兒」一樣，在他絕望麻木平淡，如同一灘死水的生活裡，激起了一絲波瀾。

他的目光不自覺就朝著鍾菱的方向飄去。

鍾菱把小竹簍遞過來後，就一直蹲在一旁的溪澗邊，撓著脖子，不知道在看什麼。她還是穿著從唐府帶來的絲織長裙，輕飄飄的自帶仙氣，好像只是短暫路過這鄉野，並不屬於這裡，卻對這山林的一切都展現出了十分的好奇，就連路邊的蕨菜，都要去摸一摸。

很奇怪，也很矛盾，就像這道菜一樣。

鍾大柱就這樣，一邊看著鍾菱，一邊將雞蛋饅頭吃個乾淨。他起身去溪邊洗手，在蹲下身時，才看清鍾菱到底在幹什麼。她在看石頭上停歇的小魚。

山中的溪澗，流動著清澈的山泉，其中不乏小魚、小蝦優游其中。這條溪水一路流到山腳下，村裡的孩子們從小就在溪水邊長大，個個都是摸魚抓蝦的好手。

鍾菱倒是對抓魚沒有一點興趣，她托著臉，滿眼都是澄澈的泉水，只是看著那三兩隻悠閒的小魚，眼底便泛著歡喜和滿足。

只是，那微微晃動著尾巴的小魚，被鍾大柱伸進水中的手嚇了一跳，逃竄似的消失在視線裡。鍾菱被喚回了神，她眨了眨眼，笑盈盈的看向鍾大柱。

「饅頭還合您口味嗎？」

這出乎預料的一頓午飯，根本容不得鍾大柱說一個「不」字。他點點頭，目光在鍾菱脖子的腫包上停頓了一下。

「您喜歡就好！」鍾菱滿心歡喜的站起身，跟在鍾大柱身後，將盤子收回到竹背簍裡。

就在鍾菱低頭收拾的工夫，鍾大柱轉身朝著不遠處的灌木叢走去，再回來時，他的手裡捏著幾枝剛砍下來的翠綠枝條。

鍾菱剛揹上竹背簍，還沒等她反應過來，鍾大柱已經將枝條塞進她懷裡。迎面撲來的是一陣濃烈的清新香氣，鍾大柱隨意捏在手裡的纖細枝條，鍾菱卻得捧在懷裡才行。

「這是……艾草？」鍾菱低頭嗅了嗅，滿心歡喜的朝著鍾大柱道謝，連忙放進背簍裡。

正午的陽光透過層疊的枝葉，落在臉上的碎光依舊燙得灼人。鍾大柱沒有說話，他皺了皺眉，躲開了陽光，朝著鍾菱揮揮手，催促她下山。短暫的這幾面相處，鍾菱對鍾大柱的性子已經有了一些瞭解，也就不跟他囉嗦，笑著招了招手，就轉身準備下山。

這只是一座低矮的山丘，和後面綿延的群山比起來，只能算是一個小土堆。村裡人狩獵時會進山，但平時砍柴的時候，一般只在山背上活動。

只是甚少有人在夏日的正午上山來砍柴，鍾菱沿著溪水旁的小路下山，一路上都沒有碰到人，只有不絕於耳的清脆鳥鳴蕩漾在漫山的綠葉間。

鍾菱的緞面繡花鞋一點也不適合走山路，沙石硌著腳底，下山的路好像被無限的拉長了一樣，望不到頭。

沒走一會兒，鍾菱就滿頭大汗。前面的路有一段高低差，小徑必須拐一個方向才能下山，但是小溪卻直直的落了下去，形成了一道低淺的小瀑布，水花敲打著形態各式的葉子，發出清脆的聲響，濺起一道淺淺的小彩虹。鍾菱蹲下身，洗了把手。冰涼的水流在觸及到皮膚的瞬間，驅散了那難言的躁熱，舒服得人直瞇著眼睛。

可就在鍾菱起身的一瞬間，腳下鬆軟潮濕的沙土突然朝著斜坡塌去，就在她慌亂要維持平衡的時候，不巧踩到了一塊長滿青苔的石頭，繡鞋沒有一點止滑能力，鍾菱的腳踝傳來劇痛的一瞬間，身體也失去了平衡——她不受控制的朝著山坡下跌去。

鍾菱只來得及倒抽一口氣，眼前便是一陣天旋地轉。她緊閉著眼睛，任由枝葉胡亂抽打在身上，她只能蜷縮成一團，護住頭部，爭取將傷害降到最低。

好在這小山坡並不高，隨著坡度逐漸平緩，鍾菱滾落的速度也慢了下來，在被什麼柔軟的東西阻攔了一下後，最終癱倒在地上。

鍾菱悶哼了一聲，齜牙咧嘴的揉著腦袋。她還沒從緊張刺激的突發情況中緩過神來，依舊緊閉著眼睛，死咬著牙，心臟瘋狂跳動的聲音一下一下衝擊著耳膜。

這小坡看著駭人，但是茂密的草木做了緩衝，在確定胳膊和腿都沒有摔出什麼問題後，鍾菱終於緩過了神，她慢慢睜開眼睛，摸索著爬起來。

只是手剛撐到地上，詭異的柔軟觸感，讓鍾菱脊背猛得一涼，立即就把手抬起來。

柔軟又冰涼的皮膚觸感……

鍾菱緩緩低頭，一隻蒼白的、骨節分明的手赫然出現在她的視線中。

驚恐的尖叫聲原地拔起，響徹半邊山坡。

鍾大柱吃完午飯後，並沒有立刻繼續砍柴，他在原地收拾柴垛。因為只有一隻手，柴得捆得更加嚴實些，才能夠帶下山。

他剛壘好柴，準備朝著林中走去，山腳下傳來的尖銳叫聲，讓他的腳步突然一頓。

鍾大柱在原地愣了一瞬，隨即抄起腰間的柴刀，朝著下山的路狂奔而去。

溪澗邊的石礫拖拽和草木的大片壓痕，不難判斷，這裡剛剛掉下去過一個人。只是山中植被茂密，探頭下去只能看見各式各樣的繁茂枝葉交疊，根本看不見底下是什麼情況。

鍾大柱蹲下身，試探著喊道：「鍾菱？」幾乎是瞬間，坡底便傳來回應。「是我！」

鍾菱的聲音聽起來中氣十足，這讓鍾大柱略微鬆了鬆緊緊擰著的眉頭。

「我沒事，但是，這下面有個昏過去的男人。」

只要鍾菱沒有受傷，鍾大柱便安了一半的心。

這山坡無法直接從這裡下去，鍾大柱囑咐了她幾句後，便回到村子裡去找里正，又去推了木板車。里正叫上二兒子和村裡其他幾個小夥子，一群人從山下的小路繞到了坡底。

看見鍾大柱的時候，鍾菱兩眼淚汪汪的站了起來。分明被嚇壞了，可還是什麼都沒說，見到人後便揚著嘴角，一個勁兒的說著沒事。而那個昏死在坡底的青年，被抬上了木板車。

鍾大柱這一路上下打量了鍾菱一圈，見她只是有些面色蒼白，並沒有受傷的樣子，方將注意力轉移到那個昏迷的青年身上。

小夥子們正將木板車推進院裡的小棚子裡，里正帶著村裡的老郎中風風火火的趕來，把圍觀的人轟走。

小院正兒八經的主人反而站在人群外，鍾菱站在鍾大柱的影子裡，小聲的解釋著剛剛發生的事情。「滾下去的時候有他給我墊了一下，當時以為是死人，被嚇到了。」

鍾大柱抿著嘴唇，沒有回應她，本就銳利的臉部線條繃得緊緊的。

得不到回應的鍾菱訕訕的咬住了嘴唇，收斂了目光。

剛回到鍾大柱身邊第二天就闖了禍，自己跌下山不說，還莫名其妙的扯出了一個身分不明的青年。鍾大柱這樣討厭麻煩且安靜的人，會不高興也正常。

身邊一直嘰嘰喳喳的小姑娘突然安靜了下來，鍾大柱有些詫異的扭頭看了一眼。只見鍾菱正看著老郎中給那青年扎針，看似正常，可她嘴角揚起的弧度卻有些勉強。

他剛想出聲詢問，卻聽見郎中那邊突然吵鬧了起來。

「醒了、醒了！」鍾大柱和鍾菱忙上前去察看情況。

那個青年本就膚白，五官俊秀，此時睜著一雙漆黑透亮卻滿是疲倦的眼睛，被一群人圍在中間，藏不住的慌亂寫在臉上。他的嘴唇蒼白微薄，眉眼深邃，臉頰消瘦，分明是有些清冷的長相，可偏偏，他有一雙漆黑的杏眼，眼尾還微微下垂。

這雙眼睛，讓鍾菱一下子想起了在陳王府的時候，廚房的韓師傅經常偷偷餵的那隻小狗。漆黑透亮，滿是惶恐。

里正簡單的給那青年說明了一下情況，郎中給他餵了一點水。

可他開口的時候，還是啞得厲害。「謝謝您，我叫祁……」

或許是周圍人的目光過於熾熱，想起剛剛周遭那柱子、阿寶的稱呼，祁珩輕咳一聲，重新開口道：「您叫我二狗就好。」

二狗這個名字，一下子就拉近了他和大家的距離。也不知道是他現場編的，還是真叫這個名字，反正鍾菱沒忍住，只能捂著嘴讓自己不笑出聲來。

里正的二兒子撓了撓頭問道：「啊……不知道，你為什麼會暈倒在山裡呢？」

「說來慚愧，家中祖父要我參加明年春闈，可我從小便有從武的心，和家裡鬧了彆扭，一氣之下跑來看看這赤北軍最後集結之地。」

一聽說祁珩要參加春闈，周圍人的目光一下子又變了。讀書人總是格外受到尊重，尤其對這群侍弄土地的農人來說，祁珩像是玉雕般的寶貴易碎。

只是……赤北軍？

里正撓了撓下巴，若有所思的看向鍾大柱。「這不是巧了嗎……」

里正似是有些顧慮，沒有把話說完。可鍾菱的好奇心完全被激起來了，她戳戳站在旁邊的阿寶，小聲的問道：「怎麼巧了？」

阿寶皺著眉，滿臉不解的看著鍾菱。「妳爹是赤北軍士兵妳不知道？」

我還……真不知道……他們父女確實是不熟。

偏偏阿寶嗓門大，在場的人都聽得清清楚楚。

鍾菱自詡是見過大世面的，可此時也完全不敢轉頭去看鍾大柱的表情。他們父女之間暗中湧動的尷尬，一下子就浮到了明面上。

表情大變的還有另外一個人，祁珩的眼中有光亮閃爍，他似是才注意到站在後面的小姑娘和獨臂男人。

「我若是這樣回去，怕是會被祖父打斷腿。敢問能否讓我借住一段時間，讓我養好傷再回去，讓祖父他老人家消消氣？」

鍾菱接觸過的權貴不少，一眼就看出了祁珩的談吐和氣度不一般，加上她覺得祁珩的名字聽著很耳熟，因此並不太相信他的這套說辭。

於是她抱著手臂，冷靜的開口。「可是你的腿已經斷了啊。」

「姑娘說笑了。」祁珩此時看了一眼她的衣著氣度，便察覺到她與鄉野的格格不入。兩個人的目光短暫交會，從彼此眼睛裡看到的是滿滿的不信任和懷疑；可兩人在面上依舊維持著先前的模樣，一個虛弱，一個嬌憨，沒有顯出任何的異常。

「我還有另一條腿和一隻手呢，只要能留著提筆寫字的手就行了。」

這話，讓里正的二兒子直接倒抽了一口氣，幾個小夥子交換了難以置信的目光，一時間沒人再開口說話。

祁珩的小狗眼裡含著笑，目光中帶著祈求，望向鍾菱。

鍾菱攤了攤手。「我作不了主，你得問我爹。」

鍾大柱最終還是沈默的點了點頭，同意收留祁珩。

當然，祁珩也明確表示了，他不會在這裡白吃白喝，但是他需要有人替他將信物送去京城，給家裡人報個平安；而且老郎中說了，他的腿，需要京城裡的大夫來看。

人是鍾菱在山上撿到的，這事自然是鍾大柱去幹。恰好村裡有人家要去京城採買，便讓鍾菱父女搭了順風車。根據祁珩給的地址，父女二人來到了一家不起眼的墨坊前。祁珩說這是他私人的產業，並不會驚動家中的祖父。

鍾菱趁著鍾大柱和管事交談的工夫，藉口買些東西，隻身跑了出來。臨走前，鍾大柱塞了些錢給她，只是囑咐她早些回來。

鍾菱穿街走巷，找到一家鐵匠鋪，訂了一套擺攤要用到的工具，並且多花了一些錢，麻煩鐵匠直接送到赤北村。做完這些後，鍾菱隨意買了兩件成衣，提在手裡便匆匆趕回墨坊。

墨坊的管事已經給他們安排了一輛馬車，等鍾菱到的時候，請來的大夫已經坐在馬車上了，趕車的小廝正提著些油鹽乾糧放到馬車上。

見鍾菱回來，小廝加快速度，將最後的幾袋米裝車後，趕車朝著赤北村駛去。

馬車上，鍾大柱瞥了一眼鍾菱懷裡的東西，沒有說什麼，可下一瞬，鍾菱俐落的掏出一把銅板，遞還給鍾大柱。

在鍾大柱疑惑的目光中，鍾菱深吸了一口氣，抬起頭來。她先斬後奏的把擺攤的事宜一一規劃好了，可所有的計劃若是得不到鍾大柱的支持，要繼續執行下去還是有些困難的。

可鍾菱根本摸不透鍾大柱在想什麼，只能拿出待人處事最真誠的態度——道歉。

「抱歉給您惹麻煩了，我之後不會再亂跑了，也一定不會再給您添麻煩了……」

鍾大柱困惑的瞇著眼睛，眉間溝壑深邃，盡全力的在理解鍾菱在說什麼。

兩人體型本就懸殊，而且鍾大柱又皺著眉，板著一張臉，看上去非常難溝通的樣子。

即使是在鬼門關走過一遭的鍾菱，此時也被鍾大柱盯得有些心慌，她攥緊衣袖，朗聲道：「我想要擺個攤賣吃食！」

她突然提高語調，惹得馬車裡頭髮花白的大夫掀起眼皮，目光朝她投去。

「妳……」鍾大柱頓了頓，儘量讓自己的聲音平緩，讓問出來的話不那麼像質問。「妳哪來的錢？」

「從、從唐家帶出來的。是我從之前的月錢裡攢下來的……就一點，我沒拿老爺子給的那些。」

「夠嗎？」

鍾菱點了點頭。「夠。」

鍾大柱也跟著點了點頭，眉間的溝壑稍淡了些。他伸出手，將那一把銅板塞回到鍾菱手中。「不夠再來找我。」

鍾菱捧著銅板，呆呆愣愣的眨了眨眼睛，有些不敢相信。「您同意了?!」

「嗯。」鍾大柱靠著車窗，低低沈沈的應了一聲。他的目光望向馬車外，陽光落在他眉眼間的皺紋上，深邃卻依舊荒蕪、生硬，沒有生機。

第四章

鍾菱中午去送飯的時候，還愁了好一會兒吃完米缸裡的米之後要怎麼辦，沒想到才過了短短的一個下午，空盪盪的鍾家廚房，已經被塞得滿滿當當的。

擺攤的事情也出乎意料的順利得到鍾大柱的許可，一切像是作夢一樣，變好了起來。

大夫在院子裡給祁珩接腿，心情大好的鍾菱則在廚房裡給祁珩熬粥。

從墨坊跟來的小廝，手腳俐落的收拾棚屋，還俐落的在周圍架出遮陽棚架，防止祁珩被曬到。在廚房裡忙活的鍾菱只是低頭生個火，再抬頭時，連周圍的雜草都已經被清乾淨了，效率高得讓人瞠目結舌。

甚至連離開時都很俐落，鍾菱還沒反應過來，馬車便已經消失在視線裡了。

鍾菱倚在門口，探頭朝著馬車遠去的方向望，隨口道：「你的手下，有點東西啊。」

躺在棚屋裡的人並沒有理她。

鍾菱也沒有在意，她端著一碗稀薄的粥，放在祁珩身邊的小桌子上。「大夫說你這兩天得吃清淡的，你要是有什麼想吃的，可以先告訴我。」

「妳……」祁珩坐在臨時搭的床榻上，他看了眼稀粥，又抬頭看向鍾菱，目光深沈，開口便帶著幾分質問的意思。「妳不是村裡人吧？」

祁珩是臨時起意要留在這裡養病的，陛下急著重建赤北軍，但一直都沒有什麼突破性的進展。眼前的這個小姑娘似乎是赤北軍士兵剛尋回來的女兒，祁珩想要試試，能不能從這對父女身上找到突破口。

鍾菱眨眨眼，隨手扯來一把椅子，在床榻邊坐下了。她托著下巴，眼睛亮亮的。

「我確實不是在村裡長大的，之前一直住在京城的養父家。我也有個問題想問小少爺，你是姓哪個『齊』呢？」

祁珩被問得一愣，看著眼前笑咪咪的小姑娘，總覺得她有些不懷好意，莫名的察覺到了一絲危機感。她莫非是知道自己的真實身分了？

祁珩眉頭一皺，乾巴巴的開口敷衍道：「治國齊家的齊。」

「哦……」鍾菱拖著語調，若有所思的歪著頭。「我聽聞本朝有位祁姓的國老，我瞧著小少爺你氣宇軒昂，還以為是祁國老的後人呢。」

祁珩的臉色僵硬了一瞬，又迅速扯出了得體的微笑。「齊某只是一介書生，可不敢與祁國老攀扯關係。」

兩人目光交會的瞬間，無形的電光石火噼哩啪啦的亂竄，誰也沒有捅破對方的秘密，僵持的維護著客客氣氣的體面。

「那車食材，是不是就都由我處置了？」

先退讓的是鍾菱，比起祁珩那呼之欲出的權貴身分，她所擁有的前世的記憶，即使說出來，也只會被認為是在唐家時的見聞，她可比祁珩有底氣多了。

「嗯。」

「那少爺要吃什麼，記得提前和我說啊，我好先備菜。」

祁珩倚著靠枕懶懶的應了一聲，突然又意識到有哪裡不對勁，忙喊住轉身要走的鍾菱。

「妳一個京城來的大小姐，會做飯？」

鍾菱聞言停下腳步，攥著拳頭認真的朝著祁珩揮了揮。「不要小看京城來的大小姐啊！」

這京城來的唐家小姐……還真有點意思。

祁珩端起一旁的粥，一邊往嘴裡送去，一邊盯著廚房窗口來來回回忙碌的鍾菱的身影。

他已經一天一夜沒有進食了，當溫熱醇厚的薄粥滑進胃裡的時候，乾枯竭力的身體終於攝入了食物，哪怕只是薄粥，可粒粒開花的大米和微稠的米湯，依舊讓祁珩對食物產生了新的認識。

等到碗空了，祁珩再次抬頭的時候，他目光中的警惕和不安已消散了大半。他慵慵懶懶的順著光滑柔軟的錦緞被單，陷進了被子裡。

皇宮，文德殿。

身著金袍龍紋的青年揚手打翻了桌上的茶盞，在茶盞觸碰到大理石地面的瞬間，炸開脆響，滾燙的茶水混著瓷片飛濺開來。

屋內的大臣們跪倒在地，不敢發出聲響，唯恐又惹怒了正在氣頭上的天子。

「朕是要光復赤北軍！是打算尋找赤北舊部！」

年輕的帝王怒目橫眉，朝著跪在地上的幾人呵斥道：「現在赤北軍沒有蹤影，還把祁卿搭進去了？祁卿若是出了事情，教朕怎麼和祁國老交代！」

「陛下息怒……」打頭的大臣顫顫巍巍的開口請罪，他滿頭大汗，卻一點都不敢對年輕的帝王起任何敷衍的心思。

「臣已調人前往搜查了。」

皇帝輕哼一聲，目光森冷。「祁卿昨夜便沒了消息，你今日午後才調人搜尋。瞞而不報！故意拖延！我看鄭大人的手下怕是起了二心啊……」

被點了名的大臣一身的冷汗，忙叩首認罪。「陛下恕罪！」

皇帝背著手，在桌前踱步，沒有說話。

就在這時，一道身影匆忙的闖入殿中，頂著帝王不悅的目光，將一封信用雙手呈遞到了皇帝的面前。「陛下，祁大人的消息。」

在祁珩的頂頭上司因為他的失蹤，而在宮裡大發脾氣的時候，當事人正窩在薄被裡，端著小燉盅捨不得吃。

在喝完那一小碗粥後，饑餓感就被徹底喚醒了，沒一會兒工夫，祁珩就餓得頭暈眼花。而且鍾菱還在廚房裡燉了排骨，那醇厚鮮美的香味奪命似的勾著人，讓祁珩恨不得拖著斷腿，立刻就衝進廚房裡，奪走那砂鍋。

小棚屋傳來的呼喊一聲高過一聲，真不知道這大戶人家的少爺，為何在一鍋排骨面前就徹底繳械投降了。無奈，鍾菱只得給祁珩蒸了一小盅蒸蛋，讓他墊墊胃，一會兒可以喝藥。

蒸蛋很簡單，但是要蒸得柔嫩又光滑，還是需要一點經驗和技術的。

而起鍋的蒸蛋上，還澆了一勺燉排骨的湯汁。

鍾菱燉排骨是用的江南的做法，濃油赤醬，顏色鮮亮，口味醇厚，濃稠的湯汁更是濃縮了精華，賦予了蒸蛋不一樣的鮮美。

「你這麼不禁餓嗎？」

廚房的活暫且結束，鍾菱擦著手，有些不解的站在小棚屋的門口，看著祁珩如獲珍寶似的捧著小盅。

不應該啊，這位少爺應當也是祖上富足，不缺大魚大肉的人啊。

「見笑了，小時候家裡遇事，沒人顧得上我，結果三天沒吃上飯，等他們反應過來的時候，我已經餓得只剩一口氣了。」

祁珩放下小盅，眉目舒緩，大大方方的解釋。「這之後，雖然我吃得不多，也不挑食，但是就是餓不得肚子。」

鍾菱用力的點點頭，表示自己十分理解。她在陳王府也是經常吃了上頓、沒有下頓的，而且上輩子最後一段時間是在牢裡過的，基本就沒吃上幾口飯；陳王更是狠心到連斷頭飯都沒給她吃，就匆匆忙忙的把她送上刑場了。

同是天涯餓過肚子人，鍾菱看向祁珩的目光，也多了幾分發自內心的真誠。

只是一碗蒸蛋，兩人之間對彼此的防備便卸下了大半。

鍾菱端走空盅，目光掃過祁珩被木板固定住的小腿。「明日給你燉個湯吧，滋補一下。」

「有勞姑娘了。」

「你喝雞湯我吃雞，是我占了你的便宜。」鍾菱舉了舉手上的空盅。「你就安心吃著吧，廚房現在被塞得滿滿當當，連碗筷都是你家新送來的。」

鍾菱的紅燒排骨，讓鍾大柱對她的手藝有了新的認識。

鍾大柱一直認為自己對食物沒有任何多餘的要求，隨便吃上幾口，能填飽肚子就夠了。可是這嶄新白瓷大碗裡，裹著油亮赤色醬汁的排骨，卻硬生生讓他食慾大漲，多吃了一碗飯。

因為祁珩家送來了不少調味品，鍾菱就奢侈的炒了個糖色。那一絲甜味鎖住了排骨的鮮香，為濃墨重彩的醬汁添了至關重要的一筆。排骨的火候也掌握得很好，骨邊的肉早已燉得軟爛入味，一抿就掉；骨頭依舊保留了鮮美，教人恨不得嘬個乾淨。

而滴落在碗中的醬汁給米飯染上了色，祁家送來的米品質很好，吃起來也格外香甜。鍾菱格外偏愛用湯汁拌飯。

除了紅燒排骨，她還炒了一個青菜，剛好可以解膩。

比起外面賣的燒雞饅頭，這一頓飯，可是實打實的有家的味道。

鍾大柱竟久違的，對明天吃什麼產生了一點期盼。他開了一罈酒，喝得跌跌撞撞才回了房間。

第二天一早，吃的是蛋炒飯。

昨天沒吃完的米飯在井裡放了一夜，粒粒鬆散，用來炒飯剛剛好。

鍾菱一口氣放了三個雞蛋，一大盆蛋炒飯金燦燦的，每一粒米上都裹著蛋液，切得細碎的青菜和胡蘿蔔點綴在其中，看起來營養又美味。

炒飯剛起鍋的時候，鍾大柱走出房門，他的身上帶著過夜的濃厚酒味，讓鍾菱下意識的皺了皺眉。

「還合您口味嗎？」

鍾大柱聞言抬頭看了一眼鍾菱，面無表情的點了點頭。

「那您中午回來吃嗎？」

「回來，上午去田裡。」

鍾菱點點頭，迅速規劃起了午飯吃什麼。

飯桌上一如既往的沈默，誰也沒有再多說什麼。

鍾大柱迅速的吃完後便去了田裡，而鍾菱吃得少且慢，等她慢悠悠的收拾完廚房，小棚屋也剛好傳出了動靜。

「吃飯了少爺！」鍾菱雙手端著砂鍋，靈活的用腳尖將臨時掛上的薄紗簾掀開一條縫，迅速的閃身進了棚屋。

祁珩已經坐起身，正睡眼惺忪的將手中的毛巾投回到臉盆裡。

「砂鍋燙，你小心啊。」

鍾菱將砂鍋一放，端起泡著毛巾的臉盆就往外走，順手撈起了祁珩換下來的長衫，乾脆俐落的像是個幹慣了活的人。

祁珩瞇著眼睛，有些困惑的望向院子裡的纖細身影。

在他得到的情報裡，唐家二小姐可是十指不沾陽春水。若不是祁珩觀察了鍾菱的手指，確實沒有發現很明顯的勞動的痕跡，他真要懷疑情報出問題了。

「祁珩！我出去一趟，你吃完了就放著吧，我回來再收拾。」

「等等！妳要去哪兒……」

被迫困在床上的祁珩只來得及看見一道黑影從面前閃過，他的阻攔根本沒有一點作用，待他探頭望去時，院子裡只有兩件掛在竹竿上的衣裳，在陽光下滴滴答答的淌著水。

她這麼急，是要去幹什麼？

獨自留在家中的祁珩，先是和皇帝派來的人簡單的交接了一下，又開始翻閱偽裝成詩冊的公文。在他看到杞縣乾旱的處置事宜的時候，屋外終於傳來了動靜。

祁珩迅速收好公文，朗聲問道：「妳回來了？」

「是啊。」鍾菱揹著小竹簍，一邊擦著汗，一邊走進小棚屋，一把端起桌上晾著的艾葉水，仰頭大口喝了起來。

這是她早上端進來的，放在祁珩搆不著的位置，現在全都歸她了。

「妳這是？」

鍾菱背後的小竹簍裡，一枝粉嫩嫩的荷花正探出頭來，搭在她的肩膀上，還有矮一點的幾株蓮蓬七扭八扭的靠著竹筐。

「昨天下山的時候，看見村裡好像有一口塘。」鍾菱喝夠了水，豪氣的抹了一把嘴角。「早上突然想起蓮藕排骨湯的菜譜了，就去池塘邊看了一眼。」

祁珩皺著眉，有些不敢相信的盯著嬌嫩花瓣。「妳摘的？」

「當然不是。」鍾菱轉過頭，在背簍裡隨手撈了一個飽滿的蓮蓬，順手就朝著祁珩丟了過去。「昨天抬你下山的阿寶和根子都在塘裡撈藕，我說想買一點，他們非說要送我，還折了花和蓮蓬。」

阿寶和根子的態度，幾乎算得上熱烈了。鍾菱只覺得自己好像是過年串門子的小孩，都沒等她客氣上幾句，阿寶直接奪過她的背簍，就開始往裡頭塞蓮藕，一邊塞還一邊問她夠嗎。

旁邊的幾個小夥子連聲指責阿寶粗魯，手忙腳亂的幫著清洗蓮藕，還折了荷花送給她。熱切到讓鍾菱感覺到一絲絲的惶恐。她大概能猜到，村裡人對她熱情，是因為鍾大柱，或者說是因為鍾大柱赤北軍將士的這個身分。

赤北軍為何對這個村子有這樣大的影響，前世一直深居後院的鍾菱並不知曉。雖然這種感覺很奇怪，但是鍾菱還是先動手處理起了這一筐蓮藕。

有幾節明顯看著粗壯些的，鍾菱便挑出來，洗淨之後切成大塊，和排骨一起煲湯；而脆嫩些的蓮藕，便切成薄片，用來涼拌。

鍾菱的廚藝，除了來自陳王府的書籍，府中有一位韓姓師傅，也教會了她許多。排骨蓮藕湯，便是那位韓師傅的拿手菜。

韓師傅在陳王府對鍾菱頗為關照，以至於鍾菱現在想起他，還有幾分感慨。

那瀰漫在廚房的淺淡惆悵，很快就被祁珩的呼喊聲驅散。

鍾菱有些不明所以，她從窗口探出頭去，只見阿寶正站在棚屋前和祁珩說話，但是很顯然，阿寶並不知道怎麼和祁珩這樣的文人交流，肉眼可見的扭捏。

「啊你來得正好。」鍾菱擦了把手，將剛拌好的藕片端了出去。「剛想給你們送去呢，涼拌藕片，你嚐嚐。」

涼拌藕片拯救了語無倫次的阿寶，他捏起一片，迅速的塞進嘴裡，隨即便瞪大了眼睛，連聲稱讚。「鍾姑娘手藝也太好了！這藕吃起來脆甜，又微微酸，可真開胃啊。」

廚子最愛別人誇他的菜，鍾菱也不例外。

「你喜歡就好，我還想給柱子他們送去呢，正好你來了給我帶路。」

「啊等等、等等。」阿寶這才想起來正事，他將手裡的一兜乾蓮子遞給鍾菱，有些苦惱的撓了撓頭。「我娘讓我給妳的，可以給鍾叔煮點蓮子羹，他日日喝酒，吃得又隨意，太傷身子了，也得吃點補補。」

「日日喝酒？」

「是啊，畢竟赤北軍的事對鍾叔來說實在是傷得太深了，他經常喝得爛醉，最近幾年才好些了；但是郎中叔說，他本來就有舊傷，喝多了酒又不好好吃飯，鬱氣都堵在身上呢。」

提起鍾大柱，阿寶雙眼發亮，滔滔不絕的說了下去。

「我們村子能安然無恙，都多虧了赤北軍。大家都很感激鍾叔，只是鍾叔似乎不太樂意和大家往來，又什麼都不收，所以大家只能乾瞪眼。還好鍾姑娘妳回來了，妳手藝這麼好，一定可以照顧好鍾叔的。」

這語氣聽著，像極了鍾大柱收的小弟，崇拜之情溢於言表。

鍾菱聽得雲裡霧裡的，她剛想開口詢問，可阿寶卻突然警惕的環顧了一圈四周。

「不行都這個點了，我再不走，鍾叔就要回來了。」說罷便鬼鬼祟祟的轉身就要跑。

鍾菱突然就覺得手裡的那一兜蓮子燙手起來，忙伸手去攔。「欸欸你別急著走啊，他回來了又沒事，而且他不收大家的東西，回頭看見這藕和蓮子，我是不是得挨罵啊？」

「不會的，妳不一樣，鍾叔可疼妳了。」阿寶忙擺手解釋。「大家都崇拜鍾叔，可他是實打實上過戰場的赤北士兵啊，是真的見過血的，我可招架不住。」

鍾菱回想了一下鍾大柱對她的態度，他們父女之間的相處冷冷淡淡的，她好像並沒有受到什麼特別關愛。

她就這麼低頭思索了一下，阿寶已經一溜煙的跑沒了影。

鍾菱的心裡塞滿了各式各樣的問題，她若有所思的回到廚房。排骨蓮藕湯已經煮得差不多了，鍾菱撇去油後，盛了一小碗，直奔著小棚屋而去。

把小碗往祁珩手裡一塞，鍾菱開門見山的道：「你給我講講赤北軍吧。」

祁珩其實並不餓，鍾菱給他準備的早餐分量是針對鍾大柱準備的，鍾大柱要下地勞作，他卻只躺著，唯一消化的活動就是看書。

可是手裡的排骨湯卻散發著醇厚的香味，不似紅燒的香味強烈，卻格外的慰貼溫暖人，讓人無法招架，根本沒辦法出口拒絕。祁珩拿起勺子喝了一口，鹹香之中帶著一絲清甜，恰到好處的調味讓蓮藕和排骨的香味揉合在一起。

胃裡傳來的暖意讓祁玠長舒一口氣。「晚點再給妳講吧，鍾叔就要回來了。」

鍾菱點了點頭。

「妳這排骨湯……」

他這欲言又止的語氣，讓鍾菱的心裡咯噔了一下，目光倏地望向祁玠手裡的小碗，覺得是自己的湯哪裡出了問題。

「妳別誤會，湯很好喝，是我祖父他老人家會很喜歡的味道，所以想向妳求菜譜。」

鍾菱有些為難的皺了皺眉。「菜譜倒是簡單，告訴你也無妨，只是煲湯的火候和調味可能沒辦法做到一模一樣。」

她曾經和韓師傅用同一批食材燉排骨湯，明明是同樣的食材，可湯的味道卻很明顯的不一樣。也就是那時起，鍾菱才意識到自己在調味和搭配食材這方面，有著卓然的天賦，和屬於她自己的獨一無二的理解。

「這樣吧！」鍾菱並沒有為難太久，她坦誠道：「等我的食肆在京城裡開起來了，你祖父想喝湯就方便了。」

話題突然轉到祁玠從未想過的方向。「妳要開食肆？」

鍾菱理所當然的道：「我這麼好的手藝，不讓大家都嚐嚐，豈不是可惜了？」

這話說得張狂，可仔細想想倒也沒什麼問題。在鍾菱充滿期待的熾熱目光下，祁玠被迫點頭表示贊同。

「那妳準備什麼時候去京城開店啊？」

鍾菱思索了一下，菜譜都是現成的，鐵匠鋪的師傅也承諾這兩天就會把廚具送過來。於是她給了一個極為保守的答覆。「就這幾天吧。」

作為一個嚴謹的朝廷命官，且長期任職於天子身側，祁珩早已遠離了差不多、左右這些含糊的詞彙。「這幾天」，可以是今天或明天，也可能是遙遠得根本不存在的一個日期。

可祁珩根本沒想到，鍾菱是個徹頭徹尾的實踐派——等到他午覺睡醒的時候，鍾菱已經在院子裡擺弄著她的新廚具了。

第五章

夏日午後的覺總是綿長的，有一種讓人難以掙脫的魔力。

午後的小棚屋裡很熱，祁珩皺著眉坐起身來，摸索著在床邊找到了手杖，蹣跚著就要往外走。

「啊，你怎麼站起來了！」聽見動靜的鍾菱一把扔掉了手裡的筷子，上前去扶祁珩。

祁珩忙躲開鍾菱伸過來的手，指揮著她把棚屋角落裡摺疊安放著的竹藤躺椅拿出來，擺在樹蔭下。

把祁珩安置好之後，鍾菱將晾涼的白開水遞到他手裡，又順手接過他的帕子，在水裡洗了兩次，晾了起來。

縱使陽光灼熱，可後山的風穿過樹蔭和溪澗，吹到臉上的時候，還是微涼的。

帕子加入了竹竿上隨風飛舞的衣裳隊伍，祁珩看了看，隨口問道：「大小姐都自己洗衣服的嗎？」

鍾菱緩緩抬起頭來。「我不洗的話，就要讓我爹洗了。」

她頓了頓，似是明白了什麼，篤定的開口道：「你知道我養父是誰了。」

我不僅知道妳養父是誰，我還是因為從妳養父那邊得來的消息，才特地跑到這後山的。

當然這話不能當著鍾菱的面說，祁珩只能點點頭。「唐家二小姐跟著父親回鄉的事情，早就人盡皆知了。」

鍾菱挑了挑眉，眼底閃過一絲喜悅。這樣聽起來，鬧得確實夠大了。

在祁珩察覺到她異樣的情緒之前，鍾菱及時的用誇張的動作掩蓋了自己的歡喜。「不管城裡的事情了。來，嚐嚐我新烙的煎餅，給你做了個清淡版的。」

鍾菱面前擺著一個鏊子，是她在鐵匠鋪子訂製的，祁珩睡午覺的時候，鐵匠鋪師傅送過來的；另外還有一個用來推麵糊的，略微有著弧度的狹長竹板。

只見鍾菱舀了一勺麵糊在鏊子中間，接著用小竹板將麵糊均勻攤開，等到麵餅表面略微變得透明後，鍾菱拿起一顆蛋，單手磕開，迅速的用小竹板將蛋液均勻的打散、攤開。

「聽聞行軍之時也常會帶上煎餅，薄如蟬翼，酥鬆爽口。我用雜糧麵糊試了試，發現如果想要捲東西的話，還是白麵摻水調出的麵糊最合適。」

她說著，拿起小鏟子給麵餅翻了個面。「攤了雞蛋之後的麵餅，更裹得住東西。」

鍾菱刷上混著肉末的濃稠醬汁，拿起筷子挾了拌好切絲的藕，擺在麵餅中央，筷子和小鏟子一起使用，用麵餅裹住中間的藕絲，捲成了長筒狀。

「從前看菜譜只道煎餅好吃，我尋思煎餅能刷醬吃，捲東西進去應該也會好吃吧。」

她一開始想做的其實是最簡單的煎餅果子，但耐不住她的想法實在是太多了，也想試試從前吃過的柔軟的雞蛋煎餅，後來又想把配菜添進去，就成了現在祁珩看到的四不像。

祁珩決定住在鍾家後，唯一顧慮是擔心自己吃不飽飯，而如今他端著煎餅，擔憂的問題卻變成了自己會不會吃撐。

照這個吃法，等他養好傷回宮述職，怕是胖得連陛下都認不出他了。

只是這煎餅實在是香，加上鍾菱的目光澄澈又熱烈，祁珩根本沒辦法拒絕。

餅皮柔軟，帶些微微的韌勁，雞蛋液並沒有攪得很碎，金黃和雪白交織，豐富了口感，藕絲脆嫩，調味也恰到好處，直教人覺得清爽極了。

「怎麼樣？若是你在京城，早上願意吃上一個這樣的煎餅嗎？」

祁珩沒有猶豫的點了點頭。「很適合夏天，能一邊拿著、一邊吃，也沒有很重的味道，不管是官差還是普通百姓，都能夠接受。」

聽到評價後的鍾菱肉眼可見的鬆了一口氣，轉瞬又露出幾分苦惱。「但是我覺得藕絲有點單調，你再多吃幾口就能吃出來了，我想加點胡瓜絲，但是好像除了清脆一點外，也沒有什麼太大的改變。」

鍾菱托著下巴發愁，祁珩嚼著煎餅，把目光放到一旁蓋著蓋子的鍋上。「這是什麼？」

「你家送來的雞蛋太多了，這個天氣吃不完會壞的，就煮了幾個茶葉蛋。」鍾菱聞言掀開蓋子，舀了兩個帶著棕褐色裂紋的蛋，盛到碗裡，遞了過去。

祁珩真的很想告訴鍾菱他吃不下了，但是鍾菱做的菜，每一道都給了他足夠的驚喜，他不捨得錯過，本著「只吃一口」的想法，終究還是緩緩剝開了蛋殼。

「雞蛋要煮了之後敲碎，再用香料煮。古方上寫了只用鹽和粗茶葉煮，可能是茶香不夠重，總覺得寡淡了些，我就用了些燉肉的香料。」

古方燉茶葉蛋，只用鹽和茶葉，但鍾菱卻從紅燒肉裡得到了靈感，照著滷蛋的做法調整了方子。在香料的作用下，雞蛋入口的時候確實有幾分醇厚的肉香，蛋白柔嫩有彈性，只是似乎並未完全浸透入味，吃到蛋黃的時候就有些寡淡了。

「你說……我把這個茶葉蛋捲到煎餅裡，可行嗎？」

正在努力嚥下蛋黃的祁珩被噎住了，他辦事向來重邏輯和規則，突然被鍾菱天馬行空的想法驚得說不出話。

怎麼會有人想把什麼都捲進大餅裡?!

祁珩毫不猶豫的拒絕道：「從古至今就沒有這樣吃的！」

「可我想試試。」

「不可以！」

事實證明，祁珩的意見有時候也並不重要。鍾菱完全無視祁珩的阻攔，火速的開始動手攤煎餅。創新煎餅迅速出爐，只是祁珩堅決的表示自己真的吃不下了，鍾菱只能自己吃，還時不時用小竹竿在地上劃著什麼，似是在用她自己的方式調整配方。

茶葉蛋不夠入味；加了茶葉蛋之後要把醬汁的味道調淡一點，涼拌藕絲的醋味完全被掩蓋了……

配方研究到一半的時候，鍾大柱帶著一大捆連根拔起的艾草回來了。

鍾菱忙給鍾大柱也攤了一個煎餅。只是想要從鍾大柱那裡得到一些具體的評價實在是有些難度，他吃完後並沒有發表任何評價，就去原本長滿雜草的空地上栽種艾草了。

「少爺覺得我一個煎餅訂價八文如何？若是想要加肉末的，就十文。」鍾菱拍了拍手上的碎屑，朝著祁珩問。

「妳想要擺攤的話，不能這樣賣。」祁珩搖搖頭，眼眸裡閃過一絲光亮。「應該是十文一個，不要肉末或者茶葉蛋的，八文。」

這句話好像沒有差別，卻又好像有很大的變動。

鍾菱抿著嘴消化了一下，堅信了祁珩是懂行銷的。「要是加錢的話，總教人覺得多花錢了，會讓人有吃虧的想法；但是不加料少錢，卻教人有種選擇更多，而且便宜了的感覺。」

祁珩聞言點點頭，肯定了鍾菱的說法。

或許鍾菱猜到了他的身分不一般，但是她不可能知道，前幾年朝廷大刀闊斧的稅制改革，詔書背後的起草工作，有很大一部分是祁珩的手筆。祁珩對財政情況的掌控和對人心的瞭解，在整個翰林院都是數一數二的。

「我想明天就去試試。」鍾菱掰著手指算著。「少爺你放心，你家送來的菜，我只用來試菜，用來擺攤的，我會另外去買的。」

祁珩眉一挑，似是有些不解鍾菱的話。「妳明知道我不介意，況且這些菜根本吃不完。」

「那不一樣。」鍾菱搖著蒲扇，用一種不屬於她這個年紀的口氣慢悠悠的說道：「碰了不該屬於自己的東西，哪怕只是微不足道的一點，終究是要付出代價的。」

就像她終究不是唐家的二小姐，陳王妃的頭銜也只是一個虛名。她得到了不屬於她的榮華富貴，也終究要付出代價。

死過一次的鍾菱，再面臨這樣的選擇時，變得格外謹慎。

「能讓我撒開手的試菜，我已經很知足了，畢竟，在你來之前，我還在擔心下一頓沒有著落呢。」鍾菱突然放下蒲扇，看向祁珩。「你一會兒記得提醒我去買胡瓜，明早要擺攤的話，今晚得備好菜才行。」

她的思維有很強的跳躍性，轉換得非常快，見識過兩次後，祁珩已經有些見怪不怪了。茶葉蛋要用小火煨著，這樣能夠更加入味。鍾菱跑去廚房裡調製醬料去了，把擺在樹下的鍋灶留給了祁珩看管。

日光西斜，卻還依舊刺目。

離吃晚飯還有段時間，祁珩便在院子裡看起公文，他稱病休養，手頭上的活也暫時交給了手下和同僚，突如其來的空閒，他便開始看起了來年會試的相關事務。陛下很早就點過名要他參與了，年輕的皇帝在近幾年徹底掌握了朝政，眼下正是缺人的時候。

祁珩參加的是上一屆會試，因為重開科舉的時間不長，規模並不大。而經過這幾年的發展，如今經濟繁榮，社會安定，想來這會試的規模將是前所未有的大，得提前做好準備才行。

有人在忙著開自己的小鋪子，有人在規劃著來年的春闈，似乎毫不相干的兩個人生，卻在這赤北村的小院裡交會在一起。

鍾菱最後沒買胡瓜，不是祁珩沒有提醒她，而是柱子先送了一筐過來。

柱子是帶著自己的妹妹來的，他把胡瓜往鍾菱手裡一塞，嘴就沒停過。「阿寶那傢伙，送完蓮子還要來我家門口晃悠一圈，害得我娘罵了我一頓，說我辦事不積極；可是那個時間鍾叔肯定在家啊，我哪敢來啊！」

從他們站著的角度，是看不見屋裡的鍾大柱的。

偏偏柱子是個大嗓門，鍾菱倒抽了一口氣，根本插不了嘴，她比劃了半天，柱子也沒理她，又很自來熟的跟祁珩打了個招呼，嘴裡絮絮叨叨的說個沒完。

「二狗哥好啊！你不知道鍾叔的氣場多恐怖，我覺得他一隻手就能把我捶進地裡，所以我每次在村裡都繞著他走；但是誰又能不崇拜鍾叔呢！我常忍不住偷偷看他，哎……」

祁珩擰著眉毛，眼淚都快擠出來了，也沒能阻止柱子發表自己的對鍾大柱的「誇讚」。他別過頭去，看了一眼在屋子裡喝酒的鍾大柱，壓低了聲音道：「鍾叔……在家。」

柱子瞬間閉上嘴，立即站得筆直。

鍾菱一手提著胡瓜，一手牽著柱子妹妹的手朝廚房走去，在路過小方桌時，鍾菱輕輕拍了拍柱子妹妹的肩膀。

小姑娘鼓起勇氣，細聲細語的朝著鍾大柱解釋。「鍾叔，鍾姊姊給我們送了藕片，我娘就叫我送胡瓜來，讓大家一起嚐嚐。」

面對乖巧白淨的小姑娘，鍾大柱還是客客氣氣的朝她點了點頭。

「嚇死我了，嚇死我了，鍾叔怎麼在家啊？」屋外的柱子捂著胸口，五官誇張的在臉上亂飛，可聲音卻壓得低低的。

放好胡瓜的鍾菱有些不解的歪了歪頭。「至於嗎你，嚇成這樣？」

提起赤北軍，柱子也顧不得壓低聲音了。「妳不懂，赤北軍的每一個士兵都驍勇善戰，如果沒有他們，我們這個村，就沒有人能活下來！」

鍾菱愣了愣，沒有接著這個話題說下去。

主要是鍾大柱在家，而且祁珩已經答應了要告訴她赤北軍的事情，眼下更急切的是明天擺攤的事情。

柱子家的胡瓜品質很好，鍾菱想要長期從他家購買，而且柱子妹妹說，他們家早上的時候會去京城賣菜，鍾菱想要搭便車，去京城看看情況。

和里正一樣，柱子的爹娘對鍾家同樣展現出十分的熱情。他們幾乎是一口就應下鍾菱的請求，並且說什麼都不肯收錢，鍾菱只得多攤幾份煎餅，又盛了一碗茶葉蛋，讓他們端回家。

鄉村裡你來我往的人情，鍾菱適應得很快，也適應得很好。

次日一早，天不亮的時候，鍾菱就起來切菜了。她興致勃勃的準備好一切，然後推著小推車去村口找柱子爹娘會合。

鍾菱出門的時候，祁珩剛好醒來。

望著那深藍天空下來來回回忙碌的身影，她分明只是去擺個攤子，卻讓祁珩莫名其妙生出了幾分澎湃的期待感。大概是鍾菱的手藝確實好，又或者，她的生活態度實在是太積極向上，就好像有使不完的勁一樣。

他想，上天會眷顧這樣生機勃勃的姑娘的。

祝子琛背著手，慢悠悠的走在擺滿吃食攤子的踏燕街上。

自從幾日前他的頂頭上司失蹤後，祝子琛一下子就閒了下來，再也不用每天飛奔著去點卯。從前他只是這充滿煙火氣的長街的一個過客，如今，終於可以加入其中，感受這京城早市的魅力了。

在走過昨日吃過的餛飩攤後，祝子琛敏銳的察覺到，曹婆婆的肉餅攤旁，多了一個新的小攤。可能是新攤的緣故，生意看起來有些冷清，上一個買完的人剛走，攤前便沒了人。

小攤前擺著一塊相當顯眼的木牌，上頭寫著「鍾記金沙捲餅　十文一個」，旁邊還有一行小字「不要肉燥子　八文」。

那遒勁有力、頗具風骨的幾個字，硬生生讓祝子琛停下了腳步。

這怎麼有點像他上司的字跡？

就在他低頭細看時，細軟溫和的聲音從攤後傳來。「今日是第一天開張，前五個不收錢，公子要嚐一個嗎？」

祝子琛抬頭看去，只見一個膚白貌美的小娘子，正瞇著眼睛朝他笑。

他從未聽說過金沙捲餅，只是衝著這漂亮至極的字和笑得好看的小姑娘，試試也無妨。

「來一個！」

鍾菱朗聲應下，俐落的開始攤餅。她昨天調整過配方，若添了茶葉蛋進去，就不必在煎餅上添蛋液，先將醬汁刷在煎餅上，肉燥子等到擺料的時候再放。

在看見鍾菱撈出一個褐色的茶葉蛋，靈巧的用夾子剝了殼，放到煎餅上時，祝子琛已經堅信這幾個眼熟的字和他的上司沒有任何關係了。

這種吃法，實在太過於新奇了，絕不是他那個做事極其有條理和規章的上司能容忍的。

「子琛兄！」

「祝大人！」

幾個騎著馬，身著錦緞的青年和祝子琛打招呼。他們翻身下馬，有些好奇的看向鍾菱的攤子。

「這是新開的攤子吧，從前沒見過呢。」

「是啊。」祝子琛往旁邊挪了挪，讓出攤前的位置，讓眾人能看清攤子。「小娘子說前五個煎餅不要錢呢。」

「還有這種好事？給我也來一個！」

「我也要一個！」

「不好意思啊各位公子。」鍾菱鏟起煎餅，放到油紙上，俐落的捲好後遞給祝子琛，笑咪咪的看向那幾個青年。「這位公子剛好是今天的第五個客人。」

「哎呀，運氣就是沒有祝兄好啊。」

「就是，那我先不要了，我等著看祝兄說好吃我再買！」

「是啊是啊，子琛兄你快嚐一口。」

幾個青年圍著祝子琛，七嘴八舌的說了起來。

祝子琛掀開油紙，為難道：「你們別這樣，弄得我都不好意思吃了。」

他是擔心若是真的味道不好，當著這小娘子的面直接說出來，怕是不太合適。因為木牌上那幾個字，祝子琛對鍾菱，多了幾分不同尋常的客氣。

可他扭頭一看，鍾菱正擦著手，笑得比他那幾個同伴還燦爛。「你快吃，我也想聽聽評價。」

她都這麼說了，還有什麼好顧慮的？祝子琛一口咬下去，細細咀嚼了起來。他一直沒有說話，一直到咬到那個藏在中間的茶葉蛋時，眼中閃過一絲驚豔。

他一直在想，「金沙」這個名字，是從何而來，當咬到茶葉蛋的時候，他終於明白了。蛋黃入味也不噎人，有些沙沙的，和脆爽的胡瓜、酸脆的藕絲一起嚼開，當真稱得起「金沙」這個名字。

而且肉燥子明明浸在醬裡，可當吃到茶葉蛋的時候，味覺上卻弱了茶葉蛋一頭，直教人覺得這茶葉蛋才是真正的主角。

在眾人期盼的目光中，祝子琛嚥下了嘴裡的食物，堅定的朝著鍾菱說道：「小娘子再給我做一個，我點完卯再吃。」

此言一出，那幾個青年也不客氣了，都想搶在祝子琛前面買。

一時間，攤位前熱鬧非凡。不少人聞聲湊過來，見這幾個錦衣玉袍的年輕人都搶著要買，讓人不禁對這個新擺的攤位好奇了起來，也跟著排起了隊。

木牌是祁珩寫的，在踏燕街擺攤，也是祁珩的主意。

這個地方人流大，而且地理位置極好，是那些喜歡在坊市間買吃食的年輕官員去點卯的必經之路。年輕人大多願意嘗試新事物，只要他們願意吃上一次，那鍾菱就有自信讓他們還會想再來吃。

第一天擺攤，賣的速度比預想得要快。在藕絲用完了之後，鍾菱將茶葉蛋分給周圍的攤販們，推著板車拐進了一條小巷。

她用一個月一百文的價格，和隔壁包子鋪的婆婆租了房子拐角的一個小雜間，用來安放些沒必要搬回去的東西。

推著板車回到赤北村的路上，鍾菱嘴角的弧度再也止不住的揚了起來。

她這幾天其實睡得不好，還沒有完全習慣木板床，硌得腰有點疼，再加上摔下山受傷的腿上的瘀青也隱隱作痛，推著木板車走在溫度逐漸升高的太陽下，對她來說也不算輕鬆。

可鍾菱就是高興。

迎面吹來的風，和漫天重疊的雲，她清晰的意識到自己是自由的。她靠著自己的手藝賺了錢，聽了來自他人的誇讚，還答應了不認識的顧客，每天在老位置擺攤。

這幾百文，放在前世，鍾菱怕是看都不會看上一眼；可是現下的她抱著裝著錢的竹筒，一路連蹦帶跳的回到了赤北村。

祁珩倚靠在樹蔭下的躺椅上看書，瞧著鍾菱昂首挺胸的模樣，活像個打了勝仗的將軍，他心裡最後的擔憂也就放下了。

「生意不錯？」

「賣完了！」鍾菱仰著臉笑得開心，她安置好小推車，又匆忙的去清洗廚具。忙完這些之後又揉了麵，用肉燥子拌麵做午飯。

到家之後，周身的疲倦終於湧了上來。鍾菱撐著一口氣，打了水、洗了澡，腳步踉蹌的就要回柴房睡覺。祁珩見鍾菱包起的頭髮還帶著濕意，忙喊住她，好說歹說就是不讓她走，非要她等頭髮乾了再去睡覺。

鍾菱無奈，只得拉了把椅子，在祁珩身邊坐下。她剛靠上椅背，幾乎瞬間就昏睡過去。

鍾大柱回家的時候，就看到了這一幕。

一早就出門擺攤的鍾菱靠在椅子上，七扭八歪的睡得很沈；一旁的祁珩拿著書，注意力卻都放在鍾菱身上，不錯眼的盯著，生怕她睡翻過去。

祁珩看見鍾大柱走過來，放下手上的書，小聲的打了招呼。

鍾大柱瞥了一眼他那偽裝成詩集的公文，指了指鍾菱，壓低了聲音問道：「怎麼了？」

「可能是太累了，一早帶去的東西全都賣完了。」祁珩在脖子上比劃了一下，又指了指眼睛。「她估計還沒有習慣，夜裡沒有睡好。」

柴房外剛栽種下去的艾草鬱鬱蔥蔥，在陽光下閃著油亮的光澤。

鍾大柱走到鍾菱身邊，看著她眼底的陰影，脖頸上的腫包，還有薄紗衣袖下，白嫩手臂上的瘀青，微不可聞的嘆了口氣。

他看不懂鍾菱要幹什麼，為什麼要這麼拚命的擺攤賺錢。

就像他從一開始，就沒有看懂鍾菱為什麼能在什麼都不記得的情況下，這樣決然的放棄唐家的一切榮華富貴，跟著他回鄉下。

她的身上有太多秘密了⋯⋯

一旁的祁珩悄悄合上書，將鍾大柱複雜的目光盡收眼底。

第六章

鍾菱完全不知道她睡著的時候發生了什麼，一覺醒來，她做的第一件事情是數錢。

第一天一共賺了四百八十文。鍾菱細算了一下，等到口碑和名聲都打出去後，肯定能夠賺得再多一些。

她要收雞蛋、胡瓜和藕的事情，在里正的介入下，由阿寶做牽線人，幫著鍾菱安排好了。她給的價格公道，村裡人也樂意賣給她。

煎餅的大部分準備工作並不複雜，第二天早上做就行，就只有茶葉蛋必須花時間燉煮，才能入味。於是她抱著個大盆，一邊磕雞蛋，一邊扯著祁珩講赤北軍的事情。

「我只知道，當今聖上是在十年前那場動盪後即位的，更多的就不知道了。」

「妳……」祁珩吸了口氣搖了搖頭，這一點鍾菱倒是符合嬌小姐不問世事的形象。

「十年前蠻夷入侵中原，勾結了朝中大臣，因先帝被矇蔽，導致西北大半領土被侵占。」

鍾菱點了點頭，表示自己在聽。

「當時朝中局勢昏暗，內鬥嚴重，幾乎所有人都在為自己謀利，沒有人管百姓死活；而赤北軍則憑藉非凡的作戰能力，脫離了朝廷的指揮，守住蠻夷入侵京城的最後一道防線。」

難怪村子裡的人對赤北軍如此敬重，鍾菱下意識的朝著鍾大柱房間的窗口看了一眼。

「因為赤北軍的駐守，蠻夷久攻不下，於是蠻夷勾結朝中大臣，以優待之名，將赤北軍眷屬們哄騙到京城附近的樊城。」

「人質？」

「對。雙方最後沒能達成協議。蠻夷屠城，而赤北軍也殺紅了眼，以不要命的打法，生生攻下樊城，斬殺蠻夷首腦。而與此同時，朝中蟄伏的勢力發動政變，清除被蠻夷籠絡的大臣後，擁護宗室裡的旁系登上皇位，便是當今陛下。」

鍾菱皺著眉頭，總覺得他說的這段過去莫名的熟悉，在那粗略帶過的幾句話中，似是有什麼細節，在她已經遺忘的空白記憶裡，蠢蠢欲動的想要鑽出來。

她放下勺子，捂住跳得過快的心臟。「那我爹……在這個故事裡有名字嗎？」

這個問題倒是問倒祁珩了，他低頭思索了一下，在他看過的一長串名單裡，沒有出現過「鍾大柱」這個名字。

「赤北軍精銳，但是人數也不少，最出名的是鍾主將和紀副將。」

「嗯？」鍾菱眼前一亮。「我爹也姓鍾，他有沒有可能就是主將呢？」

祁珩搖了搖頭。「不可能，如果鍾叔就是主將，那妳絕對不可能是他的女兒。」

鍾菱皺眉。「為什麼？」

「因為雙方對峙到最後，蠻夷困獸猶鬥……」祁珩閉上眼睛，重重的嘆了一口氣，嗓子堵得厲害。「他們在城牆上，當場斬殺了鍾將軍的妻女。」

啪嗒——

鍾菱手中的勺子掉到地上，她的目光直直的，完全失去了光彩。

明明是酷暑的天氣，可鍾菱卻覺得脊背一陣發涼，眼前一片發黑，摻雜著大片的鮮紅，好像有很多人在耳邊扯著嗓子，嘶吼著聽不清楚的話。

腦袋裡傳來綢緞破裂的脆響聲，劇烈的疼痛逼得鍾菱抱著腦袋，她將頭埋在手臂裡，背脊猛烈起伏，像是極力要將自己從黑暗中拉出來，又像是在努力走進一段被忘卻的回憶裡。

祁珩被眼前人突如其來的動作嚇了一跳，他一把抓起手邊的楞杖，也不管自己方不方便了，一瘸一拐的上前察看鍾菱的情況。

她的手很涼，涼得不像一個正常人應該有的溫度。

「鍾菱！鍾菱！」祁珩握住她的肩膀，將溫度傳遞過去。他一遍一遍喊著鍾菱的名字，企圖將她從夢魘的狀態中喚醒。

終於，單薄脊背顫抖的幅度逐漸降低。鍾菱緩緩的抬起頭來，滿臉淚痕。

「妳怎麼了，是想起什麼事情了嗎？」

鍾菱眨了眨眼睛，花費了一點的時間，才認清楚眼前的人是祁珩。

她緩緩的搖搖頭，張了張嘴，卻沒能發出任何聲音。祁珩拄著楞杖，取來水遞到鍾菱的嘴邊，看著她慢慢的喝下。

意識清醒後，她眼中的迷霧也逐漸散開，恢復了往日的光亮。鍾菱端著水杯，有些驚魂未定。「我也不知道怎麼回事，只是覺得很冷，什麼都看不見，但是很害怕。」

她睜大眼睛，喃喃的重複了一遍。「非常害怕。」

祁珩不敢再問，生怕再刺激到鍾菱。現在的鍾菱回到了父親身邊，活得積極又陽光。可他們都忘了，作為赤北軍士兵的女兒，鍾菱也曾經身處那被血染紅的小城。

鍾菱攤開手掌，又重新合上，自言自語道：「我不記得以前的事情了。」

十年前，剛好就是原身忘記了所有的事情，被唐家撿到的那一年。那段經歷，到底是有多麼慘烈，才會因隻字片語，便勾起如此強烈的反應。

而鍾大柱……又是用什麼樣的心態度過這十年。

鍾菱根本不敢細想，尤其是在上一世，在得知她死訊的時候，鍾大柱又是以什麼樣的心態，將她安葬。

鍾菱的臉色很差，她杵著腦袋勉強喝了一碗蓮子羹，就再也吃不下其他東西了。

祁珩攬下了看茶葉蛋的活，催著鍾菱去睡覺。他獨自一人坐在夜色沈沈的院子裡，望著竄動的火苗出神。

收拾完廚房的鍾大柱從房間裡走出來，坐到祁珩身邊，將手中的一塊茶磚放到爐灶邊。

「讓她換個茶葉，用祁門煮雞蛋，糟踐。」

那是一塊看起來很有年代感的茶磚，包裹在表面的白紙都已經被染成黑褐色，隱約能看見已經褪去的赤紅色的封條。

祁珩下意識的摩挲茶磚粗糙的表面。

鍾菱昨日才和他說過，他家送來的茶葉年分不夠久，煮不出那麼醇厚的茶香。祁珩特地拿來看過，這就是墨坊用來待客的茶，估計是下人匆忙，隨手放進來的。

不是祖父慣喝的金駿眉，也不是御賜的龍鳳茶團，祁珩也就由著她拿去煮雞蛋了。只是在富貴人家長大的鍾菱，看起來好像不太懂茶葉的樣子，嘟嘟囔囔了半天說的都是「茶葉」，但是鍾大柱卻能準確說出是祁門。

他鬼使神差的就想起了下午的時候鍾菱提出的疑問，赤北軍的主將鍾遠山容貌俊秀，出身武將世家，在那場災變前家中富足；而副將紀川澤祖上是書香世家，卻生得魁梧健壯。

望著那竄動的微弱火苗，祁珩小聲的開口問道：「鍾叔，鍾菱她……真是你女兒嗎？」

鍾大柱沈默的盯著火光，良久才緩緩開口。「她，是赤北軍所有將士的女兒。」

雖然身體有些不適，但是鍾菱還是堅持出門擺攤。

她和祁珩一致認為，她的小攤子一定要堅持在固定位置、固定時段販售，積累起一定食客後，不僅收入穩定，以後開了食肆，這些食客也都是鍾菱的目標群眾。

而令鍾菱感到驚喜的是，昨日大部分來消費過的食客，今日也依舊直奔她的攤子。那幾個錦袍青年，今日也先後的來光顧了。

這種新奇的吃法，還是招年輕人喜歡。

不過鍾菱發覺自己也是小瞧了本朝人民的接受能力。

因為茶葉蛋一直用小火溫著，那醇香在一眾吃食攤前闖出了一片天。在一旁吃餛飩的中年大叔，止不住回頭尋找香味的來源，最終沒忍住，端著碗跑到鍾菱的攤子上，買了兩個茶葉蛋，放進餛飩裡。

大叔的吃法，驚呆了周圍一眾攤主。有不少食客也學他，跑去鍾菱攤子上買茶葉蛋。餛飩攤的老闆看著食客們端著大瓷碗在人群中擠來擠去，哭笑不得的跑來和鍾菱商量，每天早上和她收購一些茶葉蛋，放在餛飩攤賣。

在和祁珩討論了一番後，決定在餛飩攤的茶葉蛋砂鍋上，擺上了祁珩手寫的「鍾記茶葉蛋」木牌。

「你這字寫得真好，不少路過的年輕官員和書生，都要停下來看一眼呢。」

鍾菱在樹下攪動著骨頭湯，一邊分神看祁珩寫字。

祁珩寫字的樣子好看極了，他一手挽著衣袖，素白修長的手指捏著筆。他略微低著頭，髮絲從鬢邊垂下，陽光拂過他高挺的鼻梁，在髮尾染上光暈。

實在是過於賞心悅目了，要不是條件實在不行，鍾菱都恨不得把祁珩推到她的小攤邊，這樣每天來吃早膳的姑娘和小姐一定會多上許多。

祁珩完全不知道鍾菱的腦子裡在想的是什麼危險的東西，他輕笑一聲，將寫好的木牌遞給鍾菱。

他的這手字，是祁國老從小盯出來的，連當今聖上都讚不絕口。若是朝中那些說他不懂變通、框死在規矩裡的官員，瞧見他的字出現在街邊攤子上，怕是要驚得說不出話了吧。

一個人的原則一旦被打破，就會以非常迅猛的速度崩塌。

本著打不過就加入的原則，祁珩不僅對創新菜品吃得津津有味，甚至還開始指手畫腳了。

碰到下雨天，鍾菱就不出攤了。

屋外的雨滴滴答答下個沒完，鍾大柱穿上簑衣去田裡，祁珩和鍾菱也轉移到屋內嘮嗑。

恰好阿寶來送雞蛋的時候，給鍾菱拎了一筐蝦。有大把的閒暇時光，鍾菱便細細的剝了蝦殼，再將蝦肉剁得細碎，加上蛋清和生粉，煎成了金燦圓潤的小餅。

祁珩迫不及待的挾了一塊。

河裡新鮮的蝦蝦肉鮮爽彈牙，表皮在油裡煎得微脆，鍾菱只用了最簡單的鹽調味，就將河鮮的甘甜最大程度的發揮了出來。

「沒有什麼醬汁嗎？」

祁珩看似飲食清淡，但其實偏好甜鹹口味，鍾菱在觀察了幾天之後，便得出這結論。

而鍾大柱雖然好重鹽的肉食，但實際上對清淡的時蔬和甜口的糕點也還滿喜歡的。

調味是鍾菱最擅長的，那些適量、少許的模糊字眼，在她這裡都不是問題。雖然桌上放了一碟醋，但是鍾菱還是給祁珩調了偏甜的醬汁，澆在蝦餅上。

「你少吃點，我還燉了鯽魚湯和糯米糖蓮藕。我第一次做糯米蓮藕，若是你覺得好吃，到時候就寫到小食肆的菜單上。」

「怎麼天天燉湯喝啊？」祁珩放下筷子，撐著下巴看鍾菱處理魚。

他這幾日是真的感覺自己好像被鍾菱餵胖了，這丫頭的腦子裡不知道有多少稀奇古怪的菜譜，除了湯的種類不多，其他的菜簡直是日日不重樣。

鍾菱聞言重重的嘆了口氣，她頗為憂愁的看了一眼鍾大柱的房間。

「我爹他……好像真的日日在喝酒，我現在不敢直接勸，只得做些滋補養肝的湯；而且少爺你臉色也不太好，看來平時都沒有好好休息，多喝點滋補的湯，也有好處。」

聽鍾菱這麼一說，祁珩才意識到，他的睡眠品質確實好了不少。作為天子身邊的重臣，基本上是隨叫隨到，他也是這段時間真的被公務壓得有些喘不過氣來了，這才假借調查赤北軍之名，在鍾家養傷躲個清淨。

「妳將來那小食肆，莫不是打算以此為招牌菜？」

「想做養生湯，但是別的菜可能不行……」鍾菱有些為難的攤了攤手。「你知道的，我很難中規中矩的做菜。」

祁珩摸了摸下巴，思索了片刻後問道：「妳估計得擺攤到什麼時候才能開鋪子？」

這個問題鍾菱也有想過，因此她沒什麼猶豫就給出了答案。「最早年後，晚的話可能要到來年端午左右了。」

「太久了，妳的攤子現在也有了一定的客源，是時候趁熱打鐵，把名氣打響才是。」祁珩轉了轉手裡的筷子，抬頭看向鍾菱。「我手裡還有一些閒錢，可以和妳合夥。」

「不行！」

鍾菱毫不猶豫的搖頭。「謝謝你的好意，但我想開一家屬於自己的食肆，借了你的錢，要還的時候就麻煩了。」

「這有什麼好麻煩的，到時妳把銀兩還上不就行了？」

鍾菱放下手裡的刀，倚靠在灶臺旁，看向祁珩的目光滿是無奈。「少爺啊，你應該比我清楚，人情才是最難還的東西。你和我合夥開了食肆，回頭你要我做菜招待陳王，我若不願意，到時候又該如何收場啊？」

祁珩有些頭疼的揉了揉眉心，他不理解鍾菱的想法，以他的身分，又站在這個位置上，人情這種東西，就是用來交易的。

但他也理解，鍾菱這個年紀的小姑娘，知道自己拿捏不住，就從源頭上不去碰。

只是，她究竟在唐家看見了什麼、又經歷了什麼，會這樣的警惕？又是怎麼就提到陳王了？得派人好好查查唐家了。

「我這句話，隨時有效，妳什麼時候想好了，來找我就行。」

祁珩倒是也有些好奇，放鍾菱野蠻生長，她究竟能長成什麼樣。

令祁珩感到意外的是，鍾菱的那些食客們的接受度，比他想像得要強大很多。有些人不愛吃胡蘿蔔，便叫鍾菱不要放；有些人格外喜歡胡瓜，便央著多放些。

祝子琛隔三差五就來買餅，可能是受了他上司的影響，他每次都中規中矩的點一個標準版的金沙捲餅。但那個和他打招呼的友人汪琮，卻是個膽子大而且想法多的人。

汪琮正在國子監就讀，準備參加來年的會試。他是第一個提出，要捲一個有兩個蛋的金沙捲餅的人，也是第一個對菜單下手的人。

他在吃過加兩個蛋的捲餅後，覺得相當不錯，於是自己帶了筆墨，硬是在鍾菱的招牌上、祁珩提的字旁邊加上了一行「雙蛋金沙捲餅　十二文」。

他這個「雙蛋」被祝子琛嘲笑了半天，說是這樣的文筆，定是要落榜的。兩人在攤前吵了半天，鍾菱一邊笑咪咪的看熱鬧，一邊攤著餅。

她生得白淨，攤子上也都打理得乾乾淨淨，而且和這條街上其他攤主比起來，脾氣實在是太好了，永遠都是輕聲細語的，瞇著眼睛笑，看起來就很好說話的樣子。

也因此，在祝子琛和汪琮的吵鬧聲中，有人捏著一根油條排到了攤位的最前面。「小娘子，可以把這油條加進去嗎？」

吵架的背景音戛然而止。

汪琮一下子湊到前面，滿是好奇的看著鍾菱要怎麼做。

隔壁劉阿婆炸的油條太長了，鍾菱便用鏟子切了一半，把另一半還給那人。在加料前，把油條壓在最下面，澆了些湯上去，縱使壓了又壓，這個額外加料的捲餅還是大上許多。

周圍也有不少圍觀的人，見加自己帶的料並不額外收錢，發出感嘆。「原來還能自己帶料啊。」

鍾菱在這方面，也不是什麼有原則的人，只要能加進去，她就都順著食客的意思加了。而那自帶油條的青衫男子，在看見汪琮添在木牌下頭的字後，詢問能不能把他「開發」的捲油條也寫在招牌上。

背著手走過來看熱鬧的油條攤劉阿婆笑著附和，等著買餅的人群裡，有個年輕的女孩探著頭問道：「那我要是自己帶了食材，也可以寫上去嗎？」

鍾菱下意識的點了點頭，她完全沒有想到，煎餅攤子會變成這個走向。

前世來到這個朝代後，鍾菱基本上都在後院裡，唐家和陳王府都帶著她印象裡刻板的迂腐和死板，她以為這是這個朝代的風氣；可沒承想，外面的世界竟是這樣的開放且大膽。

汪琮是特意自己帶了筆墨來的，他也不管還在發愣的鍾菱，一把就將筆塞給那個青衫男子。兩人推讓了一會兒，最後那蘸好墨的筆，落到了祝子琛手裡。

祝子琛抬頭看了一眼鍾菱，嘆了一口氣後俯身寫下了「油條」二字。

這般做法讓周圍買餅的人都覺得新奇有趣，一時間招牌前圍了不少人。

尤其是汪琮的「雙黃金沙捲餅」寫得歪七扭八的，祝子琛在後頭也跟著寫了一個斜體，看起來就頗有些廣告的意思在裡頭了。

鍾菱哭笑不得的看著他們折騰招牌，等她又捲好一個捲餅，遞給剛剛說要自己帶食材的女孩後，在斜對角賣竹葉粽的葉嬸子揣著兩個竹葉粽，站在了小攤前。

「鍾姑娘，妳瞧我這竹葉粽可以包進去嗎？」

鍾菱驚了。

她來擺攤的這些日子，把踏燕街的攤子吃了個遍。葉嬸子的竹葉粽，讓鍾菱印象深刻。竹葉粽小巧玲瓏，白糯米晶瑩剔透，黏軟香甜又有嚼勁，帶著竹葉清香，越嚼越香甜。

可是竹葉粽是甜的，怎麼能往鹹的金沙捲餅裡加！

創新菜可以冷門，但是不可以邪門！

「嬸子，這怕是不會好吃。」

「沒事，我就想試試。」葉嬸子擺著手，笑呵呵的把銅錢放進鍾菱收錢用的小匣子裡。

鍾菱拗不過她，只得先將竹葉粽剝開，倒了點油後，將粽子對半切開後壓了壓，煎得兩面焦黃，這才將竹葉粽捲進去，遞給葉嬸子。

「嬸子，這煎粽子也是一種吃法，您回去可以試試。」

主要是所有的配料都是鹹的，夾進一塊白糯米粽，怎麼看都不協調；可若是重新調整配菜，說不定這樣軟糯的夾心也會好吃。

鍾菱忍不住想起她從前常吃的炊飯糰，糯米裡包著油條碎和肉菜，不管在哪個學校門口都很受歡迎，若是有機會，倒可以擺出來賣。

葉嬸子咬了兩口餅，嘆了口氣。「還得聽鍾姑娘的啊，確實有些奇怪。」

鍾菱擦著鏊子，溫聲道：「是我這醬汁搭配不了白糯米，若是調整一下，定是好吃的。」

「妳就別哄我啦。」葉嬸子笑道：「這兩個粽子給妳，我回去就試試妳說的煎粽子。」根本容不得鍾菱拒絕，葉嬸子把竹葉粽往小攤上一放，走得瀟灑。

折騰了好一會兒，時間也不早了，鍾菱又攤了兩個煎餅後，便準備收攤了。

就在這時，攤子前卻突然出現兩個挺拔的身影，將鍾菱面前的日光擋得嚴實。鍾菱有些疑惑的抬頭，只見汪琮笑嘻嘻的舉著兩個剛從葉嬸子攤上買的竹葉粽，一旁祝子琛綳著一張無奈又嫌棄的臉，顯然是被強迫著過來的。

「鍾姑娘可否幫著做一做妳說的煎粽子？」

「你們今日……不用點卯上學？」

祝子琛冷哼了一聲。「我休沐，他逃課。」

真的是哪個朝代都有不愛上學的學生呢，可當事人卻一副頗為不在乎的樣子，他伸手抓了抓荷包，掏出幾個銅板放進錢匣子裡。「那就麻煩鍾姑娘了！」

「拿回去、拿回去，不收你錢。」鍾菱擺擺手，叫汪琮把錢拿回去。

煎粽子不麻煩，不過需要花點時間，煎得兩面焦黃，外脆裡軟。反正都開了頭，乾脆就把葉嬸子給的竹葉粽也對半切開，回去的時候給祁珩和鍾大柱當點心吃。

恰好昨日煮茶葉蛋時，順手把冰糖罐子也放在小推車上了，鍾菱便抓了一小把，將糖慢慢熬化。金黃的竹葉粽裹上一層熬得恰到好處的濃稠糖漿，香甜的味道蔓延開來。

汪琮接過後，迫不及待的咬了一口，然後就燙得上下亂跳。

鍾菱把剩下的打包進油紙裡，一邊收攤、一邊提醒道：「小心些，等涼些再吃。」

「好吃好吃，這可太好吃了！」汪琮可算是嚥下了這口粽子，連聲誇讚道：「妳真的不考慮賣這個糖粽子？我還想明日帶著我娘和我妹妹來嚐嚐呢！」

「不合適、不合適，我賣這個就是搶生意了。」鍾菱擺擺手，抄起招牌放到車上。

瞧著眾人的架勢，怕是接下來稀奇古怪的吃法不會少，她要回去換一塊更大的招牌。

祁珩坐在樹蔭下，腿邊放著一籃子雞蛋和一缸清水。他撩起袖子，肌肉線條流暢有力，修長的手指正浸在清水中，搓洗著雞蛋。

「妳回來了。」聽見推車的動靜，祁珩抬起頭來，指了指一旁的水缸。「阿寶早上把雞蛋送來了，一共給了他七十三文，都記下來了。」

阿寶往往在鍾菱出攤的時候把雞蛋送過來，祁珩便替她收下蛋，再給錢，順便再把雞蛋洗乾淨，等鍾菱回來的時候，就可以直接開始煮。

「謝謝，辛苦你了。」鍾菱安置好推車，將糖粽子遞給他。

糖粽子表面已經有些涼了，糖漿不再黏稠，形成了一層糖殼，咬下去的時候清晰的響起了脆響聲。粽子軟糯有嚼勁，糖殼脆，越嚼越香。

鍾菱抱著一疊紙，坐到祁珩身邊，埋頭就開始用炭筆寫了起來。

自從祁珩提出「加盟」她的小食肆後，鍾菱意識到自己必須著手準備了，小食肆只能賺錢，不能虧錢！

於是她開始寫起了「京城食客調查研究報告」，為日後的開張做準備。

祁珩嚼著最後一口糖粽子，揚了揚手裡的油紙問道：「這是哪兒買的，我從前怎麼沒在踏燕街見過？」

「我自己做的，竹葉粽是香粉鋪子隔壁的葉嬸子賣的。」鍾菱抱著她的市調，抬頭看了眼祁珩，然後突然起身去推車上把招牌抱了過來。

祁珩一眼就看見那扎眼的「油條」二字。看來他不在的時候，祝子琛過得挺快活的。

「我要換個大點的招牌。」鍾菱把招牌往樹樁上一靠，四處張望了一圈。「我爹呢？」

「在後山。」

鍾菱揣著油紙，往後山走去，她得把糖粽子送去給鍾大柱。

今早鍾菱出門時，陽光燦爛得直晃人眼，可這會卻變了天，天色肉眼可見的暗沈下來，風也一改往日的溫和，呼嘯著擦過臉龐，小山坡上的樹枝嫩葉，在風中被迫變了形。

鍾菱走了一小段路，終於在之前掉下去的山坡附近，找到了鍾大柱。

鍾大柱蹺著一條腿，坐在地上，他背對著鍾菱，身邊放著一捆柴，手邊放著一罈酒。風捲起他亂糟糟的頭髮，光看背影好像是一塊生在崖邊的巨石一樣，頑固落寞。

他就這樣看著村莊的方向，眼神中的悲傷翻湧成天邊堆疊的暗沈烏雲，壓在天邊。

濃厚的酒氣劈頭蓋臉的撲了鍾菱一臉，她蹲下身，小心的抱起酒罈子，儘可能讓自己的聲音不那麼顫抖。「快下雨了，我們回去吧。」

鍾大柱緩緩的抬起頭來，他臉色如常，只是眼眸昏黃，泛著淚意。他的目光深沈，滿是悲傷，落在鍾菱身上的一瞬，像是透過她，在懷念著什麼。

鍾菱抱著酒罈子，有些不知所措。

好在鍾大柱的眼裡很快恢復了清明，他站起身來，揹過地上的柴，沈聲道：「走吧。」

第七章

若不是鍾菱一時興起，她還真沒發現，鍾大柱每天居然砍完柴後，在山上喝酒？

或許是已經被發現了，鍾大柱也就不藏著掖著了。他把柴往小棚子裡一放，又去房間裡抱了一罈酒出來，自顧自的就在飯桌旁喝了起來。

他喝得有些狼狽，一隻手倒酒的時候，酒在桌子上飛濺開來。

鍾菱蹲在樹下，戳了戳祁珩的肩膀。「他每天都在後山喝酒？」

祁珩回以一個詫異的目光。「妳不知道？」

鍾菱搖搖頭。她這些日子忙著賺錢，每天早出晚歸的，確實沒注意到鍾大柱。

「鍾叔每天晚上都喝酒，下雨天喝得尤其多。」

鍾菱死死皺著眉，她托著下巴看向屋裡。「為什麼我一點都不知道？」

「妳不知道也很正常，鍾叔應該在避著妳。樊城那場戰役，打到最後是在一場瓢潑大雨中結束的。據說，很多將士在雨夜裡丟掉武器，在堆成山的屍體中尋找自己的親人。」

祁珩仰頭看了眼天色，伸手揉了揉眉心，聲音低低沈沈的。

「這種暴雨天氣，或許只有喝醉了，才能麻痺自己不想起那日的事情……」

風聲呼嘯，像是哀鳴一般在山林間奔騰。

鍾菱只覺得脊背一陣發涼，一股無名的寒意落在身上，就好像樊城的那一場雨，切實的落在她的身上。原來她那日在鍾大柱窗前看到的那罈酒，是一種常態。

「我去里正爺爺那裡打聽一下情況。」鍾菱倏地站起身來，轉頭就往外跑去。

烏雲越發陰沈的壓了下來，祁珩無奈，只得先帶著鍾菱扔給他的招牌，先進屋子躲雨。

雨就像是傾倒下來般，將屋外的景色盡數遮得模糊。潮濕的風帶著草木的氣息，拂進屋裡，低啞的聲音伴著噼哩啪啦的雨聲，迴盪在屋內。

「走啊，走……」

祁珩猛地回過頭，恰好和鍾大柱對上目光。

他的雙目渾濁無光，深沈得像是能吞噬一切。他端著手裡的酒碗，伸向祁珩，因為止不住的顫抖，澄澈的酒順著乾枯粗糙的手指滴落。

祁珩試探的伸手，就在他接過碗的一瞬間，那粗糙的手突然一把扣住他的肩膀。

鍾大柱雙目混沌，滿臉痛苦，眉間的溝壑是化不開的沈重，他嘶啞著聲音，從喉嚨裡擠出幾個音節來。「撤，快撤！川澤，帶他們走啊！」

祁珩的瞳孔猛地一縮，他剛想開口詢問，扣在肩上的那一股力量突然消失不見。

只見鍾大柱整個人軟在了桌子上。

祁珩驚魂未定的捂住胸口，上前察看了一下鍾大柱的情況，總算是鬆了一口氣。

他只是喝醉了。

可祁珩完全沒有釋然的感覺，他坐在桌邊，盯著那一罈酒，艱難的消化著驚天的訊息。紀川澤，赤北軍的副將。

鍾大柱一直到傍晚才醒來。

窗外還在淅淅瀝瀝的下著雨，他喝得急，因此坐起身時，引起一陣頭疼。夢中妻女的聲音逐漸消散遠去，鍾大柱痛苦的閉上了眼睛，企圖挽回她們。

一道清脆的聲音清晰的在耳邊響起，生生將他從夢境中喚了回來。「您醒了啊！」

鍾菱端著一盆熱水進來，擰乾毛巾遞了過去。

毛巾燙得冒熱氣，鍾大柱接過後胡亂的在臉上擦了一把，熱意褪去之後，殘留的水氣讓他清醒了許多。他這才發現，他的房間被打掃了一遍，隨意堆疊在床邊的酒罈子全部不見了蹤影，那些胡亂堆在床上的衣裳也都不見了。

從前他一個人隨意且胡亂的住著，東西都是隨手放的。自從鍾菱來了之後，她好像閒不住似的，將裡裡外外收拾得規整乾淨——除了他的房間。

而如今，他的房間也被收拾乾淨了。一陣艾草的香味輕輕環繞住他，鍾大柱扭頭一看，窗臺上擺著一個酒罈子，插著茂密翠綠的一大捆艾草，驅散了屋內的酒氣。

鍾菱收走毛巾，又端來一碗熱騰騰的湯。

「我去找里正爺爺打聽過了。」她輕聲開口。「他說您從前只在家喝酒，是我和祁珩來了之後才出去喝的。」鍾大柱抬頭看向她，沒有說話，眼底依舊蔓延著悲涼。

「喝了酒下山不安全，還是在家喝吧。我自作主張的替您將酒罈子處理了，又買了些新的酒，就放在外面。祁珩說，那個酒好些，沒那麼傷胃。」

房間的門沒有關，鍾大柱看了一眼，只見祁珩站在一堆酒罈子邊，似是在清點著什麼。酒罈子上貼著寫了「沈」字的紅紙，隔壁村沈家釀的酒他剛來村子的時候也曾喝過一段時間，只是這沈家酒好，價格便略有些高昂，後來他就只喝廉價的烈酒了。

「妳這錢……」鍾大柱啞著嗓子，目光落在了鍾菱身上。「不是要開食肆？」

鍾菱早已料到鍾大柱會提出質疑，她笑了笑。「開食肆是為了讓咱們的生活過得好些，錢的事您不用擔心，花完了，再賺就是了，我的小攤子，生意還是很不錯的。」

這是鍾菱回到他身邊，說過最多話的一次。

鍾大柱閉上眼睛，他想要再看一看妻女的身影，可是她們好像已經走遠了，眼前一片漆黑，什麼都看不到。他不得已睜開眼，卻恰好對上一張帶著淺笑的年輕面容。

似乎有什麼東西，稍稍驅散了這場傾盆大雨帶來的恐懼和陰霾。

他緩緩的點頭，答應了鍾菱。

「新的招牌我寫好了。」祁珩站在酒罈子前，指了指桌上碩大的一塊木板。

「以後妳若是擺攤遇上麻煩，可以去找這個人。」祁珩指了指原先那個招牌上，汪琮寫的字。「我沒有記錯的話，妳說過，他叫汪琮？」
鍾菱點頭。
「京兆少尹家的公子，就叫汪琮。踏燕街的早市，也是歸京兆府管轄的。」
「還有這個。」祁珩指了指「油條」二字。「這個字跡，應當是翰林院的祝子琛。他為官正義，規矩卻又不死板，若是真的有處理不了的事情，可以尋求他幫忙。」
鍾菱端起桌上的茶杯喝了一口，聽得有些雲裡霧裡。她一邊驚訝，每日那些來往的食客裡，竟有這樣身分不低的官員，一邊又感覺到很奇怪，祁珩沒事和她說這些幹什麼。
莫不是準備走了？鍾菱低頭看了一眼祁珩的腿。他這些日子走路還是一瘸一拐的，傷腿還是沒辦法站實在地上。
她的眼神直接不加掩飾，惹得祁珩笑了一聲。「我可能要提早回去了。雖然妳拒絕我的提議，但是我實在是喜歡妳的手藝，還是希望妳早日順利把小食肆開到京城來。」
他頓了頓，收斂了幾分笑意，正色道：「妳的小攤子如今也有了一些名氣，說不定已經被唐家知曉了，照妳說的，唐家那位嫡小姐，怕是會上門找麻煩，妳要小心。」
其實這背後的彎彎繞繞，非常複雜，祁珩一時半刻也沒辦法和鍾菱說明白。
因為十年前的那場動盪，外有赤北軍殺敵，內有政變轟轟烈烈。那些權貴和士族已經消失得差不多了，那些迂腐的、頑固的存在，也因此被消除，科舉選拔出來的文人開始重新著手規劃律法和制度，宗室與外戚逐漸被排除在朝政之外。

當今聖上本是皇室裡最不起眼的一個，自小便沒了母親，扶持他上位的幾位國老也都在朝政穩定後迅速退隱，留下一個乾淨的朝廷，給祁珩這樣科舉出仕的文人來發揮。

而朝廷並沒有沿襲「重農抑商」的政策，為了增加收入，反倒鼓勵經濟活躍發展，也因為如此，祁珩才會全力支持鍾菱擺攤的想法，而祝子琛這樣的官員，也會在點卯的路上，去小攤買早飯。

只是這樣一派清明的局面，總有人想要打破。

京城首富的唐家，和自認為是皇室正統血脈的陳王，便是其中最積極的。

唐家和陳王，鍾菱都曾提到過，並且表現出來的反應是很直接的反感和厭惡。

祁珩認為，鍾菱多少還是知道一些內情的，只是現在不方便告訴她太多，說多了會暴露他朝廷高官的身分，雖然鍾菱已經猜得差不多了。

眼下重建赤北軍的事情似乎有一些眉目了，朝廷的各方勢力都盯得很緊，還是不要將她牽扯進來得好。

鍾大柱酒勁未散，又沈沈睡了過去。

窗外滴滴答答下著雨，天空陰沈沈的，一時半刻不會停的樣子。

鍾菱索性收起了雞蛋，明日歇息一天。想著祁珩要走，她便去村裡買了豆腐，準備燉個豆腐魚頭湯。

自從開始擺攤之後，鍾菱就很少在廚房裡認認真真的做費時費力的大菜了，主要是擺攤真的很累，她天剛亮就起，還得推著板車走到京城。鍾菱那原本玉藕一般的胳膊，不僅曬得健康了些，還有了肌肉的線條。她估計現在自己一拳能把唐家大小姐打得踉蹌幾步了。

祁珩坐在方桌前，在替鍾菱對帳。

鍾大柱醉酒時的那幾句呢喃，讓他一下子推翻了之前的所有假設，這也是他急著回京的原因，能直呼赤北軍副將的名字，鍾大柱很可能不是一個普通士兵。

陛下要重建赤北軍，若是能尋得將領級別的人物，那是再好不過了。

只是在劫難中活下來的赤北軍將士們，在經歷了親人慘死和朝廷的背叛後，似乎已經不再相信朝廷了……

「祁珩。」廚房裡的鍾菱探出一個頭，朝著祁珩招招手。

祁珩聞言放下帳冊，走進廚房，十分自然的接過了鍾菱遞給他的那一小碗魚湯。

「你嚐嚐，我的小食肆也想賣這豆腐魚湯。」鍾菱靠著灶臺，有些期待的看向祁珩。

魚湯是奶白色的，醇厚鮮香，乍一入口，祁珩便不自覺的揚起了眉毛。鮮甜不說，也不知道鍾菱用了什麼香料，微微的辣意刺激著舌頭，將溫暖一路帶到胃裡，幾乎是瞬間就驅散了雨天的濕氣。

祁珩長舒了一口氣，看向鍾菱的時候，兩眼閃著光。「我真的想再問妳一遍，妳真的不想馬上就去京城開食肆嗎？」

出乎他意料的是，這次鍾菱沒有馬上拒絕。

這一瞬間，詭異的安靜在兩人之間蔓延開來。

「里正爺爺跟我說，每次下大雨的時候，我爹的手臂，會疼得很厲害。」鍾菱抬手抓住了自己的胳膊，她看見祁珩面上閃過的不解和驚訝，苦笑了一下。

「你也沒有看出來，對吧。」

祁珩沒有說話。

「村裡的郎中說，是當初受傷的時候落下的病根，能治的，可是他不肯去京城。剛來村裡的時候，他還會在雨夜醉酒後號哭，可是慢慢的就沒有了。」

他在用這樣的疼痛，提醒著自己不要忘記那個夜晚。

哪怕已經過去十年了，他依舊沒能釋懷，不肯放過自己。可能只有在痛苦之中，他才能清晰而真切的和那些已經死去的戰友和親人見上一面。

有些人從樊城那場戰役裡活了下來，可他的心已經死在了那個雨夜。

鍾菱狠狠的嘖了一聲，語氣有些不善。「真想馬上就去京城開食肆，請大夫！」

「鍾叔那性子，怕是不會依妳的。」祁珩回頭看了一眼，確定鍾大柱還在睡覺後，才壓低了聲音說道：「我聽阿寶說，鍾叔帶著一身的傷來到赤北村，原本大家是想要一起幫扶的，可鍾叔傷好後拒絕了所有的幫助，這些年也沒有開口找誰求過什麼，也不怎麼和大家往來。」

難怪里正看見她時，笑得這樣開心。

「這些日子，鍾叔雖然依舊喝酒，可妳頓頓都做了肉，村裡人都說他的精神狀態好了很多。我想，等妳的小食肆開張後，鍾叔應該會聽妳的。」

鍾菱輕嘆了一口氣。「希望如此吧……」

這幾日小賺一筆的喜悅，逐漸在現實面前被沖淡了。比起賺錢，鍾菱更擔心的是鍾大柱的情況。

「我還是那句話，有需要的時候就來找我。」祁珩抬手，拍了拍鍾菱的肩膀。「至於這人情……我和陳王不相識，不會要妳給他做飯的，只希望妳的小食肆開業之後，能給我的祖父煲碗湯。」

提到煲湯，鍾菱的臉色總算是舒緩了幾分。

祁珩平日裡都坐著，現在突然站起來，生生高了她一截，鍾菱只得舉起手，用拳頭碰了碰祁珩的肩膀。「喝湯的事就包在我身上了。」

晚上吃飯的時候，鍾菱主動開了一罈酒，給鍾大柱倒上。

她捧著酒罈子的時候，總有莫名的感覺，好像他們之間的拘束和尷尬，順著清澈酒液下肚，都消散不見了。她不用在提自己想法的時候小心翼翼，鍾大柱也不用怕被她看見而跑出去喝酒了。

勉強，也有了一點家人的樣子了。

這雨下了一夜，鍾菱便在家休息了一日，和祁珩一起討論了一些小食肆的細節。在經商這方面，鍾菱不太擅長，是祁珩一直牽著她往前走。

他根據鍾菱這段時間擺攤的收益情況，給她推薦了三條適合開食肆的街巷，甚至根據不同地段的面積，還算出所需的花費和裝修大致需要的錢。聽得鍾菱連聲感嘆效率之高。

畢竟祁珩輔佐的是當今聖上，若是效率拉不起來，朝政就會亂成一鍋粥。

祁珩還詳細看了一番鍾菱寫出來的菜譜，和她一起規劃了一條發展路線。

本朝女性的地位並不低，因為那場動盪造成了大量人口死亡，各行各業都缺乏人手。女性不再被拘束在後宅，而是頂替上那些空缺，她們給自己掙到了不受歧視的社會地位。

就像唐家，雖然有一個嫡子，但作為嫡長女的唐之玉，也還是插手了家裡產業。

小食肆雖然還沒有著落，但是基本輪廓已經出來了。鍾菱原本還懸著的一顆心，在祁珩的分析下，踏踏實實的落地了。

鍾菱第二天去擺攤的時候，可說是鬥志十足；可到了踏燕街，把新招牌擺出來後，她突然意識到了不對勁。她只是一天沒有來，就有這麼大的驚喜在這裡等她。

她的小攤子的斜對面、葉嬸子的竹葉粽攤的旁邊，支著一個新攤子。攤子上擺著的，是和她面前一模一樣的鏊子，旁邊還有一口砂鍋，鍾菱猜，那裡頭裝的應該是茶葉蛋。

而攤位前的招牌上寫著「黃金捲餅」。

有意思……她不過擺了一個月左右，就這麼快被模仿了嗎？

鍾菱摸著下巴，打量著在陌生攤子前忙碌的身影。

那是一對中年夫妻，男的有幾分消瘦，看著是憨厚的面相；他身邊的女人微胖，也因此看著面善，很好說話的樣子。

還和鍾菱走的溫柔攤主的人設撞上了，也不知道背後有沒有人指使……

鍾菱留了個心眼，沒有多說什麼，開始收拾攤位。

經過一個月的經營，她已經有不少熟客了，也因此，鍾菱剛舀起麵糊，就有人問道：

「鍾姑娘，那邊那家攤子，也是妳的嗎？」

鍾菱只是笑笑，也不多說什麼，只是說了不是。

「昨日妳沒來，我還以為這攤子是妳爹娘出來擺攤了呢。」

鍾菱俐落的捲好餅，遞給那位食客。「我爹身體不好，哪能讓他來給我擺攤子啊。」

幾位熟客都問了她類似的問題，鍾菱已經大致明白是怎麼回事了。

那對夫妻明顯來者不善，甚至還暗示了食客和她沾親帶故，明顯就是想從她這裡把食客引走，而且對方一直沒有動靜，應該是等著她先有所反應。

可她不像表面看起來那樣的溫良無害。陳王的後院可不好混，那可是每個月都要抬出屍體的地方，她作為陳王妃，能一直安穩活著，除去穿越自帶的那些記憶，她也是從陳王的那些鶯鶯燕燕身上，學到了很多的。

對方想要的，無非是要她做那個「欺人」的角色，然後他們便可以賣一波慘，但凡鍾菱有一點沈不住氣，上前去質問，那就是落入圈套了。

鍾菱很清楚，她雖有點心眼和手段，卻是鬥不過那對中年夫婦的，畢竟從那中年婦女時不時瞥過來的眼神裡，是藏不住的精明——那是真正在社會上摸爬滾打出來的人。

本著敵不動、我不動的原則，鍾菱權當沒看見那個充滿惡意的仿冒攤子，帶著笑做自己的生意。人家見你賣得好，支一個一樣的攤子，也只能在道德上譴責他。

金沙捲餅確實小有名氣，那對中年夫婦的攤子前，也是一直有食客的。

鍾菱沈得住氣，是因為對自己的手藝有足夠的信心。

她看似天馬行空的搭配，實際上調味和口感都是環環相扣的。就像是用了鍾大柱給的茶磚後，為了平衡濃厚不少的茶香，她把醬汁的味道調弱了些，這醬汁比例、茶葉蛋的配方，全是她一手調製的。

創新菜表面好學，可實際上最難模仿，起碼她那超乎常人的味覺和直覺，可不是一般人能模仿得了的。果不其然，鍾菱仔細觀察了一會兒，有幾個食客在吃了那對夫妻的捲餅後，微微皺了皺眉。

顯然，那味道是配不上「金沙捲餅」在這兒的名聲。

鍾菱便放下心來，只管自己的生意了。

一直到她收攤，那對夫妻還是沒有動靜，鍾菱便權當沒有感受到那份惡意，回家去了。

第八章

祁珩在樹下洗雞蛋，鍾大柱在一旁劈柴，陽光燦燦，一派祥和。

鍾菱安置好小板車後，坐在祁珩身邊開始數錢記帳，一邊數著，一邊將自己碰上惡意競爭的事情說給他聽。

「雖然今天的確有受到一點影響，但是他們是不會有回頭客的，倒也不用擔心。」鍾菱合上帳本，盯著那一筐帶著水滴的胡蘿蔔。「但是我很好奇，我不過擺攤一個月，值得這樣針對我嗎？」

祁珩將手中搓得乾淨的雞蛋放進碗裡，抬頭看向她。「妳心裡其實有答案了。」

被道破了想法的鍾菱抿了抿嘴唇，良久才吐出一個名字。「唐之玉。」

劈柴的聲音突然一頓，沈默了兩秒後，只聽見鍾大柱沈聲問道：「唐家待妳不好？」

鍾菱完全沒有想到，鍾大柱會開口問她。要知道，她從前和祁珩談論這些事情的時候，鍾大柱從不參與，他甚至會避開他們，獨自一人坐到屋裡去。

她忙搖頭解釋。「只是唐家小姐一人常針對我。」

鍾大柱皺了皺眉，重新提起斧頭。聽見劈柴的聲音重新響起後，祁珩才支著下巴，指尖輕輕叩了叩躺椅的扶手。

「不急，他們放出來的棋子，若是沒有動靜，下棋的那個人自然會現身的。若真是唐家那位小姐，她尚且年輕，城府不及她的父輩，很快就會坐不住了。」他頓了頓。「當然，妳得要沈得住氣。」

鍾菱揚起嘴角，挑了挑眉。「當然！」

兩人目光相對，從彼此的目光中，看到了相同的光亮。很顯然，他們的想法是一樣的。

鍾大柱在放下斧頭的一瞬間，瞥見鍾菱眼中的光亮，那是帶著少年氣息的張揚和驕傲，有著幾分並不討人厭的精明。

眼前那張年輕姣好的面容和五官突然變得模糊了起來。鍾大柱的呼吸一滯，手上的動作也頓了一下，幾塊柴從他的手中滾落下去。

這般動靜惹得正在交談的兩個年輕人回過頭，鍾菱忙站起身來。「我來幫您！」

她俐落的歸攏柴堆，和鍾大柱一起將柴放好。

昨日的那場暴雨，一下就驅散了夏日難耐的暑熱，此時吹過的風中，夾帶著植物成熟前的淡淡香甜。

祁珩的目光不錯眼的落在二人身上，一直到鍾大柱走進屋去，鍾菱重新坐在他對面。

「怎麼了？怎麼盯著我？」

祁珩搖了搖頭，強行壓下眼中的疑惑。「沒事。」

正如鍾菱預想的那樣，那間盜版鋪子，第二天的生意就肉眼可見的蕭條。

那些吃到了「盜版」金沙捲餅的人，在詢問後，都順勢找到鍾菱的攤子來了，順利實現了一波反向引流。鍾菱樂得差點控制不住嘴角的笑，用格外燦爛的笑容接待食客。

對面的那對夫妻還有別的招，他們手頭上沒什麼活，開始大聲的聊起天來。「哎呀，我們夫妻這把年紀了，要起早摸黑的擺攤，還不是因為家裡有個不孝的女兒哦。」

「不提也罷。生了這麼個不孝的東西，想想都來氣！賺了點錢，眼裡就沒有爹娘了。」說是在聊天，可實際上就是在說給其他人聽。什麼家中的女兒不孝順，拋棄父母進京發財，不肯回鄉認他們了，雖然沒有點明什麼，但是又好像什麼都說出來了。

那嗓門大的，鍾菱和他們的攤子隔了一段路，都聽得清清楚楚。

頭號受害者葉嬸子的攤子就挨著那對夫妻，她實在是聽不下去了，把攤子扔給兒子，跑來鍾菱這邊了。「鍾姑娘，妳就由他們這樣說？」

眼下正是最忙碌的時段，鍾菱手上根本停不下來，她舀起一勺麵糊，抽空和葉嬸子聊幾句。「人家也沒指名道姓，我何必上趕著去承認呢。」

「那他們說的是真的嗎？」等著煎餅的食客忍不住問，話一出口，他就後悔了。那對夫妻明顯在針對這小娘子，他這一問，不知道的還以為他是來看小娘子笑話的。

可鍾菱面色如常的抬起頭來，她安撫似的朝著那食客笑了笑，杏眼彎彎，完全沒有被影響的樣子。她清了清嗓，揚起嘴角，剛想開口說話，卻被一旁抱著手的中年男人打斷了。

「若不是真的，別人怎麼會這樣說呢！現在的小姑娘，拋頭露面的賺錢，真的是翅膀硬了，不懂什麼是孝順。」

他尖酸刻薄的發言，一下子就吸引了周圍人的目光，連路過的人都回頭看了一眼，那些看了全程的攤主和食客們更是不錯眼的盯著鍾菱，想看看她會如何應對。

鍾菱皺著眉，上下打量了一番那個中年男人。他生了一雙狹長的三白眼，因為消瘦的緣故，顯得顴骨很高，並不太好惹的樣子，卻是她完全沒有印象的一張臉。

面對這樣空穴來風的指責，鍾菱心中已經有了定數。這十有八九就是唐之玉的手筆，經商之人最懂得名聲的重要性，幾句流言蜚語，就可以毀掉一個小姑娘。

但是鍾菱不是一般小姑娘，她面色不改，只是收斂嘴角的笑意，眉尾微微耷拉下來，一副受了委屈的模樣。「您在我的攤子前瞎說些什麼呢？」

「人家就算不是妳爹娘，這把年紀出來擺攤賣吃食也不容易，妳又何苦要排擠人家的生意，斷人家的財路？連爹娘都不認的，果然不是什麼好東西。」

鍾菱用餘光瞥了一眼那對夫妻，眼中閃過了一絲冷意。

因為起了爭執的緣故，周圍不少人都停下了腳步，有湊上來觀望的，也有遠遠站著看熱鬧的。鍾菱環顧了一圈，意料之中的在人群裡找到了唐之玉的身影。

來都來了，那就也露個臉吧。

只瞧見鍾菱眼眶一紅，聲音都帶上了哭意。「炸油條的劉阿婆、賣菜的劉爺爺，哪個年紀不比他們大？大家出來擺攤，就是各憑本事混口飯吃，怎麼到我這裡就變成排擠別人，斷人生路了？」

那人想要在道德上綁架鍾菱，可鍾菱翻身一躍，直接攀上了道德的制高點，反手就把所有的攤主都拉到了和她同一陣營上。

人們總會對年長者，抱有更多的善意，況且誰不是靠自己雙手掙飯吃的勞動人民了！

「我娘走得早，我爹身子不好，家裡都揭不開鍋了，只有我能出來擺攤。我就想著賺口飯吃，再攢些錢給我爹看病。」她抹了一把眼淚，垮著一張臉，繼續道：「你們什麼都不知道，兩句話就給我扣了個不孝的帽子，壞了我的名聲，怕不是想要逼死我。」

人群中傳來唏噓聲，顯然已經有部分輿論朝著她倒了。

「事到如今也不瞞著各位，我本是京城唐家養女，因為我親爹身體不好，我便隨他回了鄉下。」

周圍一片譁然，看熱鬧的人也沒有想到，這不起眼的小攤子，居然和京城赫赫有名的富商唐家扯上關係。

人群中的唐之玉臉色一變，有一種很不好的預感。她本想要羞辱鍾菱，富貴人家出來的孩子，總是會在意出身和背景，她完全沒想到鍾菱一點也不在乎，這樣直接的全說出來了。

唐之玉想要拉著侍女走，可她一抬頭，就對上了鍾菱那雙淚汪汪，卻不懷好意的眼睛。

「姊……唐大小姐！」

隨著鍾菱怯生生的呼喊，眾人的目光齊刷刷的落在唐之玉身上。

鍾菱還在添火，她可憐兮兮的央求道：「大小姐，妳快告訴他們，我真的是為了我爹爹才回到鄉下的，我可沒有別的爹娘了。」

成為眾人焦點的唐之玉鐵青著一張臉。

她一如既往的穿著華麗富貴，妝容明豔，身上的首飾在陽光下閃著明晃晃的光亮；而鍾菱素面朝天，穿著方便幹活的粗麻短褂，裸露在外的是經歷過日曬後紅潤健康的膚色。

是人都能看出來對比。

人群中傳來一聲感慨。「若是這都不算孝順，那要怎麼樣才算孝順呢？」

輿論瞬間顛倒，那面相刻薄的男人慌了一瞬，隨即大聲嚷嚷道：「那這配方呢？妳一個小姑娘有這麼成熟的手藝？誰知道是哪裡偷學來的。」

「我他娘的早就聽不下去了！」

「你少胡說八道了！」

兩道熟悉的聲音同時響起。

不知道什麼時候來的汪琮撥開人群，大步朝著那對夫妻的小攤前走去。

剛剛和他同時開口的是一個經常來消費的熟客，就是那個說想要自己帶食材的姑娘。

見汪琮走了過去，那姑娘立刻拔腿跟了上去。

汪琮指著那砂鍋，厲聲問道：「茶葉蛋，多少錢一個？」

「兩……兩文。」

汪琮冷笑了一聲，掏出兩塊碎銀拍在檯面上。他衣著華貴，完全就是一副紈袴子弟的做派。「今日小爺買單，大家都來嚐嚐這所謂被偷了秘方的茶葉蛋，到底是個什麼味道。」

在鍾菱沒有擺攤的那一天，汪琮吃了這家盜版的金沙捲餅。他是愛吃的人，本以為這家攤子敢擺在鍾菱對面，也是有點自己的東西的，可誰知口味遠不及鍾菱的金沙捲餅，明顯是想蹭鍾記捲餅的名聲。

汪琮本就對這種抄襲行為不滿，沒承想他們的目的居然是要壞鍾菱的名聲，汪琮算是徹底坐不住了，他本就不是什麼好脾氣的人。

以他父親的品級，他本可以恩蔭出仕的，可是他爹非說要治一治他這紈袴的毛病，逼得他自己參加科舉。眼前的場面，讀再多的聖賢書都壓不住火氣。

他往小攤前一站，盯著那對夫妻舀出蛋來，隨意在人群中指了指。「你來嚐嚐。」

這副做派，看得鍾菱直接倒抽了一口氣。

更令她沒想到的，是那個和汪琮站在一起的姑娘。那姑娘是第一個吃了汪琮包場茶葉蛋的人，她被蛋黃噎了半天，剛緩過來，就大步朝著鍾菱的攤子走過來。

和汪琮的動作一模一樣，她把腰間的荷包扯下，往鍾菱攤子一拍，惡狠狠的瞪了一眼那個早就看傻了眼的刻薄男子。

「小姑娘的手藝好，就一定是偷學來的？」她冷哼了一聲，朗聲招呼道：「吃完的人，再來嚐嚐鍾姑娘的茶葉蛋，看看是誰偷誰的配方。」

鍾菱完全沒有想到，事情會發展成這樣。她只是想賣個慘、擺脫道德綁架，可誰知突然出現兩個好心人為她出頭，還都是課金玩家。

踏燕街的高峰時段還沒有過去，人流量極大，眾人本就對這兩家攤子的爭執好奇，汪琮已經買了單，不趕時間的人便捋起袖子，嚷嚷著非要評理是誰的茶葉蛋好吃。

汪琮像是劫持人質一般，押著那對夫妻舀雞蛋，那對夫妻被嚇得手都在抖，卻因為汪琮盯得緊，手上動作一點都不敢慢。

而鍾菱的待遇卻是極好的。

那姑娘雖然是個潑辣的，面對鍾菱時卻是換了一副面孔，聲音溫柔得能掐出水來，她霸道的奪走了鍾菱的勺子。

鍾菱臉上還掛著眼淚，卻被迫退出了這場「茶葉蛋之爭」。隔壁賣油條的阿婆拿了把椅子給她，滿臉憐惜的直喊她乖丫頭。

「這不是影響了你們的生意嗎？」鍾菱想要起身去制止汪琮他們，卻被阿婆一把按了回去。

葉嬸子嚷嚷道：「我們少賺一天也沒什麼，得讓大家看清楚這些人的壞心眼！」

「就是啊。」餛飩攤的大叔給鍾菱端來一碗骨湯，不由分說的就塞到了她手裡。「要是他們針對我，我可一點辦法都沒了，剛好借這個機會喝住那些起了歪心思的人。」

鍾菱沒有辦法，被按著喝湯了。

這場「茶葉蛋之爭」倒是沒什麼懸念。那對夫妻家的茶葉蛋，沒什麼茶香，味道也沒有入味，蛋黃更是噎人得很，吃完之後，再吃一個鍾菱煮的茶葉蛋，就沒有人不誇的。

本以為自己坐著看熱鬧，就已經夠離譜的了，讓鍾菱沒想到的是，陸陸續續有攤主給鍾菱送來自己攤上的吃食。

「鍾姑娘啊，這窩頭啊，妳帶回去給妳爹嚐嚐。」

「這韭菜盒，妳帶回去吃。」

鍾菱傻了。

她家確實曾經揭不開鍋，但是半天之後她就撿到了祁珩，從此再沒缺過吃食。她賣慘是想要占據道德制高點，避免被指指點點，不是想要大家來餵食她啊。

鍾菱花了好大一番工夫，好說歹說的，總算把錢都送到那些投餵她的攤主手裡；而茶葉蛋，也全都送出去了。

唐之玉愛面子，早就跑了。那對夫妻和那個尖酸刻薄的男人被汪琮盯著，面如死灰。汪琮像是打了勝仗似的，看著滿大街誇讚鍾菱手藝好的人，露出了滿意的笑容。

「我把錢給你們。」鍾菱起身收攤，就要掏錢給汪琮和那位好心的姑娘，卻被一雙素白的手摁住了。

「我不會要的，我只是單純看不慣那些人的嘴臉。」

鍾菱哪肯依，三人小小的爭執了一會兒，還是汪琮提出了解決方案。

「我今日出頭，實在是被妳的手藝折服，這樣吧，來日妳要是做了新的吃食，記得通知我一聲就行。」

沒等鍾菱回答，那姑娘已經贊同的點了點頭。

「我叫蘇錦繡，若是還有人找妳麻煩，妳來錦繡坊找我就好。」

祁珩摘菜的手一頓。「妳問蘇錦繡？」

「對，錦繡坊的蘇錦繡。」

祁珩沒有回答，而是瞥了她一眼，然後若有所思的看向那小板車。「妳碰上事了？」

鍾菱環顧了一圈四周，確定鍾大柱不在後，才將今天發生的事情說給他聽，末了也沒忘了叮囑道：「你不要讓我爹知道。」

在回來的路上她就想好了，今天剩下來的麵糊和配菜，中午就揉成麵拌著吃，一點也不浪費，就不會讓鍾大柱察覺出什麼。若是踏燕街的事情叫鍾大柱知道，他怕是不會那麼支持她繼續去擺攤。

「錦繡坊是蘇錦繡自己開的，她的經歷還挺傳奇的。她父母十年前去世了，留下她和家中兄長相依為命。幾年前家中兄長娶親，她那嫂子便攛掇她兄長將她嫁給一個老鰥夫。」

真的是……有點耳熟的劇情呢。

鍾菱撓了撓臉頰，追問道：「然後呢？」

「蘇錦繡知道後，拚死反抗，聽說是真的拿了命威脅。反抗兄嫂後，她便隻身一人去繡坊做了繡娘，因為手藝實在出色，很多人慕名去買她的繡品，她便自己開了錦繡坊。」

聽起來是個有主見，很值得結交的姑娘。雖說本朝開放，女子位高的說法，也只是相對而言的，這般清醒的姑娘，實在是少數。

鍾菱心裡已經打定了要和蘇錦繡交好，她托著下巴，眼裡閃過一絲狡黠。「你怎麼知道得這麼清楚啊？」

那不懷好意的笑，讓祁珩毫不留情的翻了個白眼。「我家的墨坊，就開在錦繡坊的隔壁。」

鍾菱絲毫沒有被看穿的窘迫，她站起身來，拍了拍手，朝著祁珩道：「我記住了！」

鍾菱不只打算口頭上謝謝大家，既然蘇錦繡和汪琮都稱讚她的手藝，她很願意用自己的手藝來還這份人情。

她從菜袋裡找出祁珩家送來的糯米，洗淨之後和短胖的糯藕擺在一起。

酷暑逐漸散去後，脆藕的產量被糯藕壓了一頭。鍾菱也意識到，適合夏日天氣吃的金沙捲餅等到天氣一涼，生意定會不如從前，她得提早準備新的菜色才行。

糯米洗淨後，浸泡。等到用完午飯，休息一會兒後，鍾菱便起來忙活，將糯米灌進藕裡。這道菜本來是桂花糯米藕，只是手頭沒有桂花醬，村口的桂花樹也尚未開花，鍾菱找了紅棗，彌補一下香味。

有祁珩幫著煮茶葉蛋，鍾菱便安心的灌藕。等到大大小小的一筐藕都灌了糯米後，便可以開始燒糖水煮藕了。

這一煮就是一下午，甜滋滋的味道瀰漫在院子裡，久久不散。

濃稠的深褐色糖汁裹著被煮成同樣糖褐色的藕，藕節裡的糯米緊密的黏在一起，軟糯拉絲，混著藕的清香，裹著糖水，清甜卻不膩人。

雖說要浸在糖水裡並放入井裡一夜後，味道會更好，但是祁珩嚷著要吃，鍾菱便只得挑了根小的，切成片擺在院子裡。

祁珩要走的消息，不知道什麼時候在村子裡傳開，阿寶帶著一幫孩子，提著亂七八糟的果子、蔬菜，來探望祁珩。一群人湧進院子裡，你一言、我一語的，熱鬧得不像話。

鍾菱端著新切的糖藕，遞給阿寶，那群半大的孩子都一窩蜂的朝著阿寶湧了過去。

「我說，你什麼時候和大家關係這麼好了？」

鍾菱來村裡沒幾天，就開始擺攤，除去買賣生意，沒什麼時間和機會和村裡人交流。那些孩子們，雖然會滿心好奇的盯著她看，卻沒有真的敢上來打招呼的。

反而這躺著的真少爺，和村裡人打成了一片。

祁珩呵呵笑著，只是喝著茶，不作答。他可不敢告訴鍾菱，他就是衝著赤北軍的消息來的。這些孩子們沒有防備心，從他們這裡打探村裡的消息，是最容易的。

「二狗哥告訴我爹娘，家裡有養馬的，可以領補貼。」

「二狗哥還幫我爹娘給大姊寫了信，我大姊姊說了，要我一定謝謝二狗哥。」

「二狗哥說來年可以把水稻和魚一塊兒養，說是可以賺很多錢呢。」

鍾菱坐在樹下，托著下巴，看大家吃得滿嘴糖醬，七嘴八舌的和祁珩道謝。雖然亂烘烘的，卻一點都不教人覺得吵鬧。

鍾大柱提著兩株菜回來的時候，看到的就是這樣的場景。

他的腳步一頓，眼神中有一絲驚愕，他從未見過家中有這麼多人，還都是些半大孩子。那些孩子們都停下來，朝著鍾大柱看去。他們聽著赤北軍的故事長大，卻一直對鍾大柱保持著敬畏的態度，從不敢和他說話，也不敢靠近他的院子。

可是這個村子裡最具威嚴的地方，在住進了兩個年輕人後，好像變得有些不一樣了。鍾菱對誰都是笑咪咪的，誰來她都能端出好吃的招待；祁珩雖然看著矜貴，卻沒有一點架子。

柱子的妹妹率先咧開嘴笑，甜甜的朝著鍾大柱喊道：「鍾叔。」

其他孩子們也都反應了過來，一聲賽過一聲清脆的喊了起來。

鍾大柱臉上罕見的閃過了一絲無措，他那被人塑造出不近人情的刻板形象，終於崩塌碎裂了。那些孩子們仗著人多，膽子也大了起來，滿臉期盼的等著鍾大柱回應。

還是鍾菱上前去接過菜，替他解了圍。

天色也不早了，鍾菱就留了大家吃飯，美其名曰是給祁珩的「送行宴」。

雞是中午就燉的，阿寶帶頭幫著蒸米飯，其他幾個孩子去洗菜。

鍾菱擔心菜不夠，便撈了幾個茶葉蛋，小心的切成厚片，裹上生粉後，煎得兩面金黃。

這道金錢蛋裡需要的青紅椒，暫時沒有尋到，鍾菱便放了一勺自製的肉醬，撒了一把青豆，營造出豐富色彩。茶葉蛋本就有味道，煎得表皮焦脆微韌，吸滿湯汁，非常下飯。

這一頓飯吃得簡單，但是熱鬧，鍾家的小方桌根本不能坐下那麼多人，大家便都捧著碗筷，或站或蹲，隨意得很。

鍾菱一直在觀察鍾大柱，見他神色正常的吃飯，並沒有因為孩子們吵鬧而流露出反感，這才鬆了口氣。

年紀小些的孩子吃得快，早早的就跑出去玩了。

鍾菱出去和祁珩說話，屋內只剩下阿寶和鍾大柱兩個人。

人多的時候還沒覺得有什麼，這突然的獨處直教阿寶覺得周身有莫名的威壓，他小心翼翼的放下筷子，舔了舔嘴唇，試探的看向已經吃完的鍾大柱。

「鍾……鍾叔，我來收拾。」阿寶不知道自己哪來的膽子，一把奪過鍾大柱面前的碗，僵硬的扯著笑。「您歇著，我來、我來。」

瞧著阿寶像是抱著什麼寶貝似的，一副不肯撒手的緊張模樣，鍾大柱上下打量了他一眼，緩緩開口道：「那麻煩你了。」

望著鍾大柱往外走的背影，阿寶抱著碗，呆呆愣愣的坐在原地，滿臉的不可思議。

「鍾叔……跟我說，麻煩了？」

第九章

帶著前一天熱鬧吃晚飯的好心情，鍾菱第二天一早就到了踏燕街。

她帶了滿滿一籮筐的冰糖糯米藕，一一分給每個攤主。

昨日汪琮和蘇錦繡的行為，感覺確實很痛快，但多少還是影響了街上其他攤販的生意，鍾菱實在是過意不去，又怕有些並不熟識的攤主會有意見，索性一併感謝大家。

她收穫了一圈誇讚，咬著曹婆婆烙的肉餅回到自己攤位上的時候，蘇錦繡已經站在她的攤位前，朝她盈盈笑著。

「蘇姑娘早！」鍾菱忙放下肉餅，從竹背簍裡掏出一個竹編的小食盒。

這種並不特別結實的手編小盒子，是昨日幾個小姑娘現編的，鍾菱一眼就喜歡上了，打算用來當拋棄式餐盒使用，餐盒底下墊了荷葉，防止糖汁滲漏。

「昨日多謝蘇姑娘了，這是我做的冰糖糯米藕。」

蘇錦繡挑了挑眉，接過食盒。「我一路走來，看見攤主們都在吃藕，原來是妳做的。」

「我新來乍到，也是承蒙大家照顧了。」

鍾菱和蘇錦繡聊了幾句，拿到自己的早餐後，蘇錦繡原準備走了，只是她腳步剛邁了出去，又轉過頭來，笑著看向鍾菱。「忘了跟妳說了，昨日那場茶葉蛋的爭論，傳得挺廣的了，今日若是生意太好，妳不要太意外。」

蘇錦繡所說的生意太好，鍾菱很快就感受到了。

面熟的老食客們昨日聽聞了鍾菱的身世後，看向她的目光都帶著些許的憐惜，盯得鍾菱直起雞皮疙瘩。

而那些慕名而來的食客，有只要了個茶葉蛋，現場就剝開來吃的；也有對著那花裡胡哨的招牌研究半天，然後跑去買了油條來整根加進去的；甚至還有人跑來問，攤主們都在吃的冰糖糯米藕有沒有賣。

總之，從蘇錦繡離開之後，鍾菱就一刻不帶停，陀螺似的連軸轉著，若不是她已經擺攤一個多月，已經駕輕就熟了，怕是應付不了這場面。

在看見無數小食肆未來食客的同時，鍾菱累得說不出話。

當祝子琛照著往日的時間來到踏燕街時，他驚訝的發現，鍾菱已經開始準備收攤了。

瞧著往日明媚朝氣的鍾菱，此時滿臉掩不住的倦意，雙目都失去了光彩，連祝子琛走上前了都沒有一點反應。

「鍾姑娘？」

「不好意思，今日……」鍾菱條件反射的回答，在意識到這個聲音非常熟悉後，才抬起頭來。「啊，是祝公子啊。」

「今日已經收攤了嗎？」

「其實還有一點，您若是要，我可以給您攤一個。」鍾菱環顧了一圈四周，悄悄的重新生起火來。

「看來慕名而來的人很多啊。真可惜錯過了昨日精彩的好戲。」

「我實在幸運，碰到太多好心人了。」鍾菱笑了笑，朝他打聽。「今日汪公子沒來啊？」

祝子琛擺擺手。「別提了，他昨日的行徑傳到他爹那裡了，今日一早就被送進國子監了，怕是這幾日都要被重點關照，很難親自過來了。」

鍾菱將捲餅打包好，一手遞給祝子琛，一手攔著他要往匣子裡放錢的動作。

「有件事可能要麻煩您。昨日答應過汪公子的，我也不知他家在何處，想要麻煩您將這食盒交給他。」那深綠色的小食盒被交到祝子琛的手裡。

祝子琛提起小食盒打量了一圈，連聲感嘆道：「早知道有這樣的謝禮，昨日我說什麼也要來幫鍾姑娘撐場啊。」

「公子說笑了。」

汪家夫人正因為自己家的大兒子昨日在外猖狂的舉止，在家裡生悶氣。

雖說一早就把那小子押去上學了，可是一想到自己的獨子在外面紈袴的一面，汪夫人止不住的就想嘆氣。

當她從屋內嘆到庭院裡的時候，祝子琛剛好來送食盒了。雖然上司不在，但是祝子琛也不能真的曠工，他簡單說了要轉交給汪琮的，便匆匆離去了。

汪夫人瞧著這食盒，心中的苦悶消散了不少。汪琮愛吃，平日裡也經常打包菜品回來，因此汪夫人毫不懷疑的打開了食盒。

她得意的給侍女遞了個眼神，瞧我兒子還是體貼的，知道買些甜食來哄我。

糯米藕上的糖漿因為一夜的冷藏，更加黏稠紅潤，已經切好片，露出晶瑩剔透的糯米，賣相極好。恰好汪夫人鍾愛甜食，她迫不及待的挾起了一塊，小口品嚐了起來。

汪大人路過的時候，瞧著自己夫人陶醉的模樣，忍不住上前去看她在吃什麼。

「快來嚐嚐，兒子特意買的冰糖糯米藕。」

好不容易在國子監熬到放學的汪琮，接到了小廝的報信，說鍾菱託人給他送了冰糖糯米藕，挨訓的鬱悶瞬間被拋到腦後，興沖沖的趕回家，迫不及待的要嚐一嚐鍾菱的手藝。

等到汪琮三步併做兩步的邁進府裡時，只看見早上還冷著一張臉的汪夫人，此時和顏悅色的正在擦著嘴，桌上純手工的小食盒裡，空空如也。

「兒子，這冰糖糯米藕的味道真不錯啊，你是在哪家食肆買的？」

「我……我……」汪琮面如死灰的結巴了半天，只敢在心裡默默流淚。

祁珩走了。

雖然他提前說過了，也一起吃過了送行飯，但是等到鍾菱推著車回來的時候，看見空空蕩蕩的小棚屋時，還是有些悵然。

院子裡的樹下，空空蕩蕩的放著一籃雞蛋。鍾菱嘆了口氣，放好推車後，提起籃子，坐在祁珩以往坐的位置上，開始埋頭洗雞蛋。

鍾大柱回來的時候，在看見樹下坐著的是鍾菱時，也有一瞬的失神。

他們好像都已經習慣了祁珩坐在樹下的身影。

鍾菱花了幾天適應沒有祁珩的生活。在她經歷刑場的死亡後，祁珩是她正兒八經認識的第一個朋友，兩人雖然觀念和想法有些不同，但是大體上還是非常合拍的。

不能在幹活的時候嘮嗑，對鍾菱來說，需要一段時間才能習慣。

更難適應的是隨著祁珩的離開，而一併消失的睡眠時間。

茶葉蛋煨煮、浸泡都需要時間，才能入味。以前都是祁珩盯著火的，現在鍾菱必須要等茶葉蛋都煮好了才能去睡覺，每天也起得更早，才來得及重新加熱茶葉蛋及切菜拌菜。

不僅如此，因為「金沙捲餅」的名聲逐漸傳開，每天的食客越來越多，鍾菱要準備的食材分量也大了很多。

除了早起備菜很累，擺攤也需要站上一、兩個時辰，回家後還要及時清理廚具，根本沒有多的時間休息。

失去了好幫手之後，鍾菱是肉眼可見的憔悴了。

當鍾大柱看著對面捏著筷子不動，搖搖晃晃就快要閉上眼的鍾菱，他無聲的嘆了口氣，挾了一筷子白切雞。

白切雞是鍾菱收攤回來的時候在餛飩攤大叔那裡買的，因為有茶葉蛋的供貨關係在，大叔給了她近乎成本價格的優惠價。

她都沒什麼時間做飯了。

見她歪著頭就要倒下去了，鍾大柱出聲道：「歇兩天吧。」

鍾菱用力的搖了搖腦袋，雙目迷離但是堅持伸手去挾菜。「最近食客多，不去的話有點虧了。」

鍾大柱沒有再說什麼了，他不知道鍾菱為什麼要這麼拚命的賺錢，但是他也不想強硬的阻止鍾菱做她想做的事情。

等到兩天後，砍完柴的鍾大柱回家，並沒有在院子裡看到鍾菱時，他突然就後悔了，無論如何，在鍾菱吃著飯睡著的時候就應該拽住她，讓她好好休息幾天的。

屋裡屋外都沒有人，鍾大柱尋了兩遍後，眉頭擰得死死的，臉色沈了下去。

他找到在村口田裡幹活的阿寶，確定了鍾菱並沒有回村後，腳步匆匆的朝著京城趕去。

也是在這個時候，鍾大柱才意識到，他真的對鍾菱沒有一絲瞭解。

他不知道鍾菱有什麼朋友，也不知道她在哪裡擺攤，只是依稀聽到過她和祁珩聊天時，提到過踏燕街。

踏燕街是京城最為繁華的商業街之一，人來人往，煙火氣息十足。

穿著砍柴的粗麻短褂的鍾大柱穿行在人來人往的街道裡，茫然的尋找著他的女兒。不同的繡鞋踩過石板，各色的衣裳從眼前晃過，眼下正值飯點，店家的招呼聲和來往行人的交談聲交織在一起，什麼都聽不清楚。

時不時還有怪異的目光落在鍾大柱的身上，那些穿著緞面織品的姑娘、公子們，目光中是藏都不屑藏的輕蔑，在路過他身邊時，都刻意繞開他，甚至還誇張的掩住鼻子，加快腳步。

滿頭大汗的鍾大柱看起來和這條繁華的街格格不入。

不知道要去哪裡找鍾菱……

望著眼前穿梭來往的行人，呆愣在路口的鍾大柱，有一瞬間覺得自己要被人潮衝散了。從鍾菱不見了，到他一路趕到踏燕街，那種失去的恐懼，在此時才後知後覺的爬上鍾大柱的脊背。

他不知道要去哪裡找鍾菱，雙目失焦的站在原地，強迫自己思考與鍾菱有關的一切。

踏燕街，她的金沙捲餅攤，還有……

茶葉蛋。

鍾大柱焦急慌亂的目光聚焦在餛飩攤的門口，那溫在火上的砂鍋旁，擺著一塊小小的招牌，上面的「鍾記茶葉蛋」，是祁珩的字跡，他曾經見過。

餛飩攤的大叔正準備收起這塊小招牌，鍾大柱的身體反應快過思考，一個健步上前，抓住了招牌。

「你這個人幹什麼呢？有病吧！」

餛飩攤的大叔皺著眉就要開罵，待他看清楚鍾大柱雜亂的鬍髮和沾著木屑的麻布衣裳時，他似是明白了什麼，語氣生硬的開口教訓道：「可以給你口吃的，但你也不能上來就搶我招牌啊。」

鍾大柱愣了愣才反應過來，這個店家是把他當作要飯的了。

「你誤會了。」他鬆開招牌，沈聲解釋道：「我找鍾菱。」

餛飩攤大叔警惕的看著他，語氣不善。「你找鍾姑娘幹什麼？」

「我是她……爹。她今天擺完攤之後沒有回家。」

餛飩攤大叔有點控制不住自己的嗓音。「你是她爹?!」

沒有人會把眼前這個落魄狼狽的男人和鍾菱聯想在一起；可是，仔細想想……鍾菱也是穿著這樣的粗麻衣裳，只是她年輕姣好的容貌和禮貌的舉止，總教人忽視她家境不富裕這件事。

「那你說說，鍾姑娘住在哪兒？」

鍾菱曾是唐家養女這件事情已經傳開了，但是她只和相熟的攤主，在聊天時才提起過，家住在赤北村。

「赤北村。」

見鍾大柱毫不猶豫的就說出來，餛飩攤的大叔總算是放下了警惕。他招呼著妻子看著攤子，領著鍾大柱往前走去。「我帶你去她平日擺攤的地方問問。」

兩人往前走了約莫二十來步，餛飩攤的大叔招呼著問了起來。「葉姊，小鍾今天什麼時候收的攤子啊？」

「啊？和平時差不多的時間啊。」葉嬸子放下手裡的空蒸籠，上下打量了一番鍾大柱，謹慎的問道：「怎麼了這是？」

周圍的攤主都和鍾菱相熟，目光齊刷刷的往鍾大柱身上看去。

「這是小鍾她爹，小鍾今天擺完攤沒回去。」

難以置信的表情出現在每個人臉上，他們的目光從一開始的戒備逐漸變得好奇，企圖在鍾大柱粗糙黝黑的臉上，找到和鍾菱相像的痕跡。

整條街上，攤面最乾淨，笑得最甜美的姑娘，有這樣一個高壯、不修邊幅的爹。

當目光落在鍾大柱空盪盪的一只袖管上的時候，眾人才明白，那日鍾菱所說的「我爹身體不好」，是多麼的含蓄。

賣肉餅的曹婆婆喃喃道：「原來小鍾……說的都是真的啊。」

很多人其實並不太相信鍾菱是心甘情願拋棄唐家的富貴去鄉下的，也有人議論，她有個身體不好的爹，就是個藉口。

總之，圍繞著漂亮姑娘的流言蜚語，永遠都帶著惡意，也永遠都不會少。

而如今，在看見鍾大柱的時候，所有人都說不出話了。

看著攤主們各異的神色，鍾大柱繃著一張臉，沈聲問道：「什麼是真的？」

「你不知道嗎？」葉嬸子瞪大了眼睛，脫口而出。「前幾日有人找小鍾麻煩，想壞她名聲，都把她逼得當眾哭了，她就說了，擺攤是為了賺錢給她爹看病。」

賺錢……給她爹看病。

鍾大柱呆愣了一瞬，葉嬸子的話像是一記悶拳，狠狠的砸向他的胸膛。

他想過無數種可能。畢竟唐家富貴是人盡皆知的，鍾菱受不了鄉下的環境，想要賺錢改善生活也是很正常的；甚至鍾大柱還自暴自棄的猜想過，她賺錢是為了能快點離開鄉下，快點離開他這個殘廢的、家徒四壁的爹。

可他唯獨沒有想過，鍾菱這般不要命的賺錢，是為了給他看病……

葉嬸子熱情的領著鍾大柱往包子鋪的婆婆家走，鍾菱租了一個小隔間放東西的事情，他們都是知道的。

雖然鍾大柱人高馬大的，看著有些怵人，但是他一直在問鍾菱擺攤時候的事情，事無鉅細，那份關心就直接寫在臉上。

葉嬸子本就和鍾菱關係好，提起這些，倒是放下了幾分警惕，滔滔不絕的說了起來。

她越是誇鍾菱懂事聰明，鍾大柱的心就越發脹得難受。

「好了，到了。」

葉嬸子領著鍾大柱走進一個小院，和賣包子的婆婆打了個招呼，指了指院子角落裡的小棚子。小棚子裡放著眼熟的推車，但沒有看見鍾菱的身影。

鍾大柱周身的氣壓瞬間就低了下去，他快步上前，走進小棚子裡。在看見棚子裡景象的瞬間，他放慢了動作，連呼吸都本能的放輕了幾分。

小推車後，鍾菱縮在兩塊木板旁，枕著招牌，睡得正沈。

這些日子鍾家餐桌上沒少過肉，祁珩天天嚷著自己胖了不說，連鍾大柱都覺得自己壯實不少；可鍾菱卻一點也沒變化，她還是消瘦的模樣，像是藏在枯枝雜草中的一朵含苞的花。

鍾菱素白的手搭在招牌上，左手的食指上裹著紗布，那是早上切菜的時候，不小心傷到的。

手指下，壓著一張紙。褶皺、邊緣捲曲，不知道拿在手中翻閱過多少次的一張紙。

鍾大柱彎下身，小心的將紙抽出來。他無意窺探孩子的隱私，只是想替她收好，可只是無意的瞥了一眼，他的腦子便轟的炸開來。

紙條上，是鍾菱用自製的炭筆，寫下的幾間醫館的名字，醫館名字下面，是她著重寫的「養肝」二字。下面那些密密麻麻的菜譜，鍾大柱已經看不下去了，他的腦子裡嗡嗡作響，那些和鍾菱相處的瞬間快速的閃現。

那些她曾經說過的話，在鍾大柱的腦海裡肆意衝撞著。

原來她煲的那些湯，做的那些菜，都是為了他。她不僅換掉了劣質的酒，更從一開始就調整過每日的飲食。腦海中又響起葉嬸子說的，鍾菱賺錢，是為了給他看病。

到現在鍾大柱才意識到，鍾菱是真的想要照顧他，好好的過日子。

而他做了什麼呢？因為那段讓人無法釋懷的過去，他本能的警惕、防範著一切，曾經被背叛過的人，很難再輕易的去相信。

他在初見面時，就用最壞的心思猜忌了鍾菱，他懷疑她毫不猶豫轉頭認親的目的，警惕她是不是別有所圖，也猜忌過，她的背後是不是有人指點。

因此，從一開始他就沒給這個孩子好臉色。他與那些傳播流言蜚語、抱著惡意揣測別人的人，又有什麼區別呢？

可是回應他冷漠態度的，是鍾菱一點也不計較的照顧，她的目的純粹又熾熱，甚至連在外面受了委屈也什麼都不說……

鍾大柱的喉結滾了滾，嗓子堵得發慌。他伸手拂去鍾菱垂下來的頭髮，小心翼翼的不敢觸摸到她的肌膚。

他就這樣看著熟睡的孩子，眼底深處泛起滾燙。他看著鍾菱，也透過鍾菱，看著那個只在他夢裡出現的孩子。

心中那無處安放的，屬於父親的那份愛意，終於在十餘年之後，悄然的漾開一絲漣漪。

「可以麻煩您替我去找一個人嗎？她一個人在這裡我不放心。」

鍾大柱退出小棚子，摸出身上僅有的兩個銅板，遞給葉嬸子。

「幫個忙的事，你這可就見外了。」葉嬸子忙擺手拒絕，記下鍾大柱報出的地址後，匆匆的離開了。

過了一會兒，一輛馬車停在了巷子口，一身青衫的祁珩快步走了進來，氣喘吁吁的和鍾大柱打了個招呼。

祁珩剛從宮裡出來，便接到小廝的傳信，因為報的是鍾大柱的名字，他一刻也不敢耽誤，連家都沒回，就直接在馬車上換下官袍。

「她在裡面睡著了，我沒辦法揹她回去，麻煩你了。」

麻煩你了？祁珩愣在原地，有些沒反應過來。

他還記得，鍾大柱這些年不太與村裡人交流，更從來沒有開口麻煩過人什麼，如今……這是為了鍾菱才開了口？

祁珩情緒複雜的走進棚子裡，小心翼翼的抱起鍾菱。

抱起她的一瞬間，他就皺了眉。鍾菱實在是太瘦了，抱在手裡甚至有種輕飄飄的感覺。

他昨日見陛下前，已經有同僚和他打過招呼，說是陛下念叨過幾回，祁珩在外吃苦了。可等到陛下見到他的時候，那醞釀了許久的慰問，終究是堵在嘴邊，千言萬語，最終化作一句「祁卿啊，胖了」。

鍾菱這餵胖人的能力，可是實打實的得到了陛下的認可。可是每天同吃一鍋飯，怎麼她就瘦成這樣？

祁珩抱著鍾菱往外走去，他看見鍾大柱彎腰拉起小板車，忙小聲的制止道：「鍾叔，這些她明日還要擺攤的。」

誰知，鍾大柱頭也不抬，堅定的開口道：「不擺了！」

祁珩腳步一頓，有些不解。

感受到周圍的動靜，祁珩懷裡的鍾菱哼哼了幾聲，明明睏得睜不開眼，卻依舊想翻身起來。

鍾大柱上前幾步，用身體擋住落在鍾菱臉上的陽光，沈聲安撫道：「是我，沒事，妳安心睡。」

聽到熟悉的聲音，鍾菱的身體明顯的放鬆了下來，她朝著鍾大柱的方向伸了伸手，喃喃道：「爹。」

祁珩和鍾大柱齊齊定在原地。他們都從彼此的眼中，看到了幾分不可思議——

鍾菱沒有當面喊過鍾大柱「爹」，不僅鍾大柱在意，連祁珩也注意到了。

祁珩有些恍惚的抬頭，啞著嗓子道：「鍾叔，東西放著，一會兒我差人來拿，先一起坐馬車回去吧。」

「嗯。」鍾大柱點點頭，沈聲道：「我也有事要跟你說。」

第十章

鍾菱一直睡到下午才悠悠轉醒。

這近乎昏迷一般的睡眠品質實在是太好了，她昏昏沈沈的大腦，前所未有的清明起來。只是她隱約記得明明是在京城裡收拾東西的時候，想要歇一會兒，就這樣睡著了。怎麼醒來就在自己家了？鍾菱摸索著想要起身，院子裡的人聽見動靜，往她的房間裡走了進來。

「大小姐醒了啊。」

鍾菱撐坐在床頭，看見祁珩走進來，呆了一瞬後，嘴角不受控制的揚了起來。她壓低了幾分聲音，語調中藏著驚喜和雀躍。「你怎麼來了！」

「有些人忙過了頭，累得隨便找個地方都能睡著，我不得來關心一下？」

鍾菱對祁珩的胡說八道，早就免疫了。她小心翼翼的問道：「你送我回來的？」

「不是他。」鍾大柱恰好端著木盆走進來，他瞥了一眼笑得合不攏嘴的兩人，沈聲道：「是我。」

祁珩順手接過木盆，將毛巾擰乾後，遞到鍾菱手裡。

而鍾菱在鍾大柱出現的一瞬間，就收斂了笑意，老實的坐直身子。她接過毛巾的時候，也沒忘記小心翼翼的抬頭打量著鍾大柱的臉色。「對不起……」

她那小動作本就惹得鍾大柱直皺眉，誰知她一開口又是開始道歉。

鍾大柱心裡還沒消化完的情緒就快要湧上來了，他深吸了一口氣，轉頭快步走出了鍾菱的房間，不願去看她那小心翼翼的神情。

他這突然的離開，讓鍾菱無措了一瞬。她一把拽住了祁珩的胳膊，嚷嚷道：「怎麼辦啊少爺，我爹生氣了怎麼辦啊？」

這變臉變得，祁珩都想要給她鼓個掌了。「妳再大聲一點，鍾叔就聽見了。」

鍾菱瞬間閉嘴，她像是打了霜的茄子，蔫了下去。

「鍾叔疼妳還來不及呢。」祁珩摁了摁太陽穴，見鍾菱一副萎靡不振的樣子，又怕她問些不好解釋的問題，於是搶先出聲威脅道：「我打包了京城最大的酒樓的菜，妳要是磨磨蹭蹭的，一會兒我們就開吃不等妳了。」

在鍾家，似乎負傷躺在床上的那一個，最沒有話語權。

在品嚐同行菜品的誘惑下，鍾菱還是迅速的收拾好了。

她走出房門的時候，祁珩和鍾大柱正一邊拆著食盒，一邊說著什麼。在祁珩看見鍾菱走進來的一瞬間，他瞬間就不說話了，惹得鍾菱皺著眉，上下打量了他好幾圈。

「別鬧了，坐下吃飯吧。」

還是鍾大柱開口，結束了兩人無聲的對峙。

鍾菱落坐後卻依舊坐不安穩，她從醒來之後，就感覺自己好像忘記了什麼東西，在環顧了一圈之後，她突然一拍腦門。「那個……我的錢匣子呢？」

她沒有喊「爹」，鍾大柱稍稍皺了下眉，還是從櫃子裡將錢匣子取出來，遞給了她。

自從知道鍾菱攢錢是為了給自己治病後，再瞧見她數錢時兩眼發光的樣子，鍾大柱不免有些嗓子發緊。他咳了幾聲，忙抬起酒碗抿了一口，掩飾自己的情緒。

祁珩端著飯從廚房裡出來，看見鍾菱正好在記帳，便伸過頭去看了一眼。

「這幾日生意真的不錯啊。」

「是吧，這幾日真的累死我了。」

鍾菱收好匣子，祁珩也剛好把菜都端上來了。

這一頓飯，是祁珩在京城的攬月樓訂的，全是招牌菜，大魚大肉讓鍾菱一下子有些不知道怎麼下手，但是她有著比常人靈敏的味覺，很快就和開始投入的品鑑起來。

「這魚處理得很好，很新鮮，但可能有點涼了，差點意思。」

挾了一筷子魚肉的祁珩細細品了品，並沒有吃出來哪裡差點意思。

「這個寶塔肉滿有意思的，可惜刀工差點火候，調味也沒跟上。」

鍾大柱盯著那規整壘成一個小塔的肉，沒有看出來哪裡的刀工有問題。

「這個湯圓真的好吃！」

聽見她的評價，鍾大柱和祁珩都放下筷子，齊齊去舀了湯圓。

芝麻餡的湯圓，外皮軟糯但有嚼勁，芝麻餡滾燙流著油，滿口的香味都要溢出來了。

祁珩和鍾大柱終於覺得自己跟上了鍾菱的美食品鑑節奏。祁珩不是第一次吃攬月樓的湯圓了，可卻是頭一次覺得湯圓這麼好吃。

這一頓飯，吃得三人都有些撐。

因為碗筷都是從祁珩家拿過來的，他家的小廝便主動占領了廚房搶著洗碗，順帶將廚房收拾得乾乾淨淨。

許久沒有享受到這樣服務的鍾菱雙目放空倚靠在椅背上，盯著天邊淺淡的月亮發呆；而祁珩背著手在院子裡慢慢踱步，不知道在思索著什麼。

當他路過小棚屋的時候，打量了幾眼那小推車，扭頭看向鍾菱。

「東西都給妳送回來了，妳記得看看有沒有落下的。」

睡夠了又吃飽了的鍾菱才猛然驚覺過來，忙跑去小棚屋檢查起自己擺攤的工具。

「啊……怎麼連灶子都給我搬回來了啊？」

祁珩輕咳兩聲，有點不自在的扭過頭，看向鍾大柱，朗聲道：「鍾叔，您和鍾菱說吧，我家還有點事，我得先回去了。」

和祁珩相處了這麼久，鍾菱一眼就看出來了，祁珩這分明是有事情瞞著她。

可是又有什麼事情，能和鍾大柱扯上關係？

就在鍾菱低頭思索的這一會兒工夫，祁珩已經飛速的和鍾大柱打完招呼，爬上馬車跑了。

他曠了半天工，活全留給了手下的人了。與赤北軍相關的事務，祝子琛他們的品級不夠，還得祁珩親自去處理才行。

他瞞著鍾菱，確實是有些心虛，但他是真的很忙。

鍾大柱在樹下站了很久，一直到鍾菱清點完，拍著手上的灰直起腰時，才開口道：「是我叫他把東西都拿回來的。」

鍾菱瞬間呆滯在原地，有些不可思議的抬頭看向鍾大柱。

她曾經無數次的設想過鍾大柱不讓她繼續擺攤了，可是真的面臨這個時刻，心裡還是有一種說不出來的難過，不受控制的蔓延。

夜色壓過半邊天空，鍾大柱並沒有看見鍾菱身上的僵硬和失落，他還在繼續說道：「妳以後不用再擺攤了，這幾天先在家裡歇著，等……」

「為什麼啊？」

被打斷了的鍾大柱一愣，這是鍾菱第一次反駁他，也是他第一次看見鍾菱在他面前顯露出情緒。

「我想要繼續擺攤，我以後會注意時間的，不會再出現這樣的情況了。」

鍾大柱完全沒料到鍾菱是這個反應。看著面前有些藏不住委屈，把敢怒不敢言寫在臉上的鍾菱，他有些苦惱的揉了揉眉心，沈聲解釋道：「我是說，等妳歇幾天，鋪子裝修好了，我們就一起搬到京城去。」

嗄？

所有的失落情緒，在瞬間消散得一乾二淨。

鍾菱費力的皺著臉，企圖消化鍾大柱剛剛說的話。「哪……哪來的鋪子？」

鍾大柱面色平靜。「我買的。」

鍾菱用力的嚥了一口口水。

隱藏富二代竟是我自己?!

好在鍾菱也是經歷過大場面的人了，她的理智只是短暫的出走了一會兒，便又重新回歸謹慎。

「您哪來的錢?!」

鍾大柱沒有回答，好像也沒有任何要回答的意思。

鍾菱瞬間就明白，祁珩今天的反常行為是怎麼回事了，肯定是在她睡覺的時候，鍾大柱和祁珩背著她，達成了什麼協議。

「您是不是答應了祁珩什麼？」鍾菱有些擔憂的追問。「我可以慢慢攢錢，不用急著去開鋪子的。」

「妳不用管，過段時間直接去京城就行了。」鍾大柱擺擺手，完全沒有要談的意思。

鍾菱輕嘖了一聲，咬著嘴唇看著鍾大柱進屋的背影，感覺到了無比的棘手。

她深知鍾大柱那頑固得像磐石的性子，是不可能撬出話來的，那麼想要知道他們到底交易了什麼，只能去找另一個當事人了。

次日中午，當祁珩走出翰林院，看見墨坊的管事等在門口的時候，他的心裡有了不好的預感。

果然鍾叔不可能糊弄得過鍾菱！

攬月樓的二樓小包廂裡，祁珩和鍾菱面對面坐著，相對無言。

「這攬月樓的菜，就有這麼好吃？值得妳特地跑來找我再吃一頓？」

祁珩撐著下巴，細細打量著鍾菱的眉眼。

她的眉骨高挺，有一股極具少年感的英氣，眼眸卻是圓圓的，帶著些少女的嬌憨可愛，仔細看，秀氣多過銳利，並不像鍾大柱。

「當然不是。」鍾菱坦坦蕩蕩的任由祁珩打量。「我是想問你，到底和我爹交易了什麼東西？」

祁珩毫不猶豫的拒絕了。「我答應過鍾叔，不能告訴妳。」

鍾大柱能和祁珩交易什麼？總不能是看上他們家那兩塊地了吧。鍾菱早就知道，祁珩的身分絕不像他自己說的這樣簡單，別的不說，光是祁珩腰間的那塊玉，就足夠把他們家那兩塊地買下來了。對祁珩來說，鍾大柱身上唯一有價值的，就是他赤北軍的身分。

望著上菜的小廝俐落的動作，鍾菱撐著腦袋，沈沈的嘆了口氣。

待到屋內又只剩下他們兩個人的時候，鍾菱昂起頭，像是下定決心似的，沈聲問道：

「你之前說的，想要來找你幫忙，隨時有效的那句話，現在還在有效期嗎？」

陽光剛好透過窗，落在祁珩的臉上。他的眼眸裡盛滿了光亮，眼尾微微瞇起，教人看不真切他眼中的情緒。

鍾菱等的就是他這句話。

只見他勾了勾嘴角，輕聲開口。「當然。」

兩人一邊吃飯，一邊嚴謹的商討了許久，最終在湯圓端上桌的時候達成了協議——小食肆未來每年三成的收入，歸祁珩所有。

雖然鍾菱提出過打一張借條，會連本帶息的將買鋪子的錢還給祁珩，但是被祁珩拒絕了，他更想要小食肆的股份分紅。

某種程度上，這也是祁珩對鍾菱手藝的信任。

「那裝修的事情我替妳安排下去了？」

鍾菱哪懂什麼裝修，飛快的點頭答應了。

先前不敢多麻煩他，可現在小食肆也有祁珩一份，鍾菱便迅速的將自己不熟悉的部分交付出去。

吃完飯後，祁珩帶著鍾菱去選好的鋪子。

這鋪子後面，隔一條街就是住宅區，祁珩連帶著將正對著小食肆後門的那個小院子也買下來了。

這間鋪子原本並不在鍾菱的意願範圍內，只因為它的地理位置實在是好，價格也實在是高昂。

這條街因店門口有一條溝渠而得名清水街。清水街正好與御街交會，這一帶商業極為繁榮，入夜之後便是京城最繁華的夜市。往西北方向走便是朝廷的辦公部門，往東南方向走，在清水街的另一端，便是勾欄瓦舍。

京城裡沒有比這兒更好的地段了。

鍾菱逛了一圈之後，都不敢問祁珩到底花了多少錢。她甚至懷疑這裡的鋪子都是權貴人家的祖產，壓根兒不是有錢就能買下來的。

「等一切都安排好了，我就差人去接你們，這段時間妳就好好休息。」

小食肆兩大股東會面結束之後，祁珩派人將鍾菱送回去，連帶著還給鍾大柱拿了許多滋補的藥材。

鍾大柱在看到桌上擺著的燒雞時，就知道鍾菱今天幹什麼去了。

鍾菱也不準備跟他交代什麼，兩人保持著一種默契，誰也沒提起小食肆的事情。

不用再早起擺攤，鍾菱一下子閒了下來。她在家睡了兩天後，終於待不住了，跑出去找柱子妹妹她們玩了。

鍾菱和村裡的小姑娘一起玩了幾天，學會了如何用葉子做各種各樣的小玩意兒。

幾天後，當鍾菱抱著一把蘆葦葉，告別還在抓魚摸蝦的小夥伴，獨自一人準備從溪邊回家，在路過村口時，她突然頓住了腳步。

空氣中有一個淺淡的香味，甜滋滋的，卻不膩人。當目光落在村口那棵圓潤得像大蘑菇的樹上時，她才後知後覺的意識到，桂花開了。

桂花開了！

鍾菱頓時就把做小食盒的事情拋在腦後，她丟下蘆葦葉，從家裡找了一塊厚實的布，塞到了小竹筐裡，興沖沖的直奔村口而去。

她饞桂花醬已經很久了！

且不說冰糖糯米藕需要，這桂花米糕、桂花酒釀，還有糯米紅豆沙，什麼甜食裡面都可以來上一撮乾桂花，添上一勺糖桂花。

可等到鍾菱站到村口的桂花樹下時，她突然意識到，摘桂花這事可能沒有她想像中那麼簡單。這桂花樹雖然大，也散發著甜滋滋的香味，可湊近了一看，枝葉之下只有零星的幾點嫩黃，一派蕭條的模樣，教人根本無從下手。

鍾菱捏著布，在樹下轉了兩圈，最終還是放棄了。

她正準備去溪邊問問小夥伴們，村裡哪裡還有可以摘的桂花樹，剛一轉身，就聽見遠遠的有人在喊她。

「菱菱。」里正揹著個裝滿蘿蔔的大筐，笑呵呵的朝著鍾菱走過來。

「里正爺爺。」鍾菱朝著里正招了招手。

里正看了看鍾菱手裡捏著的布，又看了眼桂花樹，瞬間就明白鍾菱在幹什麼了。

「妳想要摘桂花啊。可是我們村不知道是什麼緣故，這桂花樹能活，但就是不開花。妳別看村口這棵好像沒開幾朵，這已經是全村開得最多的了。」

鍾菱倒抽了一口氣，她回頭重新打量起這棵桂花樹來。

「要摘桂花的話，去隔壁村啊。」

里正的長子挑著兩擔蘿蔔走了過來，他聽見了兩人的對話，給鍾菱指了一條路。

「妳朝著這個方向，走一刻鐘便到了，隔壁村的桂花開得是真好，尤其是那幾棵老樹，遠看都像鍍了層光似的。」

「廟裡那兩棵百年老樹是吧，那是真的百里飄香啊。」里正感慨的看向隔壁村的方向。

「老住持圓寂也有八年啦，不知道那廟還有沒有人。」

「爹，你忘了啊，老住持生前救下來一個年輕人，收他做了弟子的，我先前去上香的時候還見過他呢。」

里正的兒子解釋完後，又看向鍾菱。「那個小師父是個脾氣溫和的，肯定會讓妳摘的。只是我記得廟裡還供奉了赤北軍的牌位，妳若是去了，要記得先上炷香啊。」

鍾菱忙點頭應下，朝著里正父子連聲道謝。

今天要去隔壁村肯定是來不及了，鍾菱回家先把飯蒸上，翻找了一通，把做桂花醬的工具全找了出來。

「要做什麼菜？」鍾大柱揹著柴回家，就看見鍾菱坐在樹下刷罐子，便隨口問了一句。

「我明日想去隔壁村摘桂花。」鍾菱抬起頭來，問道：「您去過隔壁村嗎？里正爺爺說隔壁村的桂花開得很好。」

鍾大柱搖了搖頭。別說隔壁村了，他每天三點一線，不是在田裡就是在山裡，實在迫不得已，才到貨郎那兒去一趟，在赤北村住了十年，都不太清楚隔壁村的名字是什麼。

雖然鍾大柱自己從來不往外多走一步，但是他卻想要鍾菱別窩在家裡，多出去走走。因此，當聽說鍾菱要去隔壁村的時候，他只是叮囑了幾句。

把一切交代好之後，鍾菱在第二天一早便出門了。

路過村口那棵只長個子，卻不開花的桂花樹後，朝著里正兒子給她指的方向，沿著田間的小路慢悠悠的往前走去。

正是柿子成熟的季節，路邊的柿子樹上，掛滿沈甸甸的果實，一個個飽滿又鮮豔，在碧藍天空下，金燦得像是小燈籠，任誰路過，都要多看上幾眼。

鍾菱盯著那油汪汪的柿子，腦子裡已經開始烙起柿子甜餅了。

初秋的空氣中，夾雜著淺淡草木芳香的凜冽，深吸上一口，直教人覺得神清氣爽。

當微涼的風中帶著桂花獨有的那股甜香的時候，鍾菱知道她今天的目的地到了。

這個和赤北村看起來並沒有什麼區別的村子，叫做金桂村。

叫這個名字，也實在是實至名歸。明明和赤北村只有一刻鐘的路程，可金桂村就是運田邊枯瘦的桂花枝幹都簇擁著滿滿的嫩黃色。

鍾菱詢問在田間勞作的老伯那座寺廟的位置。

想來那座寺廟在村裡也是有一定聲望的，老伯的態度相當客氣，朝著山坡的方向一指，詳細給她說了要怎麼走。

這座寺廟相當有年分了，久到大家都忘記它原本叫什麼，只是因為那兩棵百年桂花樹的關係，便都叫它傳香寺。寺廟倚靠著山腳，需要穿過一段濃密茂盛的山林。陽光透過蒼翠茂密的枝葉，斑駁的落在爬滿了青苔的石板上。

枝葉間時不時傳來清脆的鳥鳴聲，周身飄盪著稀薄的水氣。

終於，小樹林的盡頭驟然開闊了起來，陽光肆意的灑在規整的青石板上，爬著青苔的古寺在陽光下散發著淺淡的光亮，桂花的甜香隨著靠近的腳步，越發濃郁。

堆簇著嫩黃小花的枝幹從青瓦上探了出來，朝著天空的方向，低調卻也張揚的展現著自己的姿態。

寺廟經歷了時間長久的洗禮，牆面斑駁，爬上了藤蔓，與周圍的環境融為一體。

這般散發古樸韻味的寺廟，鍾菱只是遠遠的看著，便心生一股莫名的敬畏之心。

不知道是不是因為死過一次的緣故，越是靠近寺廟的大門，鍾菱心中那股莫名的悸動就越強烈，以至於她在敲門時，猶豫了好一會兒。

在這算不上炎熱的溫度下，鍾菱心慌得直冒汗。她攥緊濕答答的手，鼓足了勇氣，才抬手叩了叩那漆面斑駁的厚重大門。

隨即兩道有些沈重的叩門聲在空寂的山林間傳開，很快就消散不見了。

很快的，沈重悠長的開門聲回應了她。

厚重的大門被推開的瞬間，鍾菱的心臟猛地跳空了一拍，她緊張的攥著手，盯著那緩緩變大的門縫。

一個身形修長挺拔的和尚站在門縫裡，低頭看向鍾菱時，那雙平靜溫和的眼睛裡閃過了一絲小小的驚訝。

他劍眉星眼，五官俊秀，卻又溫和儒雅，眼尾有淡淡的細紋，嘴角噙著笑，並不似鍾菱想像中的年輕，稱得上是個中年人了。

可他的身形卻相當年輕，身量修長，挺拔得好像一棵翠竹一般，卻不過分消瘦。他穿著一身無袖的短褂，手裡提著一根小臂粗的棍子，流暢飽滿的肌肉在陽光下閃著盈盈光亮。

一道猙獰的長疤從他耳後的脖頸一直延伸到二頭肌，如同蜈蚣盤踞之上，猙獰可怖，而他裸露在外的半邊手臂上，還有大大小小的疤痕十數道，刺目扎眼，只看上一眼就讓人覺得發疼。

這樣的傷痕，他究竟是怎樣活下來的？

鍾菱短暫震驚了一瞬，再抬頭看向他深邃的眉眼時，心裡莫名的情緒翻湧得更加厲害了。

那俊朗的中年和尚似是沒想到鍾菱會這樣直接的盯著他看，他愣了一會兒，卻完全沒有被冒犯的生氣。他微微笑了笑，放下手裡的棍子，雙手合十，朝著面前的小姑娘低下了頭。

「小施主。」

他醇厚溫和的聲音像是一陣溫暖的風，輕輕擁抱了一下鍾菱，然後消散在了樹林間。

看著那低下頭的身影，鍾菱眼眶一熱。

「小施主裡面請。」

她不知道自己今天的情緒為什麼這麼反常，但也忙著雙手合十，恭恭敬敬的躬身還禮。

寺院裡的景象，倒是和鍾菱想像中的完全一樣。臺階上缺了半塊的磚和牆面上裸露出來的石料，古樸又簡陋。

「多謝師父。」

鍾菱跟在他身後，小聲的道謝。誰知她的情緒沒能壓住，這一開口就有些哽咽。

那和尚頓下腳步，轉頭看向她，目光依舊溫和，開口也依舊帶著笑意。「怎麼了？」

鍾菱忙抬手用力揉了揉臉頰，又用力甩了甩腦袋，然後抬起頭，揚起一個巨大的微笑，堅定的開口道：「我沒事！」

和尚被鍾菱逗笑了，他虛虛握拳，抵在唇邊偷偷笑了幾聲，這才收斂了神色，問道：

「小施主是有何事？」

「來上香。」她有些疑惑。「來寺院除了上香，還能幹什麼嗎？」

「後山種了許多綠豆，會分給村裡人。」和尚的目光在鍾菱背後的小背簍停頓了一會兒，他比鍾菱高上許多，恰好能看見她那背簍裡只有一塊摺得方方正正的布和一個竹編小盒子。

村裡人來拿綠豆，都會帶上些田間農貨，從不空手來。這個小姑娘不是來拿綠豆的，而且她看起來並不像是在田間地頭長大的，言行姿態都像是大戶人家的姑娘。

他輕聲問道：「妳是哪家的孩子，我怎麼從未在村裡見過妳？」

第十一章

鍾菱忙搖搖頭。「我是從隔壁赤北村來的。」

在聽到赤北村的時候，和尚短暫的失神了一瞬。陽光落在他眉眼之間，鍾菱清晰在他那透亮的眼眸中，看到了翻湧著的，濃稠的哀傷。

可是那一抹悲傷，就像是鍾菱的錯覺一樣，轉瞬就從他眼裡消失了。

「先喝杯茶吧。」

他伸手接過鍾菱的小背簍，放在大殿柱子旁，又轉身走到後院去，穩穩的端了一壺茶，擺放在桂花樹下的小圓桌上。

他回來的時候，換上了一身藏青色的僧袍，遮住那一身的肌肉，看起來高挑清瘦，沒有一點戰鬥力。

鍾菱忍不住又看了一眼那根棍子。果然，人不可貌相啊。

「讓我先上炷香吧。」鍾菱站起身，她還記得里正兒子囑咐她的話。

和尚似是沒有想到她會提出先上香，他有些欣慰的笑了笑，領著鍾菱走到殿裡。

大殿並不寬敞，卻通透明亮。鍾菱恭恭敬敬的拜了主殿後，便朝著偏殿走去。

一直跟在她身後的和尚，出聲喊住了她。「小施主，偏殿供奉的是我的戰友。」

鍾菱腳步一頓，她回頭看向那和尚，輕聲道：「您也是赤北軍的將士嗎？」

那一瞬間，撲面而來的風都帶著些肅殺的血腥味。和尚面上的溫和被凝重所取代，他低垂下眼眸，並沒有回答。

但是鍾菱已經知道答案了。

她安安靜靜的跟在和尚的身後，踏進了偏殿。

入目是擺得整整齊齊的牌位，像是小山一般，肅穆莊重。香爐裡，未燃盡的香裊裊升騰著青煙，香味縈繞在牌位之間，讓眼前的畫面看起來有些不真實。

在踏入偏殿的時候，鍾菱的手腳就開始不受控制的發麻，眼前密密麻麻的牌位扯著她進入被遺忘的那段記憶。她強忍著腦海中撕裂一般的疼痛，恭敬的行禮後將香插進了香爐裡。

不知道是不是心理作用，再抬頭時，身體上的不適消散了不少。

鍾菱抬頭看著眼前的牌位，那一個個她不認識的名字，都曾是鮮活的，在她面前走過的人。她早晚會把這一切，把這些消失在她記憶裡的人，都想起來的。

鍾菱又深深的朝著牌位行了一禮，她直起身時，看見那和尚也捏著三炷香。

她放輕了腳步走過去，站在他的身後。

和尚沒有回頭，他平視著面前的牌位，輕聲道：「這是我妻女的牌位。」

他退後兩步和鍾菱並肩站著，低頭看了一眼眼眶微紅的鍾菱，有些感慨的輕聲道：「她如果活著，應該和妳差不多大了。」

樊城一役，赤北軍的家眷被盡數斬殺。鍾菱望著那牌位，心中泛起一陣悲涼。作為赤北軍將士的女兒，她是幸運的，躲過了殺戮，被唐家撿回去，如今又回到了鍾大柱的身邊。但是有那麼多和她一般大的孩子，永遠的留在了那一年，留在了樊城。

那升騰的青煙讓鍾菱的眼淚忍不住掉了下來，她輕輕咳了幾聲，低頭抹著眼淚。和尚輕輕拍了拍她的肩膀，轉過身時，又回頭環顧一圈屋子裡的牌位，像是和他們都一一打過招呼後，才輕聲招呼鍾菱。「走吧，我們去吃點東西。」

那些和記憶交織的沈重畫面隨著陽光攀上肩頭，也逐漸的散去了。

他在看到鍾菱那異常的反應和有些過激的情緒後，便猜到了鍾菱的身分；而鍾菱從偏殿出來後，自我介紹了一番，印證了他的猜測。

「鍾施主。」法號懷舒的和尚端來了一碗綠豆湯，放在鍾菱面前。

她叫鍾菱，和他的女兒一般年紀。

這般緣分，巧合得教懷舒都覺得有些難以置信，只是他出家十年，那些滔天的思念早就在時間的洗刷之下，能夠安靜的待在他心底了。

他沒有給自己點亮希望火苗的機會，一切不過是巧合罷了。

他在赤北軍中的地位並不低，妻女都是敵軍的重點關注對象，他很清楚，她們都沒有生還的可能。

當年被老住持收留後，他曾懷著滿腔的悲憤，尋找自己的戰友、親人，最終一無所獲，最後拜了老住持為師，剃度出家。所有的思念都化作了那牌位上，他親手刻下的每一個字，還有那十年如一日的誦經、燃香。

他守著寂寥的青燈，不願再踏出寺廟一步。

只是他看向鍾菱的目光，不自覺的就帶上了一些關愛。這大概就是師父說的緣分吧……

鍾菱完全不知道懷舒在想什麼，她低頭喝著綠豆湯，雙眼發亮。「懷舒師父，這綠豆湯也太好喝了！」

這綠豆湯煮得恰到好處，綠豆開了花，煮出濃稠的薄沙，卻粒粒分明，又入口即化。因為在井裡冰鎮，拿出來的時候，碗壁還掛著晶瑩的細密水珠。

懷舒笑著端起碗。「妳若是喜歡，走的時候，便帶一些綠豆走。」

鍾菱來之前也是打聽過的，這寺廟裡的東西，不能白拿。她立刻站起身，把背包裡的小食盒取了出來。「這是我蒸的米糕，您嚐嚐。」

米糕白淨方正，模具是鍾菱前幾日在京城裡訂製的，這幾日蒸了好幾鍋，調試出一個比較合適的配方。

因為還沒有桂花醬，米糕裡便放了紅豆沙。鍾菱自己熬的，不甜，但是軟糯濕潤，是根據米糕的口感調整的，這樣米糕吃起來不會太過於寡淡或乾噎。

這也是考慮到要進寺廟，特地帶的素食。

懷舒撚起一塊，細細品嚐了之後，點了點頭。「確實美味。」

他並不是隨便誇誇的，是很認真的咀嚼之後才說的，他用指尖碾碎落在桌上的米糕粉末。

「這米糕香甜，乾吃卻有些噎人。妳的背簍裡只裝了一塊布……我想，妳來寺院的目的不只是上一炷香吧。」他頓了頓。「這米糕若是添一勺桂花醬，那可別有風味。」

鍾菱舀綠豆的動作一頓，神情有些僵住了。她怎麼也沒想到，只是分享米糕，居然就被猜到來意。

懷舒似是完全沒有察覺到鍾菱的窘迫，他笑著道：「我之前有做過一些桂花醬，不嫌棄的話，妳一會兒帶一些走吧。」

怎麼還連吃帶拿的！

「前院這棵桂花樹開得好，鍾施主隨意摘就好，若是需要梯子，我一會兒去拿。」

鍾菱忙擺手。「不用麻煩，不用麻煩了。」

「不算麻煩，妳的爹娘應該也是赤北軍的將士吧？赤北軍的將士和家眷，能活下來的都不容易，何況妳和我女兒一般年紀，說不定以前紮營的時候，妳還和她一起玩過呢。」

這話說得真情實意，鍾菱抿了抿嘴唇，猶豫了一會兒，還是抬手指著自己的腦袋，說了實話。「我爹確實是赤北軍的士兵，但是……但是我不記得樊城那場戰役的事情了，連帶著之前所有的事情都不記得了。」

懷舒一愣，看向鍾菱的目光中多了幾分憐惜。

「無妨。」他輕聲安撫道：「許多人第一次見血，都很久還緩不過來，那樣的場面，妳一個孩子……記不得，也算是好事。」

他苦笑一聲，似是有些不忍說下去了。

「懷舒師父……」

鍾菱有些無措，她不記得從前的事情了，而鍾大柱從來不提那些過去的事情，眼前的懷舒，是第一個和她提起那些往事的當事人。

也是第一個告訴她，忘記了過去，也是好事的人。

懷舒雙手合十，低聲唸了一句阿彌陀佛。

鍾菱想，他或許，並沒有放下。

鍾菱將帶來的布鋪在樹下，開始摘起了桂花。可她的目光卻忍不住朝著偏殿看去——懷舒在那裡誦經。

或許懷舒和鍾大柱是一類人，他們都不愛和別人交流，都陷在那段刻苦銘心的過去裡，走不出來。

她對鍾大柱，更多的感情，是來自刑場之後鍾大柱為她收屍的衝擊；對懷舒的親近和信任，卻更像是被過去的那段經歷牽引著一般。

那年的樊城，到底發生了什麼？她是怎麼活下來的？

而且，她是不是在年幼時，就見過懷舒？

事實證明，有些時候越想想起什麼，反而越想不起來。

鍾菱有些苦惱的撐著下巴，看著眼前熱氣騰騰的麵條，忍不住嘆了口氣。

「小小年紀不要總是嘆氣。」懷舒端著一小碟的鹹菜，放到了鍾菱面前。「妳不用急著想起那些事情的。」

「話是這麼說……」鍾菱挾起一小撮鹹菜，送進了嘴裡，想說的話一下子就頓住了，滿腦子就只剩下——「好好吃啊！」

這施主看起來細膩敏感，實際上又是個跳脫的性子，倒是讓人沒那麼擔心她了。

麵是懷舒自己做的，上面鋪了滿滿一層配料，蘑菇、木耳都是山林裡最新鮮的，還有吸滿了湯汁的腐竹。雖是素麵，但味道卻絲毫不遜葷菜。

兩人吃著麵，就著這素菜的做法，展開了友好的交流。

豆製品是最能玩出花樣的，眼前這位懷舒師父，顯然是專業的。鍾菱討教了一番腐竹和油豆腐的做法細節，決心要將這幾道素食添進小食肆的菜單裡。

「妳下次若是來，我給妳做素燒鵝。」

素燒鵝是江南一帶的著名小吃，由豆皮做成，但富有層次的口感卻肖似肉的纖維，因此而得名。

鍾菱本就想著要常來上香，也就應下了。

懷舒又帶著她去後院轉了一圈，那掛滿果的柿子樹看得鍾菱兩眼直發光，尤其是在吃了兩個脆柿後，鍾菱更是無法拒絕懷舒往她小背簍裡放果子的動作了。

鍾菱摘了一個多時辰的桂花，左手提著一布袋的綠豆，右手抱著一袋脆柿，背簍裡裝著小罐的糖桂花和醃菜，根本騰不出手來和懷舒道別。

「懷舒師父再見！下次我來，給您帶我做的綠豆糕！」

「路上小心啊。」

懷舒站在寺院外，目送著鍾菱遠去。

一直看著那輕快的背影消失在小路盡頭，懷舒喃喃道：「應該問問她爹叫什麼的。」

戰友還活著，那應該將他的牌位撤下來才是……

他合上門，慢慢踱步回了偏殿。

鍾菱敬上的那三炷香已經燃盡了，懷舒重新取了香插上，他跪坐在蒲團上，盯著那一片牌位，有些失神。

那小姑娘，叫鍾菱……

他刻了所有戰友的名字，哪怕是不記得名字的，也為他們每個人做了牌位。赤北軍裡，除了將軍，還有誰姓鍾的嗎？

但此時，他有些想不起來了。

香味。

鍾菱在帶著大包小包回家的路上，可謂是備受矚目，不為別的，光是她揹著的一大包桂花，未見其人就先聞見那馥郁的甜香。

「鍾姊姊是去摘桂花了嗎？好香啊！」和鍾菱相熟的幾個小姑娘們圍著她，用力的嗅著香味。

因為赤北村的桂花開得蕭條，一般村人不會去摘花，只想著要讓香味多存留一會兒。

鍾菱抓了一大捧桂花，分給了大家，贏得了一片清脆的歡呼聲，她們歡騰的動靜自然引起了在田裡勞作的大人們的注意。

里正的兒子提著鋤頭，笑呵呵的走了過來，他瞥見鍾菱放在地上的那一大兜柿子，有些驚訝道：「妳是去山上了？這麼多的柿子。」

「沒有，是懷舒師父給我的。」鍾菱蹲下身，從袋子裡選了個最大的，遞給里正兒子。

「可甜了，孫叔，您嚐嚐。」

里正兒子捏著那柿子，滿臉錯愕。

「妳說……這是那小師父給妳的？」他低頭看了眼那一袋綠豆和因為掏桂花而放在地上的醃菜罐子。「這些都是？」

鍾菱不明白他的詫異從何而來，但還是點了點頭。

「也還是得妳啊，這麼難處的小師父，妳居然能和他關係這樣好。」

「啊？」鍾菱皺眉。「不是您告訴我，懷舒師父脾氣好的嗎？」

「他確實是好脾氣，香客的要求也基本都幫著滿足，可他卻從不和別人多說什麼，也幾乎不怎麼出寺廟。」

他沈思了一會兒，壓低了聲音道：「其實我覺得他和妳爹好像沒有什麼區別……」

鍾菱若有所思的點點頭。

那偏殿中的景象她記憶猶新，本質上他們是同類，只是和鍾大柱比起來，懷舒稍微通透些罷了。

里正兒子朝著她擺擺手，捏著柿子朝溪邊走去。鍾菱也收拾了一下背簍，準備回家。她剛走了幾步，那幾個孩子突然開始喊她。

鍾菱一回頭，就看見一輛眼熟的馬車停在村門口。那是祁玠家的馬車，上面下來的小廝看著也面熟，鍾菱曾經在墨坊見過他。

「鍾姑娘，我家公子讓我來跟您說一聲，後院已經收拾好了，可以入住了。您可以先收拾起來了，約莫後天中午來接您。」

鋪子的裝修還差一點，但是小院子是現成的，並不怎麼需要裝修，置換了家具後，祁玠甚至將一些必要的生活用品都添置好了。

鍾菱和那小廝道謝後，小廝也沒急著走，他轉身從車上拿下一個罐子，當著滿臉好奇的孩子們的面，掏出了一把糖。

孩子們歡呼的聲音拔地而起，一陣高過一陣。祁珩居然沒忘記他的這些小夥伴們……

鍾菱笑了笑，提起東西往家裡走去。

搬到城裡去的時間，比她預想的要早一些。她第二日起了個大早，去了一趟京城，採購一番之後，便直接去了隔壁村。

鍾菱沒有驚動懷舒師父，只是將裝著油、鹽等生活必需品的竹筐，放在寺廟門口，並留下署名。

不知為何，她沒有和任何人說懷舒的事情。

可能是怕鍾大柱想起以前的事情，也怕祁珩這個對赤北軍特別感興趣的人，會跑去打擾懷舒。

總之，隔壁村寺廟的懷舒師父，成了鍾菱的秘密。

鍾大柱父女二人根本就沒什麼行李。在向小廝打聽了一下京城小院的情況後，他們揹上背簍，門一鎖，向里正辭行，便搬了家。

京城裡的小院，由鍾大柱打理。鍾菱剛到京城，就一頭栽進了小食肆的廚房裡，又是訂製砧板、又是買各式各樣的菜刀，裡裡外外忙活了好幾天。

等到祁珩處理完杞縣乾旱的後續事宜，趕在第一時間去找鍾菱時，鍾家搬到城裡來已經四天了。

祁珩熟門熟路的在小食肆的後門下了馬車。

後廚正在試菜，大大小小的碗碟一片鋪開，明明只有鍾菱和鍾大柱兩個人，可硬是讓人覺得擁擠。

鍾菱圍著圍裙，頭髮用布包著，露出光潔的額頭。她微微彎腰，目不轉睛的盯著案板，左手按著胡蘿蔔，右手握著菜刀。

手起刀落，刀鋒化作一片殘影，切菜聲清脆又有節奏。

她完全沈浸在自己的世界裡，連祁珩走到面前也完全沒有察覺。

鍾大柱坐在一旁吃飯，他面色淡然，絲毫沒有被這節奏極快的切菜聲影響到，顯然是見怪不怪了。

胡蘿蔔丁在泛著冷光的刀影下堆成了一座小山，隨著最後一點胡蘿蔔被推到刀下，鍾菱把菜刀一放，雙手撐著案板，沈沈的嘆了口氣，顯然對這根胡蘿蔔展現出的成果並不滿意。

在一旁目睹了全部過程的祁珩問道：「怎麼了這是？」

鍾菱還是盯著面前的砧板，一個眼神都沒給祁珩，面色沈重的吐出兩個字。「不行。」

什麼不行？

祁珩尚未從高強度的公務中緩過神來，他被這兩個字驚得一激靈。

沒來得及多想，只聽見鍾菱情緒激昂的說道：「我這半路出家的廚子，刀工不行啊！」

她伸長手，撈了一個大盆過來，遞給祁珩看。盆裡面滿滿的是切成薄片的蘿蔔，想來也是鍾菱用來練習刀工的產物。

再看鍾大柱碗裡那扣在白米飯上的濃稠醬汁裡頭，骰子大小的五花肉，祁珩好像明白這廚房為何如此擁擠，也知道鍾菱這幾天到底在忙什麼了。

只是祁珩左看右看，都覺得這蘿蔔片又薄又均勻，胡蘿蔔丁也是方正好看。

碰到不懂的外行，鍾菱無法抒發心中的鬱悶。

她又嘆了口氣，點火燒油，將案板上的胡蘿蔔倒進去，又指揮祁珩去取來隔夜冷飯，迅速完成了一大鍋蛋炒飯，每一粒米飯都裹上了蛋液，是粒粒分明的金黃。

祁珩一邊咀嚼著，一邊聽鍾菱訴苦。

鍾菱是在品嚐了攬月樓的菜之後，意識到自身的問題的。她不過是靠這些小聰明，依仗特殊的經歷，還有特別靈敏的味覺，方能被稱讚一聲「好廚藝」。

可是開一間食肆並不是鬧著玩的事情，祁珩花出去的那些錢也不是鬧著玩的！

她的腦子裡有無數精彩的菜譜，她在調味方面也有著超人的天賦，可是光有天賦是不夠的，那些大廚們，哪個不是從幼年時就開始切菜、顛勺。

刀工對菜品的味道有很大的影響，只有日復一日的練習，才能將菜品的味道發揮到極致，所謂天賦，也得是在勤勉的努力下，方能造就天才。

她能做京城裡從未出現過的創新菜，可是，創新菜終究不能占據菜單成為全部。

而她的基礎功，也只能做些好吃的家常菜。
雖然祁珩吃了都說好，但是和攬月樓的菜比起來，確實是沒什麼競爭力。
因此，鍾菱這幾日坐在小食肆裡，除了揚長避短的擬訂菜單，她還制定了一系列的行銷手段，力圖在宣傳上占據優勢。
「其實我考慮到妳會忙不過來，也是來問問妳需不需要招些人手的。」祁珩將一個鼓鼓囊囊的荷包遞給鍾菱。
「妳得留些錢傍身，前期的帳從這裡走。」
鍾菱沒有多客氣，接了過來，數錢的同時也沒忘記給祁珩畫了個大餅。「那等過年的時候，我會連本帶息一起還你的。」
眼下也確實是缺錢的時候，不僅買菜、買肉要錢，還得雇人，如果要雇一個獨當一面的廚子，就更貴了。
其實鍾菱唯一接觸過的成熟的廚子就是韓師傅，她也是從韓師傅那裡知道廚師到底要有怎麼樣的基本功，也知道一個出師的大廚，需要多少的薪水才能留得住。
祁珩給的錢不少，但是要在這麼短的時間裡去找一個好大廚，還是有點難度的。
若是韓師傅在就好了……
韓師傅……
鍾菱拿著勺子的手頓在空中。

第十二章

她抬頭問道：「少爺，今年是哪一年啊？」

祁珩一愣。「慶安九年。」

如果鍾菱沒有記錯的話，韓師傅就是在慶安九年的中秋前夕，來到京城的。和她這野路子出身的廚子不一樣，韓師傅六歲學廚，有顯赫的師承，可是正兒八經的名廚。他來京城，是因為妻子患病，來尋醫問藥的。

而他之所以入職陳王府，則是因為急著用錢。

陳王府雖月薪高，剋扣的情況卻很嚴重，也不輕易放人出府。韓師傅的妻子，就是因為感染風寒導致高燒，沒能及時發現，最終離世。

韓師傅的手藝，可是陳王點名認可的；可他也是因為這一手廚藝，被拘在陳王府，哪怕是在妻子死後，依舊沒能離開。

如果能趕在陳王府之前，把韓師傅挖到小食肆來……

鍾菱舉著個勺子，不知道神遊到哪裡去了。

對此場面，祁珩早已見怪不怪，他將最後一口炒飯塞進嘴裡，像在赤北村時那樣，很自然就站起身來，端著碗去水槽。

還剩下半碗飯的鍾菱回過神來，也跟著站起身，準備把剩飯倒了。

只是她剛一轉身，就猝不及防的和鍾大柱對上目光。

鍾大柱沒有說話，就只是看著她。眸色漆黑，沈靜且毫無波瀾，沒有給她留下任何迴旋餘地。

鍾菱瞬間敗下陣來，怏怏的坐了回去，挖了一小口飯送進嘴裡。

她胃口一直不大，有時候忙起來，都不覺得餓。可是不知道為什麼，原本從不管她的鍾大柱，開始盯著她吃飯了。

祁珩也沒急著走，等到鍾菱磨磨蹭蹭吃完飯後，兩人商討起了店裡招工的事情。

預算的大部分，鍾菱打算留給韓師傅。

如今舉國上下經濟形勢相當不錯，正是由百廢待興走向快速發展的時期，各行各業都缺人。在政策還算清明的情況下，只要願意幹，基本上就不會餓肚子。

哪怕是女性，也可以出來找活幹，不僅有蘇錦繡這樣自己創業的，甚至朝中還設置了女官，當朝的女子除去嫁人之外，有了多種選擇。

所以鍾菱想要僱用一個小姑娘，可以幫忙傳菜、點菜，照看客人需求。

「我這裡倒是有一個人選。」祁珩聽完鍾菱的需求後，思索了一下。「她比妳小幾歲，模樣周正，性格也不錯。」

鍾菱將削好的脆柿子遞給鍾大柱，又隨手端了綠豆糕放到祁珩面前。「我信你的眼光，你若覺得不錯，那便帶她過來。」

夜色漸深，後廚裡早早就點上了燈，燈光搖曳，宛若白晝。

「只是她的身分有點特殊。」祁珩頓了頓。「她也是赤北軍士兵的孩子。」

對他們談話一直沒什麼反應的鍾大柱動作一頓，他緩緩抬頭，目光深沈，投向窗外的黑暗。

「嗄？」鍾菱問道：「不是說家眷們都在樊城嗎？」

「那個孩子的娘親那個時候剛好有了身孕，便將她託付給祖父家。她失去父母之後，由祖父母撫養長大，雖不富足，卻也還算健康快樂。可她的祖父母相繼過世後，她叔父待她並不好。我正準備忙完這陣子，託人給她找份活。」

沒等祁珩說完，鍾菱就把荷包一拍，乾脆俐落道：「別託人了，讓她來小食肆吧。」

和赤北軍相關的人和事，有太多的遺憾和悲痛了。懷舒守著的那盞青燈，這個姑娘因為失去父母而吃的苦，她既然碰到了，能幫的，一定要幫。

鍾大柱自然不會有意見，戰友的遺孤，他更不可能坐視不管。

「那我明日便派人去接她。」祁珩點頭應下，站起身來。「時間不早了，我先回去了。」

鍾大柱緊跟著站起身來，和祁珩並肩說著什麼，一起朝停在巷子口的馬車走去。

大概是和赤北軍相關的事情。鍾菱沒聽，而是轉頭去把之前準備好的東西都搬了出來。

給祁珩裝了一筐脆柿子，用來練手的素燒鵝也裝好了，綠豆糕是下午剛做的，擺得整整齊齊。還有糖桂花也給祁珩勻了一小罐，連帶著還有懷舒師父寫的平安符，壓在糖桂花下。

祁珩帶著這大包小包的回到府裡的時候，他的祖父正和另一位半白頭髮，一身青白色袍子，頗有些仙風道骨的老人家坐在院子裡飲酒。

「祖父，柳大人。」

「又喊我大人。」柳恩毫不遮掩的翻了個白眼，憤憤的拍了桌子。「老夫都辭官多久了，你小子少帶官場那套到我和祁老頭的酒桌上。」

祖父摸著鬍鬚，樂呵呵的看熱鬧。

祁珩無奈，只得再喊一聲。「柳阿公。」

柳恩大聲的應下，朝著祁珩招了招手。「你這是帶了什麼回來？」

「一些小吃。」祁珩從小廝手裡接過，一一擺放在桌子上。

「喲，沒想到在京城還能瞧見素燒鵝。」柳恩提起筷子，挾起一塊送進嘴裡，嚥下後，連聲誇讚。「這個味道，真讓人想起江南啊。」

柳恩是江南人士，科舉出仕後，便留在了京城。因為兒女都折在了十年前的政變裡，於是他整日往祁珩家跑，找祁珩的祖父玩牌喝酒，打發時間。

祁珩吩咐下人去洗脆柿的工夫，柳恩已經挾著素燒鵝，給祖父講解了起來。

「你瞧瞧這豆皮疊的，一層一層，蒸過之後，嫩得很，外面啊又過了遍熱油，真脆，和吃肉有什麼區別啊！」他一揮手，招呼著候在一旁的小廝。「拿醋過來，這得蘸著醋。」

祖父顯然對柳恩興致高昂的樣子早已習慣了，他對桌上的綠豆糕興趣更大些。綠豆全部泡水去殼，碾得細碎，口感細膩，在口中一抿就化，還帶著桂花的甜香味，直教人停不下來。

祖父又拿起一塊，仔細端詳了半天，緩緩開口問道：「這是京城哪家鋪子的？」

「是那個赤北軍將領的女兒，她來城裡開食肆了。我前幾日去定安侯府，就是買鋪子去了。」

祖父點了點頭，還沒說話，柳恩雙目一亮。

「哪家鋪子？開在哪兒？老夫已經很久沒有吃到這麼合口味的素燒鵝了。」

「等開業了，我帶您去。」祁珩忙應下，他朝著柳恩拱手，恭恭敬敬的施了一禮。「我想斗膽替那小娘子，向您求幾個字。」

從川蜀進京，一般都走水路。

鍾菱在碼頭拜託了招工的人，留意從川蜀之地來的船，並且擺上了招廚師的牌子。怕韓師傅錯過了碼頭的攔截，鍾菱又根據隔壁鋪子掌櫃的指點，去了京城最大的招工館，照著韓師傅的條件，留下了招聘要求和小食肆的地址。

鍾菱跑了一上午，回到小食肆後，趕忙把湯煲了。

小食肆裡只有鍾菱一人在，鍾大柱去了屠戶那裡，還沒有回來。

本來鍾菱是打算自己去的，但是鍾大柱攔住她，要了地址後一早就出門了——屠戶扎堆的地方，大多是些五大三粗的男人。

鍾菱沒有點破鍾大柱的維護之意，她表面如常，只是中午這案板上備著的，都是鍾大柱愛吃的菜。

一想到小食肆裡會有韓師傅在，鍾菱心裡的擔子一下子就輕了不少。

她放慢了制定菜譜的節奏，悠悠閒閒的準備先烤個板栗餅。

栗子是早晨買的，院子裡剛好有一個磚砌的烤爐。

鍾菱雖然知道中式糕點要如何開酥，卻沒有上手試過，擀起皮來不免有些不順手。

事實證明，鍾菱的擔心並不是沒有道理。她不太能拿捏麵團，非常勉強才把油酥和麵團擀到一起，而且包餡的時候，也是東拆拆、西補補，忙得滿頭大汗。

好在雖然過程曲折，卻沒出什麼大問題。

板栗餅出爐的瞬間，香味便在小院子裡炸開來，霸道的在巷子裡橫衝直撞。那是豬油和麵粉碰撞出的火花，滾燙熱烈得直往人鼻尖湊。

祁珩剛下馬車，便被四溢的香氣撲了個滿懷，他沈靜的眼眸中不自覺被這煙火氣感染，泛起一絲笑意，就連一直繃得筆直的脊背，也放鬆許多。

他身後的小姑娘有些怯懦的縮著身子，亦步亦趨的跟著他。

見她邁出的步子僵硬得很，祁珩出聲安慰了幾句。「不用緊張，鍾菱是個細緻講究、好相處的人。」

說話間，他推開了小食肆的後門。

鍾菱正蹲在地上，用長筷子一個一個檢查著板栗餅的露餡情況。這一爐的情況很好，她笑得合不攏嘴。

聽見聲音，她頂著半邊臉的爐灰，扭頭看向門口，恰好和祁珩對上目光。

祁珩臉上的笑容一下子繃不住了，他上一秒剛誇完鍾菱「細緻講究」，她倒好，給自己整了個灰頭土臉。

「什麼事給妳樂成這樣？」

「來來，嚐嚐我這剛出爐的板栗餅！」

鍾菱無視祁珩話語中的陰陽怪氣，她倏地站起身來，將桌上已經放涼的板栗餅遞過去。板栗餅是圓滾滾的形狀，儘量還原栗子的樣子，甚至還戳出了紋路。也是因為做造型，才導致油酥包得破破爛爛的，所幸效果還算不錯，表面的酥皮輕薄酥脆，蓬鬆又如蟬翼一般的輕透，內餡扎實綿軟，還溫熱著。

祁珩已經習慣了鍾菱隨手塞給他的投餵，想都沒想就咬了一口。

但是他身後的小姑娘卻看呆了，她瞪著一雙黑葡萄似的大眼睛，捏著手裡的板栗餅，滿臉不知所措。

祁珩騰出一隻手，輕輕的拍拍小姑娘的肩膀。

「我……我叫宋昭昭。」她拘謹僵硬的朝著鍾菱施了一禮，顫抖著掏出什麼東西，恭敬的遞到鍾菱面前。

鍾菱探頭一看，竟然是賣身契。

作為一個曾經的現代人，幹這種買賣人口的事情，她有種知法犯法的罪惡感，而且……之前也沒說賣身啊。

似是知道她有疑惑，祁珩解釋道：「是昭昭自己要求的，她想要徹底擺脫和她叔父之間的關係。」

這是被逼成什麼樣子，才會這麼果斷的想要離開呢？就不怕祁珩把她賣了嗎？

鍾菱不動聲色的打量了一圈宋昭昭。

她面黃飢瘦，兩頰凹陷，身上穿著的衣裳有明顯的磨損和補丁，十分不合身，穿在她身上，像是隨意掛上去的麻袋一樣。

她明明只小鍾菱兩歲，已經稱得上少女的年紀，卻瘦小得像個孩童。

鍾菱搖了搖頭，眼神中有些悲憫，她好像在宋昭昭的身上，看到了幾分從前的自己。

「這賣身契，只是做個形式上的樣子，妳我都不要放在心上，如果有需要，隨時來找我拿。」

這畢竟是鍾大柱曾經戰友的遺孤，鍾菱本來就沒打算真的當她是下人。

而且宋昭昭既然有和叔父一家決裂的心，也不用這一紙契約來約束她什麼。
可宋昭昭臉上的手足無措更加明顯了，她慌亂的抹了一把臉，紅著眼眶就要掉眼淚。
「過去的就讓它過去吧。」鍾菱走上前，攬過宋昭昭的肩膀，用力揉了揉她的腦袋。「都是赤北軍將士的孩子，以後妳就當這兒是自己家。」
嗚咽的哭聲從一開始的壓抑，逐漸變得不可控制了起來。
宋昭昭撲在鍾菱的懷裡，哭得天昏地暗。
鍾菱和祁珩都極有耐心的沒有出聲，一直等到宋昭昭自己平緩情緒，才帶著她去院子裡已經收拾好的房間，讓她自己休息一會兒。
鍾菱和祁珩兩人則回到後廚，難得祁珩有空，鍾菱便央著他幫忙寫兩個字。
「她應該是幹慣了活的。」鍾菱捏了捏指根，她剛剛和宋昭昭握了一下手，粗糙得不像一個孩子的手。
「我帶人過去的時候，她叔父已經把她從家裡趕出來了……」
祁珩按照鍾菱的指示，在她裁好的紙上題字，還不忘抬頭補充一句。「她就只能住在牛棚裡。」
「啊？」鍾菱手上動作一頓，不敢相信的扭頭看向祁珩。
家中有牛棚，那經濟條件一定不會太差，就這樣容不下一個孤女嗎？
雖說是有手就能找到活幹，但是像宋昭昭尚且年少，又自小沒有父母的，若是不是真的下定決心從那一團糟的家庭中掙脫出來，也還是會落得個淒慘嫁人的下場。

「所以我說有一份工作的時候，她什麼都沒問就點了頭。那份賣身契已經在官府登記過了，不用再擔心她叔父來找麻煩了。」

賣身，是宋昭昭眼下唯一可以保護自己的方法了，不然她上工的錢，也還是會全部落到叔父手中。

對鍾菱來說，她只是朝著宋昭昭伸出了手，而宋昭昭卻是奮不顧身的賭上了所有。

赤北軍倖存下來的士兵和家屬們，似乎過得都不太好……如果可以的話，希望小食肆可以幫助他們一些。

鍾菱失神了一會兒後，收斂了思緒，低頭把寫好內容的折扣券蓋章。

這是她模仿前世現代商家做的折扣券。她打算這幾日在店門口賣板栗餅，炒熱氣氛，讓大家知道小食肆要開張了，將這折扣券發出去。

憑折扣券進店消費，可以滿十文減兩文，可累加使用，無張數限制。

折扣券上蓋了祁珩送的，刻了「鍾」字的印章。同時，鍾菱還訂做了一個章子，用力敲下去後，會留下一個不起眼的暗紋，這就是防偽標誌。

為了避免一些不必要的糾紛，折扣券背面不起眼的角落裡，是祁珩寫的——全部解釋權歸本店所有。

白手起家創業比想像中辛苦很多，鍾菱幾乎是絞盡腦汁。

雖然定了在中秋時開業，但是韓師傅一日不來，鍾菱心裡就沒什麼底。

韓師傅的事情，又不好找祁珩幫忙，畢竟這個人的身分絕不像他自己說的那樣，只是一個書生。能買到清水街上的鋪子，他的人脈絕對比鍾菱想像得要廣。

關鍵是他的心眼多啊！

招廚子這件事，鍾菱是有明確人選的，要是都說給祁珩聽，他十有八九是要起疑心的，畢竟唐家二小姐，怎麼能這麼準確的說出一個初到京城的川蜀之地的廚子訊息。

和聰明人打交道，雖然省事，但有時候確實不太方便。

雖然祁珩有些不明白鍾菱為什麼連聲嘆氣，但他身上還有公務，沒再多聊幾句，便帶著一大包板栗餅回府了。

等鍾菱收拾完，準備去院子裡叫宋昭昭起來吃飯，卻不想鍾大柱已經回來了。

他背脊筆直的往那兒一坐，像一隻獅子一樣，蹲在那兒，不錯眼的看著宋昭昭。

院子的另一端，宋昭昭坐在板凳上眼眶通紅，她瘦小又習慣縮成一團，活像一隻被盯上的小白兔。

這個畫面，怎麼看、怎麼奇怪。

鍾菱剛想上前去拯救宋昭昭，卻聽見鍾大柱開口道：「他……非常擅長用劍。」

鍾菱震驚。

這兩人坐得這麼遠，居然是在聊天?!

宋昭昭很怕鍾大柱，她換好衣服推開房門的時候，看見院子裡站著這麼一個強壯高大的獨臂男子，嚇得心臟驟停了一瞬。她小臉煞白，幾近昏厥，雙手扶著門框才勉強站直。

可是鍾大柱問她爹的名字。

宋昭昭雖沒有任何印象，但祖母從小就告訴她，她的爹爹是個大英雄。她便顫顫巍巍的說了父親的名字，面前這個凶神惡煞的男人卻突然笑了。

他的臉上帶著一絲懷念，輕聲道，他是個很好的斥候。

宋昭昭的眼淚幾乎是瞬間就掉了下來。她不是一個愛哭的人，叔父打她的時候她沒哭；被罵拖油瓶，說喪門星的時候沒有哭；被趕出家門，睡在牛棚裡的時候，她也沒有哭。

可是當鍾菱說到「家」這個字，當鍾大柱用懷念的語氣，說她的父親是個英勇的士兵的時候，那被苦難麻木的血液，重新滾燙流淌。

她抬起眼眸，撞進鍾菱滿眼的緊張和關切裡。

她突然覺得，賣身，很可能是她這輩子做下最正確的決定。

第十三章

鍾菱起了個大早，準備收拾一下，把東西搬到店門外去準備開賣板栗餅。

她在經過宋昭昭房間時，特意放輕手腳，並沒有打算叫醒她。可鍾菱踏進小食肆的後門時，卻發現宋昭昭捏著麻布，正在專心致志的低頭擦桌子。

鍾菱愣了愣，脫口而出。「這麼早？」

「習慣早起了，到點就睡不著了。」宋昭昭見著鍾菱，還有幾分拘謹，她捏緊了手裡的麻布，小心翼翼道：「我打掃了一遍廚房……」

那語氣，不像是做了掃除，更像是闖了禍在坦白。

雖然昨日的聊天拉近了一些距離，但是她這狀態，也不是一朝一夕就能調整過來的。

鍾菱無聲的嘆了口氣，環顧了一圈後，張口就開始誇讚。「做得很好，辛苦妳了。」

一直攥著手的宋昭昭幾乎是肉眼可見的鬆了一口氣。

鍾菱對她這些小動作，權當沒看見。她轉身煮粥，接著和麵調油酥。攬客的一大利器，就是這板栗餅剛出爐時的香味，所以板栗餅必須現做。

她預熱好爐子的時候，鍾大柱也走進了小食肆。

如今搬到城裡，不用上山、下田了，鍾大柱穿上鍾菱新購置的衣裳，加上這段時間的健康飲食，讓他看起來精神了許多，也不再落魄狼狽了。

「今日要開張賣餅，我就不去村裡收菜了。」鍾菱擦著手，扭頭和鍾大柱說，一邊抬手招呼一個勁兒擦桌子的宋昭昭。「昭昭，先來吃飯。」

店前的桌椅，鍾菱準備開業前再打掃，可沒承想，已經被宋昭昭主動擦得乾乾淨淨。

在聽見鍾菱招呼後，宋昭昭才小跑著過來，安靜落坐。

早餐除了粥，還有饅頭和一些小菜。宋昭昭只埋頭喝粥，鍾菱則是一邊吃著，一邊檢查一會兒要發的券，誰也沒有要說話的意思。

鍾大柱咬了一口包子，他緩緩抬頭，看向鍾菱眼眸低垂的側臉，還有她身邊只能看見一個髮旋的宋昭昭。

他目光晦澀，漠然死寂的眼眸裡，倒映著兩個女孩的身影，悄悄蕩開了一絲漣漪。

在鍾菱放下筷子，把券收攏到盒子裡的時候，鍾大柱開口道：「我去吧。」

「啊？」

「我去收菜。」

鍾菱捏著券，有些不敢相信自己聽到了什麼。

他們之前說好的，蔬菜從赤北村的村民那裡統一收購。

鍾大柱在赤北村十年，從不主動和村裡人說話，村裡每個人都說鍾大柱孤僻難相處。如今他主動提出搬來京城、去屠戶那裡走一趟，鍾菱以為已經是鍾大柱目前能邁出的極限了。

談蔬菜的價格，比買肉繁瑣多了，鍾大柱居然願意主動提出替她去？

「那……」鍾菱把手裡的券一放，再看見面前擺得整齊的板栗餅後，眼前一亮，得寸進尺道：「您回赤北村，能不能把這盒糕點帶回去給阿寶？」

鍾大柱微微擰眉，最終還是點了點頭。

京城的秋日，多是晴天。空氣微涼，帶著些濕氣和桂花的甜意。陽光明朗卻不灼人，一切都是恰到好處的樣子。

清水街的鋪子前的溝渠裡，清澈水流閃著粼粼波光。因為這條溝渠，整條街鋪子前的空間都更寬闊些。

鍾菱和宋昭昭一起從店裡拖了張桌子出來，把招牌往上面一擺，像極了擺攤賣煎餅的時候。確實是有路過的人認出了鍾菱。「這不是鍾姑娘嗎？妳上這兒來擺攤了？」

鍾菱樂呵呵的和他打了個招呼。她的鋪子至今都沒有裝上招牌，如今一開門，瞥見裡面的桌椅，約莫也能猜到是一家食肆。

「妳這賣的什麼啊？」那食客並沒有急著走，而是上前來和鍾菱攀談了幾句。

「板栗餅。您來得早，這還沒出爐呢。」

「還要多久啊？」

這人是鍾菱眼熟的食客，鍾菱不擺攤之後，他還惋惜了好一會兒，如今突然碰到，又見她做了新的吃食，自然是不願意放過這第一爐的好機會。

「您稍等，我去看看好了沒有。」鍾菱把宋昭昭留下招呼客人，轉身去了後廚。

待她端著剛出爐的滾燙板栗餅出來時，宋昭昭正在磕磕絆絆的給客人解釋折扣券。

「店鋪還沒開業，板栗餅一個只賣一文，每買五個就送一張券。」

鍾菱把竹簸箕放到桌上，笑著問：「您要來幾個？」

那香味幾乎是瞬間就在街上橫衝直撞，糕餅剛出爐是滾燙熱烈的香味，在秋日微涼的清晨，格外具有穿透力。這份滾燙的甜美，張揚的撞開了淺淡的露水和花香，熱情招攬著過往的路人。那等在門口的食客只愣了一下神，發覺身邊又站了好幾個人，他突然就有了危機意識，忙朝著鍾菱道：「我要十個！」

板栗餅圓圓滾滾，外皮微透，內餡飽滿圓潤，賣相好極了。鍾菱用長筷挾到竹編小食盒裡，又數了兩張折扣券遞給他。

宋昭昭也是個有眼力見兒的，她見其他幾個客人好奇的看向那一筐子折扣券，雖有些緊張，還是解釋起來。「折扣券，在……在開業之後可以滿十文便宜兩文。」

這種行銷方式，在京城裡還是挺新穎的。

板栗餅不貴，而且香味勾人，哪怕店鋪還沒有裝上招牌，依舊圍過來不少人。

後院的烤爐還挺大的，鍾菱又是一早就準備好，只需要等上一刻鐘就可以出一爐。眾人也願意在門口和鍾菱聊幾句，等上一會兒。鍾菱原本打算擺到中午，可這些食客的熱情明顯超乎她的想像，才一個時辰不到，筐裡的折扣券都要見底了。

清水街來往的人和踏燕街有些不同，既有商販百姓，也有士族官員，鍾菱已經看見好幾輛華貴的馬車停下，小廝從馬車上下來購買。

鍾菱將最後兩個餅放進盒子裡，遞給食客。「不好意思啊，今日這劵已經發完了，明早會繼續賣的。」

周圍的食客皆是惋惜的嘆氣，鍾菱其實早說了這是最後一爐，可是每個人還是覺得，只要前面的人少買些，還是會輪得到自己。門前擠著的人，終於是散開了。

忙活了一上午的鍾菱伸了個腰，她雖然忙，可也一直留意著宋昭昭，見小姑娘適應得還不錯，也沒有起別的什麼心思，也多放心了些。

她低下頭，湊在宋昭昭耳邊輕聲道：「給妳留了兩塊在後廚呢。」

宋昭昭雙眼一亮，還沒來得及開口說話，只聽見遠遠有人在喊鍾菱。

兩人同時抬頭，朝著聲音的方向看去。

只瞧見蘇錦繡手裡捏著一把摺扇，朝著她們款步走來，那雙帶著妝容的鳳眸滿含笑意。

「早知道妳要來京城開鋪子，我應當早點備好賀禮的。」蘇錦繡朝著鍾菱挑了挑眉，眸光一轉，落在宋昭昭身上。沒等宋昭昭反應過來，蘇錦繡手中的扇子一合，抵在她的下巴上，逼得她不得不抬起臉來，直視蘇錦繡的目光。

「好漂亮的小姑娘啊！」

宋昭昭的小臉瞬間脹得通紅。

蘇錦繡五官本就銳利明豔，今日又是妝髮齊全，鬢間的金步搖在陽光下閃閃發光，眼尾挑著一抹紅，顧盼生輝，明媚動人得直教人挪不開眼。

她這動作，嫵媚又輕佻。鍾菱是第一次見到她打扮起來的樣子，樂得直想笑。

可宋昭昭卻僵硬在原地，她通紅著一張臉，又不敢從蘇錦繡的扇子上躲開，只得可憐兮兮的將目光投向鍾菱。

「妳別欺負她了，她是我請來店裡幫忙的。」

蘇錦繡性格開朗，豁達又張揚，要不然那天也不會直接站出來替鍾菱打抱不平。

主要是她的經歷和宋昭昭有些相似，性格又實在是好，鍾菱有心讓她們相識，便順勢邀了蘇錦繡進來坐。端上板栗餅，又泡了一壺祁珩留在這裡的祁門。

在得知宋昭昭是赤北軍的遺孤，卻受到家中親戚的虐待後，蘇錦繡咒罵了幾句，迅速把最後一塊板栗餅塞進嘴裡，拍了拍手，站起身來。

她上下打量了一圈宋昭昭身上的淺粉色襦裙，有些嫌棄的道：「瞧妳給昭昭買的衣裳，這麼大也不方便做事啊。走，上我那兒做兩身去。」

鍾菱摸了摸鼻子，跟著站起身來。她是有給宋昭昭準備衣裳，可是宋昭昭實在是太瘦小了，這衣服就顯得非常不合身。

縱使如此，宋昭昭也依舊非常寶貝這不合身的衣服，幹活的時候也注意著避免弄髒。

「我……我這衣裳能穿。」

的。」

宋昭昭還在擺手拒絕，可蘇錦繡是雷厲風行的性子，她一把拉過宋昭昭，攬著她就要往外走去。「走走，姊姊親自給妳裁。」活脫脫像一隻被狐狸強行銜走的小白兔。

鍾菱笑著牽過宋昭昭的手，將她從蘇錦繡手裡解救出來。「走吧走吧，聽錦繡姑娘的。」

在錦繡坊參觀了一圈後，鍾菱又帶著蘇錦繡回到小食肆。

主要是現在的小食肆裡沒有能給出實際評價的人。鍾大柱吃什麼都不太有反應，而宋昭昭更是很久沒有吃過好吃的了，看見什麼都兩眼發光。

蘇錦繡非常熱情的接受了鍾菱的邀請，她先是在小食肆裡轉悠了一圈，然後帶著碗筷跑到了後廚。

鍾菱正在炸肉，見蘇錦繡湊過來，忙提醒道：「小心油煙燻染了衣裳。」

「不打緊，這本就是我幹活穿的。」蘇錦繡毫不在意的擺擺手，她顯然是對桌上那一盆金黃酥脆，圓球狀的炸肉更感興趣。

「這是什麼？」她在鍾菱的示意下，挾起最上面的一塊肉，送進嘴裡。

因為復炸過的緣故，在咬下的一瞬間，清脆的酥響清晰可聞，外表酥脆的同時裡面卻依舊鮮嫩柔軟，滾燙的汁水在唇齒間迸開。

「這是櫻桃肉。」鍾菱復炸完最後一批肉，將鍋裡的炸油倒了出來。

櫻桃肉這道菜，各人的做法不同，有切成骰子大小的，也有保留瘦肉部分不切斷的，有用五花的，也有用瘦肉的。鍾菱用的是豬里肌，畢竟太肥的肉，吃多了會膩，今日也不只有這道肉料理。

鍋裡留了些油，鍾菱調了酸甜口味的濃稠醬汁。沒有番茄醬，便用自己熬的番茄糊加紅麴粉上色，濃稠鮮豔的醬汁包裹著圓滾的炸肉，色澤紅亮，狀似櫻桃。

宋昭昭提前備好了盤子，汆過水的小白菜翠綠水嫩，和晶瑩透亮的「櫻桃」相互映襯，玲瓏可愛，鮮嫩欲滴，好似是剛從枝頭，摘到盤子裡的一般。

「櫻桃肉，這名字可真是名副其實。」

蘇錦繡連聲感嘆，嘖嘖稱奇，不願破壞了這道菜的擺盤，只是從邊上挑起一顆，放到碗裡細細品味。

「酸甜口味的，我想京城的姑娘們，應當會喜歡的。」鍾菱一邊應著，一邊將剝好的板栗下鍋煎香。

宋昭昭嘴裡還塞著櫻桃肉，這會兒又湊上來看鍾菱翻炒的動作。

鍾菱有心要教她，便解釋起來。

「雞肉切塊，用菜油二兩炮，加一飯碗酒、一小杯生抽、一碗水，煨到七分熟，先將栗子煮熟，再煨三分起鍋。」

鍾菱將板栗煎到金黃，飄散出香味，又炒了糖色，讓整道菜的顏色更加棕紅赤亮，賣相更佳的同時，口感和風味也會更上一個層次。

趁著燉雞的工夫，鍾菱又炒了一個醬燒茄子，一邊用從前攤煎餅的鐵板煎了脆皮豆腐。時蔬是宋昭昭炒的，她知道蘇錦繡是好意，卻支支吾吾說不出話來，於是主動提出要炒一個菜。

廚房裡不僅有櫻桃肉的酸甜香味，還有醇厚的燉雞與栗香，和鐵板豆腐的香料味，煙火氣升騰，溫暖慰貼人心。

蘇錦繡手上的筷子就沒停下來過，等菜都端上桌，她已經吃得半飽了。

「我從前只知道妳的茶葉蛋是京城獨一份的好吃，如今這一嚐，我倒是不怎麼惦記茶葉蛋了。」

蘇錦繡接過宋昭昭遞給她的飯，道了聲謝，又忍不住問道：「妳都有這手藝還想要招師傅？」

鍾菱端了一杯桂花糖水，掃視一圈面前的菜，笑道：「妳不覺得這些菜不夠大氣嗎？」

蘇錦繡並不認為，她低頭認真的思索了一下，什麼樣的菜才能被稱作是「大氣」。

「只可惜我想要找的這位師傅，一直沒消息。」鍾菱抿了一口糖水，臉上浮現出幾分懷念的神色來。「他的廚藝，比我要好多了。」

眼看著剩沒幾天就要到中秋了，鍾菱越發焦慮了起來。

她清楚記得，韓師傅是在中秋前來到京城，可這幾日一直沒有消息，若是過了中秋，就真的不知道要上哪兒去找韓師傅了。

不管怎麼樣，哪怕韓師傅不能入職小食肆，鍾菱也希望能阻止他去陳王府。

蘇錦繡顯然對鍾菱口中的這位師傅非常感興趣，她探了探身子，剛想詢問，卻聽見有人在敲小食肆的門。

鍾菱忙放下筷子，朝著店門口走去。

插銷一拔、門一開，只瞧見許久不見的汪琮站在陽光裡，他一臉「我就知道肯定是妳」的得意，笑得開心極了。他身邊是表情管理尚且正常的祝子琛。

鍾菱才剛和祝子琛打了招呼，就被汪琮的嚷嚷聲打斷了。「我去錦繡坊找蘇姑娘，繡娘們說蘇姑娘去鍾姑娘家吃飯了。我尋思蘇姑娘還認識幾個會做飯的鍾姑娘呢，便趕緊尋過來看看。」

汪琮興奮得搓了搓手，雙眼發光，鍾菱已經幻視出了他身後那搖得呼呼帶風的尾巴了。左右都是些承過恩的熟人，飯桌上便添了兩副筷子。

祝子琛是被拽著坐下的，他皺了皺眉，短暫掙扎了幾瞬，最終無聲的嘆了口氣，端起了碗。「冒昧了。」

「多雙筷子的事，也是趕巧了。」鍾菱取來兩個杯子，給二人倒上糖水。

汪琮本就是來找蘇錦繡的，他沒忘了正事，和蘇錦繡三言兩語的聊上了。

他們倆在那日攤子前相識後，汪琮才發現自家妹妹偏愛錦繡坊的衣裳，他也就幫著跑了兩趟，一來二去就和蘇錦繡熟識起來。

祝子琛顯然是不想加入那邊「衣服做好了沒有」的對話，他和對面抱著碗滿臉惶恐的宋昭昭對視了幾眼，有些於心不忍的挪開目光，轉而把注意力放在面前的菜上。

醬燒茄子紅油赤亮，是下飯的一把好手。他伸出筷子，那濃郁的醬汁隨著茄子一併到了碗裡來，將米飯染了色，鹹香鮮美，教人不知不覺就多吃了兩口飯。

祝子琛舔了舔嘴角的醬汁，不動聲色的看了一眼身邊還在喋喋不休，聊得上頭的汪琮。他沒有說話，而是又將筷子伸向了旁邊的豆腐。

豆腐表面焦脆，抹了醬汁又撒了香料，咬開那層脆皮後柔嫩得一抿就碎，焦脆和嫩滑的口感相互碰撞，而鹹香的醬汁則賦予了豆腐靈魂，香料點綴其上，在舌尖翩然起舞。

等到汪琮反應過來的時候，祝子琛已經在嚼板栗了。

汪琮看了眼舉止優雅，但進食速度一點不慢的祝子琛，連聲直呼受騙，忙止住話頭，拿著筷子加入戰場。

桌上一片熱鬧，並沒有因為兩人的加入而顯得尷尬，反而是在煙火氣之中，又添了幾分朝氣。

蘇錦繡撐著下巴，挾了一顆櫻桃肉。

「對了，剛才說的事，我在碼頭也還算有些人脈，不如妳將妳要找的那個師傅的要求告訴我，我去問問。」

汪琮從碗裡抬起頭來。「什麼師傅？」

兩人七嘴八舌的就把小食肆眼下的情況倒了出來。

對於汪琮和祝子琛，鍾菱還是信得過的，畢竟是祁珩點名認證過可靠的人，而且也不似祁珩那樣有八百個心眼。

汪琮聽完後，猛地抬起頭來。「我有些開客棧的朋友，我可以叫他幫忙盯著入住的人。」

他看著鍾菱，手上的動作卻一點沒停，挾了一筷子的雞肉。

而令鍾菱沒想到的是，祝子琛也開口道：「我也還略有些人脈……」

是要找一個廚子，而不是在京城範圍搞通緝啊！

鍾菱忙止住三人開始分析京城人脈的話頭，只拜託了蘇錦繡在碼頭的人脈幫忙。

而祝子琛恰好知道陳王府一般在哪幾處招工館、牙館招工，鍾菱便麻煩他打個招呼，多留意從川蜀過來的廚子。

拜託別人辦事不好空手，鍾菱索性又用綠豆餡烤了一爐綠豆餅，一會兒好讓他們帶走。

汪琮一邊大呼「鍾姑娘客氣」，一邊毫不客氣的添了第三碗飯。

吃到最後，只剩下汪琮和宋昭昭兩個人還在挾菜，祝子琛已擦著嘴，表示自己吃飽了。

宋昭昭看著人小小的，可吃起飯來就跟個無底洞似的，還是鍾菱和蘇錦繡怕她吃撐，聯手奪了她的碗筷，才結束這頓飯。

至於試菜結果，光看這空盪盪的盤子就知道了，根本沒有多問的必要。

汪琮喝著茶，得知那蔬菜是宋昭昭炒的後，一個勁兒誇讚宋昭昭有本事。

宋昭昭被誇得兩耳通紅，捂著臉半天沒說出來話。她越這樣，汪琮就越要跟她說話，最後還是祝子琛一把拽住汪琮的衣領，手動逼他閉上了嘴。

「宋姑娘抱歉，他就是這般性格。」

宋昭昭忙擺手表示自己沒事。在流言蜚語滿天飛的村子裡摸爬滾打長大，宋昭昭看得出桌上的幾個人對她沒有惡意，甚至投向她的目光裡都沒有多一分好奇。

雖然鬧騰且十分自來熟，但一點都沒有冒犯的意思，反而一個勁兒將她帶進聊天的氛圍裡。這份從未有過的尊重，伴隨著胃被填滿的滿足感，變成一種前所未有的幸福，將她緊緊包圍了。

祝子琛和汪琮告別後，提著綠豆餅直接回了翰林院。

翰林院的官員多年輕，當祝子琛和一個相熟的修撰打了個招呼後，那修撰的腳步一頓，在原地嗅了嗅。

「剛出爐的綠豆餅，趙兄可要嚐嚐？」話音剛落，祝子琛周圍又多了幾個人。

鍾菱將食盒裝得滿滿當當，祝子琛分給圍過來的同僚後，還剩下不少綠豆餅，索性挨個兒分了過去。分到一半的時候，屋內突然安靜下來。

祝子琛抬頭看去，他的頂頭上司繃著一張臉出現在門口，面色凝重，眼眸中冷光流轉，直教人覺得他周身的溫度也降了幾分。

可他身邊站著的青袍老人卻一臉樂呵，完全沒有感覺到那低氣壓似的，背著手，腳步輕快，走在身邊的青年前面。

這位可是大人物，祝子琛忙放下手裡的食盒，躬身行禮。

可那老人直直的就朝著祝子琛走了過來。他只是瞥了一眼祝子琛，隨後就將目光放到綠豆餅上。「哪來的這餅？」

「回柳大人，是下官在一間食肆買的綠豆餅。」

柳恩喃喃了幾聲綠豆餅，在祝子琛的邀請下拿了一個，咬了一口後，隨即翻看了一下食盒的蓋子，在看見上面印著的「鍾」字後，將責怪的目光投向跟在他身後的祁珩。

「這和昨日板栗餅的口感幾乎一樣，你不是說那小娘子的鋪子還沒開業嗎？怎麼他就買到了。」

被公務纏身的祁珩保持著一臉嚴肅，咬了一口綠豆餅後猛地皺眉，瞇著眼睛看向了祝子琛。

祝子琛頓時覺得如芒刺背，他不太明白發生了什麼，但是依舊拱手謝罪。「是那小娘子找下官幫忙，額外烤的餅。」

「你說……她找你幫忙？」

第十四章

雖然動用了人脈，但是依舊沒有韓師傅的消息。

眼看著中秋將近，鍾菱面上不顯，可一顆心已經沈到了底，做好了用備案的打算了。

她一個人也是可以撐起小食肆，只是辛苦點罷了。

賣了幾天板栗餅後，剩下的折扣券也不多了。鍾菱準備再賣一天炸食，然後就等開業了。

今日她準備賣炸小酥肉，切成段的豬里肌裹上粉漿，炸過兩遍油後，外脆裡嫩，金黃酥脆的酥肉表面還滋滋作響，發出極其清脆的聲音。

鍾菱特意在近傍晚擺攤，這個時間點，街上的人大多是肚子空空，走在吃晚飯的路上。與糕點的香味不同，肉在高溫油炸下，散發出會侵蝕人理智的香味，這種情況下，任誰都挪不動步子，等反應過來，早就嚥著口水，腳步一拐，走到小食肆的店前了。

「十文錢一份，每份送折扣券。數量有限，先到先得。」

在蘇錦繡和汪琮的影響下，宋昭昭開朗許多，鍾菱便放心的把攤子交給她。

酥肉裝在油紙袋子裡，撒上一些香料磨成的粉末，辛香刺激著嗅覺，惹得人口中生津，剛拿到手，便迫不及待的用小竹籤叉起酥肉，送進嘴裡。

酥肉從剛出鍋到食客嘴裡，沒有多耽誤，過了兩遍油的外殼薄卻足夠酥脆，鮮嫩柔軟的肉裡蘊藏的汁水直燙得人精神一振。

被這香味吸引來的人將小攤子前堵得嚴嚴實實的，別說是路過的食客了，就是附近鋪子的攤主都受不了炸肉的香味，趕在第一鍋起鍋的時候擁了上來，此時正用小竹籤挑著酥肉，站在人群外看熱鬧。

也虧得宋昭昭記性好，能記得食客們先來後到的順序，要不然現場的秩序還要混亂上幾分。

「不要擠啊，這一份您拿好。」宋昭昭忙得滿頭大汗，她將籤子和酥肉一併遞給食客，轉手捏過夾子要挾酥肉，卻突然發現竹簸箕裡已經空了。

她忙扭頭看向鍾菱。「沒了？」

鍾菱還在發折扣券，聞言低頭看了一眼。「這是最後一鍋了。」

「怎麼沒了啊。」馬上就要排到的嬸子滿臉不甘，她提著手裡的籃子又探著頭檢查了一下竹簸箕，在確定是真的只剩下一些不成形的碎渣和孤零零的幾根酥肉後，嘆了口氣。

但是鍾菱手裡的折扣券還有一些，便都分給了沒有買到酥肉的食客。

雖然排隊的食客裡，還是有幾個不太滿意的聲音，但是很快就被其他人的詢問掩蓋了。

有一個從前賣煎餅的時候就常來消費的食客，遲遲不肯走，她拽住鍾菱。「鍾姑娘，這酥肉您開業了還賣嗎？」

「還賣的，不僅單賣，還有酥肉鍋呢。」

雖然不知道酥肉鍋是什麼，但是得到想要答案的食客們終於心滿意足的散去了。

小食肆要開業的消息，也隨著一張張折扣券，在京城內小範圍的傳播開了。

開業的當天，鍾菱頂著天邊熹微的晨光推開了後廚的門。

她打開小食肆的大門，微涼的風穿堂而過，街道清冷，只偶爾有馬車匆匆駛過，很快又歸於平靜。

小食肆並不準備賣晨食，鍾菱抱著調好的肉餡，準備包些小籠包，做早飯吃。

鍾菱從前吃過兩種小籠包，發麵的和死麵的。

發麵的小籠包皮蒸後柔軟蓬鬆，將肉餡的汁水盡數吸收，直往外冒油；而死麵的小籠包，蒸後晶瑩剔透，將汁水鎖在麵皮裡，用筷子挾起後，還能看見湯水在其中晃悠。

鍾菱從前上大學的時候，校門口兩種都有賣。她們宿舍也分了兩個派系，一個堅持發麵的得叫小包子，一個則稱帶湯水的得叫灌湯包才是。

鍾菱做的是帶湯水的那種，她倒是沒什麼堅定的信仰，只是因為鍾大柱和宋昭昭都愛吃。

她獨自一人坐在食肆裡，纖細的手指靈活捏著包子的褶皺。清晨的鳥鳴聲脆亮，偶爾一陣風拂過桌上的香爐，裊裊青煙在牆面那塊波斯風的羊絨毛毯上漾開波紋。

羊絨毯上掛著小竹牌，竹牌上寫著菜名。

竹片是鍾大柱劈的，宋昭昭打磨的。

從前摸不準鍾大柱的態度，鍾菱便小心翼翼的不敢逾矩，處處瞧著鍾大柱的臉色；但是她後來發現，鍾大柱其實並沒有那麼難相處，得寸進尺的試探了幾回後，居然也沒有碰到鍾大柱的底線。

鍾菱索性拋開顧慮，鍾大柱不開口，那她就主動央求幾句，硬是把他也拽進了小食肆的籌備工作中來。

在竹板上寫菜名的活，原本都是留給祁珩的，他寫的字好看。

但是他似乎很忙，鍾菱已經有幾日沒有見到他了。之前答應過的小食肆的招牌也還沒有著落……雖然鍾菱是相信祁珩的，但開業不能沒有招牌啊。

她將手頭的肉餡全部包完後，端著小蒸屜回到後廚，生火燒水，將小籠包蒸上。

鍾菱解下圍裙，擦了擦手。趁著肉和菜還沒有送來，眼下還有些空閒的時間，得去祁珩家的墨坊看一看了，若是真的沒有招牌，那就只能把擺攤時的那塊先掛上去了。

她一邊想著，一邊往外走去。

灰藍的天空逐漸亮堂起來，初升的晨光細軟溫和，斜斜的灑進小食肆裡，在石磚地上，鋪開一條金燦的光帶。

那金燦一直延續到門外，在光帶的盡頭，有一道身影。

祁珩迎著晨光而立，玉冠高束，身形挺拔如林中翠竹，天青色長袍上，兩隻銀線仙鶴正朝著天光的方向，振翅欲飛。

他似是聽到了屋內的動靜，微微轉頭。晨光照在他的臉龐，細細勾勒過他的眉骨，漆黑透亮的眼眸裡，清晰倒映著鍾菱朝著他走來的身影。

那一直緊繃著的薄唇微微鬆動，漾開一絲笑意。

鍾菱被他的笑晃得腳步一頓，不知為何，下意識地也跟著揚起了嘴角。

「傻笑什麼呢？」祁珩微微皺眉，有些莫名其妙的看著鍾菱，朝著她招招手。

那宛若畫一般的美好畫面，被祁珩這一開口就毀得差不多了。鍾菱瞪了他一眼，卻還是快步走到了他身邊。

等到鍾菱和他面對面站著，她才發覺祁珩眼底的青黑竟如此明顯，眉眼之間的疲倦，再柔和的光都蓋不住。「你這是怎麼了？這麼累嗎？」

祁珩有些不自然的咳了幾聲，點頭應了。

他這幾日真的是忙昏了頭，差點忘了自己和鍾菱說是要參加春闈的書生這個身分。

「這幾日太忙了。我算著日子呢，趕早給妳把招牌送來了。」

順著他目光的方向，鍾菱緩緩抬頭。已經裝裱完畢的招牌赫然高懸在門上，「小食肆」三個大字遒勁有力，筆墨張揚。

鍾菱瞇著眼睛，盯著這招牌反覆來回的看，半天也沒說出話來。

「怎麼了，不喜歡嗎？這還是我特意去求來的字呢。」

「這字當然是好看的，只是……」鍾菱仰頭看向祁珩，杏眼中是說不出的複雜情緒。「只是我們的小食肆就真的叫小食肆？」

空氣中短暫的沈默了一瞬，街上路過了一對趕早擺攤的中年夫婦，好奇打量了一眼這兩個並肩而立卻一言不發的年輕人。

鍾菱抿著嘴，扭頭看了一眼街道一頭，隱約可見的攬月樓的方向，又仰頭看看面前的招牌。「罷了，這個名字也挺好的。」

在一眾「攬月樓」、「瀚海居」的大酒樓，和「曹記麵館」、「李婆婆燒酒」等飯館，倒是走出了自己的風格。

只是祁珩剛剛說，求來的字……

鍾菱將目光挪到招牌的角落，那上面落款的名字是「柳懷溫」。

她驚呼出聲。「柳懷溫？柳恩！你讓柳太傅來給一間食肆題招牌？」

畢竟小食肆要在京城扎根發展，鍾菱自然有瞭解過朝政情況，若是碰到達官貴人，也不至於兩眼摸黑。

而柳恩這個人，就是在十年前輔助當今聖上即位的關鍵人物之一。

太傅雖是虛銜，可柳恩當年任的是中書令一職，大刀闊斧的進行了一系列的改革，以一種溫和卻強硬的手段，穩定了社會秩序，其手段可謂是挑不出錯的教科書範本。

拋開他在政壇上的成就，柳恩的這手字也是當朝數一數二的。

在看見祁珩點點頭後，鍾菱再看向那招牌的目光都有些變了。

這麼掛著……不會被偷走吧。

祁珩打了個哈欠，解釋道：「家中有些人脈，那日妳給我的糕餅，恰好合了他老人家的口味。」

這話輕描淡寫，卻又教人覺得「人脈」二字，細思極恐。

祁珩深知這個話題不能再繼續聊下去了，不然他假書生的身分就要瞞不住了。他伸手攬過鍾菱的肩膀，仗著自己比她高上一截，硬拖帶著她往店裡走去。

「忙活了一早上還沒用膳呢，快給我弄點吃的來，要餓死了。」

這人平時一派老成的樣子，也只有在餓的時候，才現出幾分少年氣來。

恰好小籠包也蒸好了，玲瓏剔透，冒著騰騰的熱氣。

「蘸著醋吃。」鍾菱將醋碟推到祁珩面前。

祁珩挾起一個，在醋碟裡滾了一圈，吹涼了些後，送進嘴裡。

入口是香醋的味道，不似陳醋的醇香，是清爽甘甜的酸味；咬破外皮後，內餡滾燙湯汁的鮮甜一下子在口中翻湧開來，香醋解了豬肉餡的那一點膩，只留滿口的鮮香甘甜。

祁珩一口氣吃了一屜，胃裡暖洋洋的，只覺得重新活過來了。

他這一宿基本沒怎麼睡，和幾個同僚一起，在翰林院修改聖上今日早朝要宣的策要。

也是趁這會兒有空，才忙來找鍾菱。除了送招牌，他還有一件事要找鍾菱談談。「妳還在找廚子？」

鍾菱略有些警惕的抬頭。「是啊。」

「妳想找的那個川蜀之地來的師傅，走了水路，但是在半程下了船，應該就是這幾日到京城。」

鍾菱倏地坐直了身子。「你怎麼……」

她本能的皺眉，祁珩怎麼會知道這件事情？

「我看子琛這幾日在找廚子，打聽了一下。我猜，妳不來找我，是因為怕我多問吧。」祁珩托著下巴，眨了眨眼。「其實妳從一開始展現的那手廚藝，就一點也不像大小姐。」

鍾菱的腦子轟的一下炸開了。

她根本來不及思考，就聽見祁珩接著說道：「我能注意到，鍾叔也一定注意到了，可是我們都沒說。」

他攤了攤手，滿眼真誠。「誰都有不願意說的事情，我有，鍾叔也有，所以妳不用這樣敏感小心。」

鍾菱還沒有反應過來，呆呆愣愣的坐在原地，腦子裡使勁的回想自己露餡的地方。

祁珩站起身來，抬手就摁在了鍾菱的頭頂上，然後用力的揉搓了兩下。「我先走了，那個師傅我會叫人繼續留意的。」

鍾菱當機的腦子被祁珩溫熱掌心的一通搓揉，勉強重啟了。她撥了兩下被揉亂的頭髮，收斂思緒，站起身來準備送祁珩。

恰巧這時，一輛馬車從小食肆門口駛過，風吹開簾子，輕紗揚起，一雙吊梢的鳳眼慵懶的抬起目光，視線在掃過小食肆時，陡然變得狠戾。

馬車隨即便急停在小食肆門口。

祁珩的腳步也因為這突如其來的變故頓在原地。

從馬車上下來一個中年男人，他身材壯碩，衣著不凡，一身絳紫色的圓領袍上的虎紋，在陽光之下泛著陰冷的瑩白光澤。

他抬手一把推開候在馬車外的小廝，倨傲的踏進了小食肆裡。那吊梢的鳳眼掃了一圈小食肆，隨後輕佻不屑的冷哼了一聲，抬起步子，朝著他們走了過來。

他眼中的陰鷙和算計，一點也沒有掩飾，嘴角的冷笑扯動著眼尾的皺紋，讓他看起來更加的猙獰可怖。

靴子踏過青石的磚，一聲一聲砸在了鍾菱心上。

在看見那男人的瞬間，她的瞳孔猛地一縮，緊隨而來的是脊背泛起的涼意。

隨著那身影的逼近，那些不堪回首的過往不受控制的撲面而來。那日刑場上的刀，彷彿又抵在她的脖頸上。

為什麼……

陳王為什麼會在這裡?!

前世名義上的夫妻，最後又被他送上斷頭臺。鍾菱對陳王，可謂是恨得咬牙切齒，陳王今天就是化成灰從小食肆門口飄過去，鍾菱都能把他認出來。

她明明已經拋棄了關於唐家的一切，也斷了能和陳王扯上關係的機會。

為何陳王依舊出現在這裡？甚至比上一世兩人打照面的時間還提早了一些。難道她這般努力，還是逃不開這個結局嗎？

鍾菱沈著一顆心，儘可能的往祁珩身後躲去，努力把自己的臉藏起來。

不是因為她自作多情，而是因為前世陳王這麼自恃高貴的人，願意娶他眼中低賤的商戶養女，便是因為鍾菱的長相很對陳王的胃口。

鍾菱知道自己長大是什麼樣子的，她不是傳統意義上杏眼溫潤的美人，若是不笑的時候，微微上挑的眼尾和英氣的骨相，讓她看起來有一絲冷意，算不上什麼大美人，只是有幾分不同尋常的感覺。

而不巧的是，陳王就喜歡特別的「冷美人」。

他後院裡清一色都是這種類型的漂亮姑娘。眾人皆知陳王貪戀美色，他將續弦王妃這個位置給鍾菱，是展現和唐家合作的誠意，也是真情實意的喜歡鍾菱的這張臉。

他這種完全將女人當作物件交易的態度，叫鍾菱噁心了好久。

如果事情的發展終究要沿著那條軌跡發展，那無論如何也不能牽扯上鍾大柱和祁珩……

短暫的呼吸之間，鍾菱已經做好了最壞的打算。

可陳王完全沒有分出一絲注意力給鍾菱，他瞥了眼桌上的蒸屜，冷笑一聲，森冷目光落在祁珩身上。「祁大人真是閒情逸致啊，我說怎麼一散朝就不見人影呢，原來是急著用膳。」

祁珩和陳王身高相仿，只是對比起來祁珩消瘦許多。兩人一個清冷、一個陰狠，眼神交鋒之間，是無數看不見的冰渣子在四處橫飛，在氣勢上誰也沒輸誰。

鍾菱這才意識到，陳王是衝著祁珩來的，甚至都沒多看她一眼，真是她自作多情了。

「承蒙王爺掛心，下官惶恐。」

祁珩說著惶恐，可語氣平淡，話裡話外都是不肯讓步的堅決。

陳王還是鍾菱印象裡的那個陳王，會因為一句忤逆的話而黑了臉，恨不得把「本王現在就弄死你」直接寫在臉上。

但是這是鍾菱第一次看見這樣的祁珩，他雖未穿著官袍，卻彷彿立於朝堂之上，衣袖帶風，意氣飛揚，卻又清冷穩重。

鍾菱站在他的身後，只覺得這消瘦的背影前所未有的偉岸起來。

「有些事情，不該你碰的，本王勸你三思，早日收手。」陳王鐵青著一張臉，眼眸之中有陣陣寒光閃過。

祁珩不卑不亢，朗聲開口。「下官只是依照陛下旨意辦事。」

陳王並沒有和祁珩閒扯的心思，他只是一甩袖子，冷冰冰的留下一句。「你是個聰明人，知道摻和進這件事的代價是什麼。」

祁珩沒有吭聲，陳王頗有深意的側過頭，看了他一眼，收回目光時，餘光掃過一直低著頭的鍾菱。他輕嗤一聲，陰陽怪氣的撂下一句。「上不得檯面。」

也不知道到底罵的是誰。

目送那華貴且熟悉的馬車從小食肆門口消失後，鍾菱才真的緩了過來。她隨意的拉過一把椅子，像是被抽去了全身的力氣那樣，癱在椅子上。

陳王走的時候，看了她一眼。或許是現在的鍾菱還帶著些少年的稚氣，沒能入了陳王的眼；又或是她衣著樸素，讓陳王覺得她是更下等的低賤人。

總之，陳王對她沒有展現出一絲的興趣。

這可真的是天大的好消息了！

鍾菱給自己順氣的時候，祁珩還站在原地，他背著手，望著門外，目光有幾分凝重。但是那份沈重轉瞬而逝，祁珩輕嘆了口氣，轉過頭的時候，猝不及防對上了鍾菱圓亮的眼眸。

兩人一站一坐，相對無言。

「我……」

「你……」

語句交疊，氣氛陡然舒緩了下來，鍾菱微鬆了口氣，看著面前舒緩了幾分臉色的祁珩，用一種恍然大悟的語氣，慢條斯理喊道：「祁大人？」

祁珩脊背一僵。

鍾菱追問道：「這就是你不願說的事？你祖父真的是祁國老？」

鍾菱自然猜過祁珩的真實身分，沒想到真能隨手從山上撿了個朝廷命官回來，這事和她被砍頭後重活一回的離譜程度不相上下。

祁珩失笑，他微微搖搖頭，坦誠道：「抱歉，是我騙妳了。」

「你不是說了嗎，每個人都有不願意說的事情。」鍾菱擺擺手，表示自己一點也不介意。「你這個身分，有自己的顧慮很正常啦。」

誰還沒個秘密。祁珩雖有意隱瞞，卻也是真心實意的幫了她許多，若是因為這個耿耿於懷，倒是有些不大氣了。

而且鍾菱有更加好奇的事情。「那你究竟為何對赤北軍如此感興趣？」

事到如今，也不用隱瞞什麼了，祁珩挑著能說的，掰碎了給鍾菱解釋。

「妳是赤北軍家眷，這些事告訴妳也不算洩密。陛下想要光復赤北軍，其中有很多赤北軍內部才流傳的機密，隨著赤北軍的消散，一點也沒有保留下來。

「其實這些年調查下來，活下來的赤北軍將士還是不少的，比起樊城那些手無寸鐵的眷屬們，他們身強力壯，又有裝備在身，只要有一口氣，能夠撐到救援，就可以活下來。」

鍾菱想起了隔壁村寺院裡的懷舒師父，他就是被老住持救下的。

「唉。」祁珩嘆了口氣，有些苦惱的揉了揉眉心。「可惜那些將士們不願再相信朝廷，眼下的精力還是要先放在削藩上，暫時顧不上這邊。我將宋昭昭託付給妳，也是希望能為赤北軍盡一份心意。」

削藩？

鍾菱思考了一下，似乎朝中的藩王，只有陳王一個人吧……難怪陳王剛剛看見祁珩，都要停下馬車來陰陽怪氣幾句。這哪是削藩啊，這就是明晃晃針對陳王一人的政策。

朝中的事情，鍾菱不想多問，免得知道些不該知道的，平生禍端。

「我烤了一些蛋黃酥，你帶回去吧，柳大人題的字實在珍貴，我也不知道怎麼答謝。」

祁珩攔住鍾菱要進後廚的動作，他有些疲倦的揉了揉眼睛。

「不用了，柳大人喜歡妳的手藝，我今日沒空，他估計到開門的點，就要拉著家祖父一塊兒過來了。他好這一口吃的，妳若想感謝，不如做一桌江南菜。」

祁珩是得了空才來的，他要趕回翰林院去，走之前，祁珩還不忘囑咐鍾菱。「陳王是衝著我來的，妳不用擔心影響生意。」

鍾菱當然不擔心了，她清楚如今她一個小掌櫃的身分，陳王看不上；而且有祁珩這層身分，加上當今聖上重視赤北軍，比起前世她可安全太多了。

大概是餵食眾人慣了，鍾菱沒讓祁珩空手走，將灶上的桂花糕盡數打包給他。

第十五章

等到鍾菱回到後廚時，鍾大柱已經醒了，正在收拾著屠戶送來的肉。

見她進來，鍾大柱微微轉頭，問道：「怎麼了？」

「祁珩剛來送招牌，陳王路過看見他，追進來罵他，不小心把他真實身分說出來了。」

見鍾大柱的表情沒有一絲波動，鍾菱試探的問道：「您是不是已經知道他身分了？」

「嗯。」鍾大柱點頭，又將幾條鱸魚倒進缸裡。

既然祁珩已經打聽到了韓師傅的消息，那後廚就可以輕鬆許多了，起碼很快就能結束他們三個人手忙腳亂的備菜的情況了。

宋昭昭在包蛋黃酥。

這幾日起酥的時候，鍾菱試著做了一下，用一層糯米粉揉成的糰子，一層蓮蓉綠豆餡，裡面再包上一個澄透金黃的鹹鴨蛋黃。

因為新來乍到，很多東西都來不及自己做，像是鹹鴨蛋和泡菜之類的，都是鍾菱和村裡人收購來的。

這批鹹鴨蛋醃製的時間並不久，所以蛋黃也沒辦法做到流黃，味道也不鹹，用來做蛋黃酥剛好。層層餡料包得滾圓，刷上一層蛋液後送進烤爐，出爐時，香氣四溢，表面金黃，底下泛著蛋黃的油光。

單看就圓潤可愛極了，像天邊的一輪圓月，若是對半切開，層層餡料裡，又藏著一輪金黃璀璨。層層的餡料帶來的是分外豐富的口感，鹹蛋黃的鹹香和豆沙的甜味中和，綿軟交織，在衝突之間相互交融。

趁著中秋這個機會，蛋黃酥的生意應當不錯。

因為第一天開張，有不少食客是衝著鍾菱來的，因此她不能一頭栽進廚房，得多在前邊露臉。

賣蛋黃酥的事情就交給宋昭昭。

鍾菱是懂得行銷的，她特地吩咐宋昭昭，將蛋黃酥豎著切成八塊，插上小竹籤讓人免費試嚐。

她還特地訂做了一批做工更加精緻的食盒，竹片製的，上面印了章。食盒有大有小，大多是六個裝的，綁上綢帶，打個蝴蝶結，適合送禮。當然成本費算在其中，也貴上一些。還有單個裝的，更顯玲瓏可愛。

蛋黃酥攤子擺出去的時候，就有食客進店了，是鍾菱在擺攤賣餅時的熟客。

這食客剛坐下研究菜單，鍾菱便端上兩個小碟子，裝著四分之一塊的蛋黃酥，和一個表面布滿了裂紋的茶葉蛋。

「第一日開張，嚐嚐這茶葉蛋和新出爐的蛋黃酥。」

食客一看見茶葉蛋就樂了，顧不上點菜，先剝起了蛋。

正巧又有幾個客人進來，鍾菱也一人送上一份蛋黃酥和茶葉蛋。由於是免費招待，一下子就拉近了鍾菱這個主廚和食客的距離。

因為小食肆只有鍾菱一個廚子，出餐速度慢些也沒有起什麼衝突，食客們要不品嚐碟子裡的蛋黃酥，要不就唸著牆上的菜名打發時間，店內的氛圍一派和諧。

鍾菱還做了問卷，若是食客有意願填寫，可以在門口的小攤子領一個蛋黃酥。問卷設置的是選擇題的形式，只需用炭筆勾一下，方便極了。

這形式新穎，食客們的興致也很高。還沒到中午飯點，櫃檯前便已收了小小的一疊問卷了。

鍾菱根本來不及看，店裡雖沒有到滿座的程度，卻一直有客人進來用餐，若不是她這一版本的菜單種類沒那麼複雜，加上鍾大柱在後廚幫忙備菜，一個人還真的忙不過來。

宋昭昭也暫時顧不上門口的蛋黃酥了，進店來幫著鍾菱發放問卷。

因此當鍾菱端著兩盤櫻桃肉從後廚出來時，她才發現，其中有一桌坐了兩位老人。

其中一個指著波斯毯上的菜名，情緒有些激昂；而他對面的老人家顯然沒有什麼興趣，小口吃著蛋黃酥。

正巧其他桌客人的菜都上得差不多了，鍾菱便朝著那桌走了過去。

「妳是這食肆的掌櫃？」

鍾菱不動聲色的打量了一下老者衣袖上的竹紋，恭敬的拱手道謝。「是我，多謝柳大人為小店題字。」

柳恩偏愛竹葉，這是京城裡人盡皆知的事情。這食肆主打的是創新，鍾菱不認為第一天開業就能迎來這個年齡段的食客。眼前二位，十有八九就是祁珩說的柳恩和他的祖父了。

柳恩得意的看了祁國老一眼，拍手對鍾菱道：「果真是個聰明的。那妳可知道我們今日要點什麼菜？」

「柳大人過獎，其實，祁珩今早已經來打過招呼了。我先給您二位上菜，等菜齊了您再看看要加什麼。」

先上的是素燒鵝，這菜點的人不算多，但是只要點了的，基本都掃光了。炒時蔬中規中矩，考慮到老人家的緣故，鍾菱特意將這道菜炒得清爽，不至於讓這一桌的菜太膩。

既然是南方人，鍾菱又端了一屜小籠包上去，很快桌子上就擺得滿滿當當了。

小食肆每道菜的定價並不貴，分量也算適中。鍾菱在擺盤上下了功夫，特地訂了一批白瓷盤子，襯得菜鮮豔好看，每道菜都綴上她這幾日練刀功用的胡蘿蔔，賣相是一等一的好。

「這是什麼？」祁國老指著桌上的一道菜。

圓白瓷盤裡，嫩黃和絲縷的白色交織，雖不知是什麼菜，卻可看出必是口感柔嫩。

「這是賽螃蟹。」

賽螃蟹，顧名思義這道菜有著類似螃蟹的味道。這道菜的成本其實很低，不過是幾個雞蛋的用料。蛋清在熱油下定形打散，蛋黃裡混入滋滋冒油的鹹蛋黃，碾碎後使得蛋黃有著肖似蟹黃的微沙口感和鮮味。

這道菜最重要的是調味，薑、蒜、糖、醋和米酒，最後點綴上一小撮胡椒調成的醬汁，賦予了這道菜靈魂。

柳恩伸出筷子，他瞇著眼睛品了品，點著頭誇讚道：「當真有幾分螃蟹的意思，鮮嫩得很，真是名副其實。」

鍾菱笑著應下了這誇獎。

她做這道菜是臨時起意的，因為蛋黃酥用了鹹鴨蛋黃，留下太多蛋白了。好在這鹹鴨蛋醃得不久，蛋白只有微淡的鹹味，但是又多了一點點鮮香，用來炒這賽螃蟹再合適不過。

眼下正是吃蟹的季節，但是剝蟹實在麻煩，價格又高，鍾菱還沒打算上蟹肉菜，便用這賽螃蟹來蹭一波「熱度」。

「妳這菜是真有意思啊，櫻桃肉，素燒鵝，賽螃蟹，有幾分雅致。」

祁國老端起茶盞，聽柳恩絮絮叨叨的和鍾菱說話。他這個老友在吃食方向，向來話多，難得逮到一個合胃口的廚師，簡直都有些捨不得放人走。

而他其實是個口腹之慾不強的人，這一點，祁珩倒更像柳恩些。

祁國老抿了一口茶水，在入口的瞬間，他便察覺到有幾分不對。這味道……怎麼和府裡的茶水味道一模一樣？

他再看向鍾菱時的目光，變得有些微妙起來。

而鍾菱毫無察覺，她正在虛心接受柳恩的評價。

「就是這清蒸鱸魚差點意思。最後的那勺油，沒有把香味完全激出來，魚肉也沒有那麼細嫩，雖中規中矩，可和其他菜放在一起，就顯得有些不夠看了。」

鍾菱確實不太會處理魚，清蒸的菜色就是要發揮食物最原本的香味，調味也只用最簡單的那幾樣，更重要的是對火候的掌控。這清蒸鱸魚，已經算是鍾菱處理得最好的魚鮮了。

在和柳恩交流了一會兒後，店裡又來了客人。她將問卷遞給兩位老人，打了個招呼後，便一頭埋進後廚忙活了。

「這問卷，真的有點意思啊。」柳恩翻看了一遍，驚得是兩眼發亮。

若說鍾菱的一手好廚藝讓柳恩願意和她多聊上幾句，那這張問卷，是直接讓這位曾經的中書令對鍾菱真的有了幾分興趣。

祁國老點頭附和。「簡潔但是很直觀。」

「我就說能讓祁珩那小子一而再、再而三出手幫忙的，絕不是什麼一般人。」柳恩一邊用炭筆填著，一邊壓低了聲音道：「這小姑娘還是赤北軍將士的孩子，也算是家世乾淨。」

他們二人當年親歷了十年前朝中的政變，更加明白赤北軍在那場政變發揮的作用，以及最後那場戰爭廝殺的慘烈。

「真可惜我家沒有適齡的小輩了，不然得給這鍾姑娘介紹一下。」柳恩挾起一筷子的素燒鵝浸到醋裡，語氣有些惋惜。

祁國老翻了個白眼。「只吃這一頓飯，你就想把小姑娘騙回家了？」

「哪光是因為她的手藝啊，你瞧她的言談舉止，可不是一般人家能養出來的姑娘。祁珩不是說她從前被養在唐家，你瞧著唐家現在那兩個小輩，屬實驕縱，她倒是完全不一樣。」

兩人的目光順勢落在端著菜出來的鍾菱身上。

恰好蘇錦繡和汪琮來給她捧場，瞧見了熟人的鍾菱笑得格外開心。

「我瞧著，她和祁珩那小子有幾分般配。」柳恩摸著鬍鬚，看了一眼沒什麼表情的祁國老。「你別看她現在只是個廚師，她爹現在可還活著，來日等赤北軍光復，說不定也能趕上加官進爵呢。」

祁國老沒有說話，他抿著唇，盯著鍾菱的背影。

若是鍾菱此時能回頭，她定會發現，祁國老此時的神態，和祁珩一模一樣。

「赤北軍將士中，還有哪幾位姓鍾的？」

「我記不清了。但祁珩不是說過，小姑娘和她爹就住在後院呢，多來幾趟，說不定就能撞見了。」

和祁珩不同，他們倆見過絕大多數赤北軍的將領，也對部分士兵有些眼熟。雖然過了很多年，但那段經歷非常刻苦銘心，以至於還算清晰。

祁國老緩緩點頭。「是還有幾道菜沒吃著呢，下回再來嚐嚐。」

蘇錦繡是特地等飯點過了，不那麼忙的時候，帶著錦繡坊的繡娘們來捧場的。他們幾乎把菜單上的菜都點了一遍，等到鍾菱在後廚忙完後，祁國老和柳恩不知何時已經走了。桌上壓了一錠銀子，還有兩張問卷。

問卷填得認真工整，甚至柳恩還用炭筆添了幾個字，頗有種批改作業的感覺。鍾菱認認真真的看完之後，忍不住感嘆，祁珩的家人和老師，真的挺有意思的。

送走了蘇錦繡那一桌，中午的營業可算是告一個段落。

中午營業大多來的是熟客，都用了折扣券，得到的評價都不錯，應該會有不少回頭客。只是這強度教人著實感覺有些吃力，忙起來的時候沒什麼，突然歇下來，就感覺疲倦自四面八方湧了過來；哪怕是韓師傅來了，也得再招個人手才是。

午後的蛋黃酥攤子也沒什麼生意，鍾菱把宋昭昭趕回去休息，自己坐在了攤子前。秋日的風帶著絲絲涼意，拂過臉龐。她仰頭看著碧藍天空下簇擁的大團雲朵，有些愣愣的出神。眼神從呆滯，逐漸就沒了神，眼皮直往下掉。

鍾菱在不知不覺中就睡了過去，又是不知道什麼時候，被一群孩子嘰嘰喳喳的清脆聲音喚醒了。

「啊快點快點！」

「啊？她怎麼睡著了呀？」

她抬起目光扭頭看去，就見一群孩子不遠不近的站在鋪子前，他們個個都睜著水亮的眼睛，似是有話要說，卻不敢上前，就這樣看著鍾菱。

小歇了一會兒後，鍾菱也清醒了幾分，她站起身來，問道：「你們有什麼事情嗎？」

為首的那個小男孩被推到前面，他為難的皺著眉毛，朝著鍾菱攤開手，手中是一把銅板，在他小小的手裡，顯得格外的多。

「我們想買蛋黃酥！」

他身後的小姑娘探出頭來。「可我們只湊到了七文。」

蛋黃酥定價五文一個。鍾菱數了一下面前的孩子的人數。六個孩子，七文錢。五文一個的蛋黃酥，怎麼樣都不夠的。

但是鍾菱願意做一個心軟的老闆，她又抬頭看了一眼這一群小孩。「真的想吃？」

孩子們齊齊點頭。

「那好吧。」鍾菱取了兩個蛋黃酥，切成六份，示意孩子們來拿。

幾個孩子忙高呼「謝謝姊姊」，一人領了一根竹籤子，戳走一塊蛋黃酥。

鍾菱的視線隨著孩子們輕快的腳步，逐漸延伸到街道的盡頭。那裡有著京城最繁華的勾欄瓦舍，白日只是展現出秀氣文雅的一面，是戲子和說書人的工作時間。

鍾菱收斂了思緒，她轉了一下有些僵硬的脖子，抬手去拿桌上的茶盞。

可剛一抬頭，她就撞進了一雙漆黑的眼睛，像是黑曜岩一般，乾淨透亮的眼睛。

一個和剛剛那群孩子差不多大的男孩，蹲在對面的牆角，正盯著鍾菱。他的衣裳有些破舊且不合身，小臉灰撲撲的，唯有那雙眼睛，亮得讓鍾菱失了一下神。

雖然看起來孤零零的，沒有剛剛那群小孩的鮮活，卻像是一頭小小的孤狼，有自己的驕傲和寂寥，莫名的就有些引人在意。

鍾菱和他對視幾眼，見他沒有閃躲，便朝著他招了招手。「過來。」

那小孩眨了眨眼，倒也聽話的站起身，拍了拍衣裳，走了過來。

「你也來買蛋黃酥？」

走近了看，這孩子的眉骨挺拔，眼窩略深，墨眉之下，那本該透露著凶勁的三白眼，因為正氣的骨相，倒是賦予了他另一種精氣神。

他看著鍾菱，抿了一下嘴唇後，才輕輕搖了搖頭。「我沒錢。」

話音剛落，他的肚子便「咕嚕」的叫了一聲。他臉上那與年齡有幾分不符的冷峻終於綳不住了，小臉脹得通紅，轉頭就要跑。

「你等等。」鍾菱脫口而出。「你幫我一個忙，我請你吃。」

那孩子腳步一頓，也不說話，只是側著頭看著鍾菱。

「我院子裡有些東西要搬到後廚，但是我還要烤蛋黃酥，不得空，你幫我搬東西，我請你吃蛋黃酥，你願意嗎？」

「好。」

那男孩沒有馬上走進小食肆裡，而是先去溝渠邊，擦起袖子仔仔細細的洗了手，這才跟在鍾菱身後，走進了小食肆。

鍾菱也沒急著帶他去後面的院子，而是先招呼著他在後廚坐下，端了一屜小籠包過來，放到他面前。

男孩濃密的眉毛擰在一起，有些不滿的開口道：「妳這是什麼意思？」

倒有幾分脾氣。

鍾菱笑咪咪道：「我總不能讓你餓著肚子給我幹活吧。沒有人到晚上還買小籠包的，這是最後兩屜了，你若不願意吃，我也只能扔掉了。」

男孩聞言，抿著嘴猶豫了一會兒，才拿起筷子，輕聲道了一聲謝。

這個時間的小籠包自然不如剛出爐的時候，但是男孩還是雙眼發亮，在一連吃了三個後，進食的速度明顯慢了下來。

鍾菱一邊醃著豬里肌，一邊看著那孩子糾結和不捨的表情，他是捨不得吃呢。

畢竟還是個孩子，填飽肚子後，對鍾菱也沒什麼防備心，很快就被鍾菱問出一些訊息。

他叫阿旭，跟著祖母二人就住在清水街另一頭，一個茶館後面的院子裡，離小食肆不遠，十來丈的距離。

等阿旭吃飽後，鍾菱便領著他去了後院。

小倉庫裡堆了一些炭，還有鍾菱之前訂的一些砂鍋、鍾大柱給她做的木招牌，總之林林總總的，什麼都有。

不是鍾菱為了給這個孩子找點活幹，特地整的這一齣，那砂鍋晚上是真的要用。

砂鍋要在火上燒得滾燙，端上桌後，餘溫能夠再將鍋裡的菜煮上一會兒。眼下白天的陽光還有些熱，有些不適合吃這太燙口的東西，但是等到晚上，天色一沈，溫度降上幾分，吃些熱的，再好不過了。

鍾菱提醒了阿旭要小心易碎的東西後，便任由他搬運了。

倉庫裡並沒有什麼很重的東西，就是那幾個砂鍋疊在一起有些沈，對一個孩子來說，只是需要多跑幾趟，算不上多辛苦。

阿旭的性子沈穩，他生怕砂鍋會碎，小心得很，也不貪多，一趟就抱兩個。

鍾大柱從房間出來的時候，阿旭正在搬運一個木支架。

他看到鍾大柱後，如同受了驚嚇的小狗，弓了下脊背，但很快又收斂了情緒，甚至還朝著鍾大柱微微躬身，打了個招呼。

當鍾大柱將詢問的目光投過來時，鍾菱突然明白自己為什麼會覺得阿旭的眼神很眼熟。是她上一世化作魂魄時，鍾大柱闖進衙門的停屍房，替她收殮遺體時的眼神。是隱忍克制、又洩漏在每一縷目光中的悲傷。

鍾菱猛地轉頭看向阿旭，他正拖著一袋子的炭，努力的放到院子裡。

這麼大的孩子，怎麼會流露出這樣孤寂悲傷的神情？

見她愣愣的出神，鍾大柱沈聲喚道：「鍾菱？」

「啊？」鍾菱回過神，忙解釋道：「我用蛋黃酥換他來幫個忙。」

鍾大柱眯著眼睛，又看了一眼那個幹活的孩子，沒有再說什麼。

阿旭在搬完所有的東西後，又在鍾菱「試菜」的友善邀請下，接受了一碗桂花綠豆圓子的餵食。

這真的是鍾菱隨手搗鼓出來的，煮開花的綠豆和煮得軟糯彈牙的糯米圓子，加入冰在井裡的牛乳後，添一勺糖桂花，很奇怪的搭配，但是味道並不差。

沒有孩子能拒絕甜滋滋的味道，哪怕是小狼崽子也一樣。尤其阿旭前前後後搬了好多趟東西後，這一碗冰冰涼涼的甜湯，一下子就降低了周身的躁熱。

他有些意猶未盡的舔了舔嘴唇，站起身來和鍾菱道謝。

鍾菱正在給宋昭昭的碗裡添牛乳，聞言客氣招呼道：「再喝點？」

阿旭堅定的搖了搖頭。

鍾菱放下勺子，拿起早就準備好的蛋黃酥盒子遞給阿旭。「今日多謝你幫忙了。」

盒子沈甸甸的，裝了六個蛋黃酥。

阿旭有些愣神，他只和鍾菱約定了用勞動換蛋黃酥，但是從頭到尾，他們倆都沒有說過換幾個蛋黃酥。

雖然年紀小，但小狼崽也多少明白了鍾菱的意思。他沒有拒絕，只是朝鍾菱施了一禮，然後跑開了。

鍾菱並沒有將這件事放在心上。

阿旭身上的那一點熟悉感，讓鍾菱願意向他傳遞一些善意。她改變不了什麼，但起碼能在中秋節，讓這個孩子和他的祖母一起吃個應景的糕點。

晚上的小食肆依舊熱鬧。

小竹板上寫上了「酥肉砂鍋」，掛在了牆上，吸引了不少酥肉愛好者前來。

酥肉砂鍋的湯底是鍾菱早上熬的大骨湯，下一把麵條，再往裡頭塞一把豆芽和青菜，配上一個荷包蛋，最後再放上酥肉，便可用厚棉手套端著，送到食客面前了。

湯底本就醇厚，加了胡椒後，口感就更加豐富了。外殼酥脆的酥肉浸進大骨湯裡，吸飽了湯汁，倒是別有一番風味。秋日的夜晚有些微冷，喝上這麼一口，能一路暖到胃裡。

只可惜從懷舒師父那裡得來的酸菜分量不多，又沒有尋到味道同樣好的酸菜，不然酸菜湯肯定非常受歡迎。

鍾菱在端砂鍋的時候便暗下決心，一定要自己動手醃酸菜和鹹鴨蛋，買來的總感覺少那麼一點感覺。

今日是中秋，夜色明朗，一盤圓月高懸天空，灑下清冷皎潔的月光。

彷彿是望了一眼月亮，便讓人想吃上一口圓滾的糕點，才有節日的參與感。街道另一邊的勾欄瓦舍也逐漸熱鬧，不少攤子也趁著這佳節擺了起來。

清水街上的人流量也多了不少，過了飯點，眾人便開始尋起娛樂活動來。

在路過小食肆門口時，瞧見這從未見過的精緻「月餅」，都願意嚐一嚐這新口味。也有只買了一個嚐新鮮，在吃完後，又折回來再買上一盒的。

宋昭昭忙著收錢裝盒，而食肆內只有寥寥幾人還在用餐。

鍾菱背著手站在食肆門口，仰著頭看月亮。圓潤，皎潔，自古便被文人雅士寄予了無數美好的念想。

經歷了死後重生的鍾菱，對團圓這個詞並沒有很多的感觸，但是沐浴在溫和的月光下，身前是來來往往的熱鬧人群，身後是她一手操辦、而今終於開業的小食肆。

鍾菱深吸了一口氣，緩緩的閉上了眼睛，這一瞬間，她覺得自己真切的活著。

「小鍾姊！」

熙攘的人群之中，傳來一聲有些熟悉的呼喊。

鍾菱睜眼看去，只瞧見熙攘的人群中，阿旭正朝著她走過來，那眼眸在月光下淬著光，真像一隻狼崽子。阿旭加快腳步，走到鍾菱面前站定。他揚起頭，面色如常，但微微上翹的嘴角，暴露了他內心的小得意。

他往身後一指。「我給妳拉了兩個食客過來。」

順著他手指的方向看去，有一對中年夫婦正挽著手朝小食肆走來。

那男人不高不瘦，面相憨厚，是再樸實不過的中年人長相；而他身邊的女人面色有些蒼白，嘴角卻始終含著笑意，溫潤平和。

這是看一眼根本記不住長相，放在人群裡就完全找不到的一對普通的中年夫妻。

但是鍾菱的目光卻在第一時間落在了他們二人身上。

今夜的月光如同那日一般的清冷，身為陳王妃的鍾菱曾想過「要不就這麼算了吧」，於是，她在夜深人靜的時候，披著一身月光，坐在院子的井邊，心灰意冷的想要放棄一切。

而拯救她的，是一碗桂花酒釀。

雖然鍾菱最後還是被陳王算計致死，可她永遠記得那天晚上，桂花圓子軟糯的口感。沒有人知道，那一口溫熱的酒釀，給了她多少的勇氣。

陳王府苛刻的制度，導致韓師傅沒能見上妻子最後一面，自此鬱鬱寡歡，滿臉是化不開的哀愁；可他卻向身為陳王妃的鍾菱伸出了援手，展現出了自己最大的善意。

一陣風迎面吹來，將往事盡數拍碎在眼前。鍾菱抬手揉了揉眼睛，遮掩自己淚眼矇矓的失態。

韓師傅正牽著他的妻子朝小食肆走來，他的臉上是鍾菱從未見過的幸福神色。

鍾菱從未像此刻這般，相信因果緣分。

第十六章

即使是眼含熱淚，但鍾菱也沒有急著去和韓師傅交談，而是強壓下情緒，先給他們上了菜，然後把阿旭叫到了後廚。

「妳說韓叔？」阿旭有些摸不著頭腦，但還是如實答道：「韓叔前日才到京城，他就租住在我家院子對面，我拿蛋黃酥回去的時候，剛好碰到韓姨坐在院子裡，就分給了她。剛剛韓叔問我在哪兒買的，我就帶他們過來了。」

原來韓師傅沒有去住客棧，難怪就算祁珩出手，也沒能在第一時間得到消息。

向阿旭道謝後，鍾菱有些苦惱的坐在櫃檯後面，目光看似隨意散漫，但實際上全在韓師傅和他妻子身上。

要怎麼樣才能讓韓師傅留下來呢？

他們現在可是完全不認識，以鍾菱對韓師傅的瞭解，若是貿然上去搭訕，絕對會令韓師傅心生警惕，然後帶著他的妻子躲著小食肆走。

她的手藝也還沒有到能讓韓師傅死心塌地留下的地步……

眼看著韓師傅面前的菜都要空了，鍾菱有些苦惱的揉了揉太陽穴。

要不過去發兩張折扣券，讓韓師傅多來吃幾次，再多叫些人去招工館留意著好了，韓師傳總要去找活幹的。

就在鍾菱捏著劵準備起身時，有一個熟悉的身影快步走進了小食肆，直直的就朝著櫃檯後的鍾菱走過來。

這是祁珩的侍衛，祁珩每次來小食肆時，侍衛就會候在馬車旁。

鍾菱每次試菜的分量都很大，連帶把祁珩身邊的人也餵了一輪，也因此，祁珩的侍衛、小廝們都很喜歡鍾菱。

這個侍衛是常跟在祁珩身邊的，他朝著鍾菱一拱手。「鍾姑娘。」

鍾菱將手中的折扣劵放了回去，關切的問道：「怎麼了？祁珩有事找我？」

「主子讓我來和您說一聲，梁神醫下月會回京城，已經都差人安排好了。」

鍾菱眼睛一亮。「梁神醫？」

他們來京城很重要的一件事情就是要給鍾大柱看斷臂的傷。他傷得重，沒有第一時間治療，而且自己也不上心，是真的不好治。鍾菱在京城尋了一圈醫館，最後還是祁珩提出幫忙留意。

如今祁珩的真實身分已經被鍾菱知道了，他也就不藏著掖著，第一時間提醒鍾菱要好好給鍾大柱做好事前安撫。

鍾菱從前也聽說過梁神醫的名字，那是當朝赫赫有名的大夫，只是他行蹤不定，頗有個性，貪緣攀附，治與不治都有他自己的一套標準，雖說診金不貴，但是很難遇上他。

店裡沒剩幾桌客人了，他們講話就沒壓著聲音。

韓師傅剛好坐在靠近櫃檯的這一桌，在聽見「梁神醫」三個字的時候，他舉著筷子的動作頓在了空中，他和妻子對視一眼，都從彼此的眼睛裡看見了驚喜。

二人隨即將目光投向正和侍衛說話的鍾菱身上。

「主子還說了，到時候也帶上昭昭姑娘一起。赤北軍曾經救過梁神醫，因此他說過赤北軍及其眷屬他一定治，而且不要診金。」

還能有這種好事！

鍾菱連聲應下，起身送他出門。

這侍衛是個健談的，他一面走還一面問道：「鍾姑娘這生意還真好啊，您還沒招到廚子，這忙得過來嗎？」

鍾菱笑了笑，還沒來得及開口說話，就聽見身後傳來筷子掉落的清脆聲響。轉頭看去，只見韓師傅有些慌亂的彎下腰撿筷子，而他的妻子眼中淚光盈盈，是藏不住的驚喜。

鍾菱瞬間福至心靈，她朝著韓夫人笑了笑，扭頭繼續和侍衛說話，只是略有些刻意的提高音量。「合適的廚子可真不好招啊，我怕是還得在後廚單打獨鬥好久。」

兩人又聊了幾句，鍾菱能感受到，有兩道灼熱的目光，落在自己身上。

鍾菱從不懷疑韓師傅對他妻子的感情。

他們前世相識之時，韓夫人已經離世，鍾菱從未見過她，卻從韓師傅的字字句句中，認識了這個溫和堅韌的女人。

他們是來京城求醫的，可是當朝最有名的大夫，除去太醫署裡的，就是梁神醫了。

鍾菱剛聽見這個消息的時候，喜悅橫衝直撞，只為能治療鍾大柱的舊疾而開心，待稍微緩了一瞬後，她猛然反應過來，對來尋醫問藥的韓師傅來說，梁神醫的消息，足以讓他拋棄先前全部的計劃和打算。

果不其然，在鍾菱轉身的時候，就看見韓師傅有些拘謹的站在那兒，他張了張嘴，卻沒有說什麼。

眼中的熱切渴望，灼熱得讓鍾菱下意識閃躲了一下。

「小娘子這食肆，可還招廚子？」

鍾菱是根本沒有辦法拒絕韓師傅的，但是為了不引人懷疑，該走的流程還是得走。

第二天一早，韓師傅便帶著大包小包，敲響了小食肆的後門。

「您來了。」鍾菱帶著韓師傅走進後廚。

「不知小娘子想要我做什麼菜？」

「我看看。」鍾菱環顧了一圈後，指了指水缸裡已經養了好幾天的大黑魚。「您做個酸菜魚吧！」

鍾菱一直覺得酸菜魚是一道相當有包容度的菜。豆皮之類的，沒什麼味道的配菜都可以加進去，蔬菜在其中也非常的亮眼。

如今尚且沒有辣椒，但是酸菜和花椒勉強可以滿足一下鍾菱偶爾想要吃點能刺激味蕾的菜色的願望。

其實前世她和韓師傅提過酸菜魚這道菜，只是當時鍾菱被剋扣著吃食用度，大黑魚每日購買的數目明確，也不好偷偷送到她院子裡去，於是只能退而求其次，吃了個酸菜肉片。

如今韓師傅就在面前，恰好又有黑魚，花椒、酸菜也都齊全，前世的遺憾撓得鍾菱心癢癢。

鍾菱將配菜都給韓師傅說了一遍，又將詳細做法也說了，形容了一下口感後，將灶臺前的位置讓了出來。

站在這灶臺前，韓師傅有種說不出來的熟悉感。

調料的位置也好，還是砧板的配置也好，就連蔥蒜的擺放都和他的習慣一模一樣，放在能瀝水的小竹筐裡。

他抱著手環顧了一圈，忍不住看了一眼鍾菱。

最終還是把一切歸結到了緣分上。

韓師傅果斷的撈起一條黑魚，手起刀落，俐落的處理起魚。

鍾菱雖然手上在忙著收拾菜，可實際上注意力一直放在韓師傅那裡。她雖然饞，但是白已不動手來做這道菜，很大一部分的原因是她處理不好那麼大的黑魚，魚若是處理得不好，這道菜也就廢得差不多了。

比起鍾菱生疏且顯得有些大驚小怪的殺魚陣仗，韓師傅的動作甚至算得上有觀賞性了。刀光凌厲，下刀動作流暢，鍾菱還沒看明白，那魚肉已經片好了，和魚骨一邊一個盆醃上了。

鍾菱已經把配菜都清洗好了，有胡瓜、大白菜、藕片和豆皮，還有一大把的豆芽。

先熱鍋下蔥薑蒜和魚骨，煎得金黃後，再將酸菜下鍋。懷舒師父的酸菜醃得很好，清脆透亮，連韓師傅都誇讚了幾句。

酸菜在接觸熱油的一瞬間，伴隨著「滋」響的動靜，酸香迅速飄散開來，只是在鼻尖微微一晃，便教人口中生津，食指大動，控制不住的嚥起了唾沫。

這香味把宋昭昭吸引了過來，她甩著濕答答的手，趴在窗口看韓師傅的動作。

韓師傅對火候的掌控準確到了一種近乎恐怖的地步。每一樣配菜下鍋的時間和順序都不一樣，最後下魚片時的動作，更是從容不迫，一點也不像是第一次做這道菜。

酸菜魚的擺盤也有講究，先將蔬菜放在下面，雪白的魚片鋪在上頭，撒上蔥花和花椒，澆上一勺熱油，在滋滋作響中，這道菜算是完成了。

魚片雪白，微微捲曲，像是花瓣一般舒展在淡金色的湯底之上。最後那一勺熱油，徹底將酸香激發到了極致。

鍾菱第一時間朝著宋昭昭招手。「昭昭，快去叫我爹來吃飯。」宋昭昭應了一聲便跑走了，鍾菱抽了一雙筷子，對韓師傅道：「請夫人一起來吃吧，以後也叫她多來小食肆坐坐，昭昭還能陪她多聊聊天。」

韓師傅正在洗手，他聞言一愣。「您的意思是……」

鍾菱沒有說話，而是將筷子伸向還殘留一些湯的鍋裡，挾起了一根豆芽。

入口便是酸菜的酸味在舌尖蔓延，因為花椒的緣故，微微有些麻，刺激著味蕾。豆芽浸泡在湯汁之中，吸收了魚湯的鮮美和酸香，顯得格外脆爽。

鍾菱嚼著豆芽，陶醉得瞇了瞇眼睛。雖然沒有辣椒，但是韓師傅加了自己帶的調料，應當是茱萸油一類的，鮮辣微麻在舌尖歡騰，鍾菱久違的覺得自己有些餓了。

「您的廚藝，無法讓我說出拒絕的話。」

雖然心中早有預設，但是真的再一次吃到了韓師傅的菜，鍾菱心中的敬佩和讚嘆，越發強烈了。

小食肆的三餐時間並不固定，如今是早午餐的時間段，眾人都已經上桌了。

鍾菱給韓師傅和鍾大柱相互介紹了一下，他們倆都不是話多的人，相互頷首致意，便再沒說話的意思了。

很顯然，眾人的注意力都在酸菜魚上。

鍾菱的第一筷就伸向了雪白的魚片。魚片鮮嫩，肉質彈牙爽滑，酸菜的味道喚醒了味蕾，更讓人能品味魚肉本身的鮮美。

主要是韓師傅醃魚肉和火候掌握得好，鍾菱吃了這魚片，才猛然驚覺，她昨日的鱸魚實在是有些差強人意了。

待眾人吃了幾片魚肉後，才發覺這蔬菜的妙處。口感脆爽，雖然有著濃郁刺激的調味，卻依舊教人感覺到清爽。

吃到最後，再用金黃澄透的湯汁澆到飯上，做最後的收尾。

這頓飯吃得人滿頭大汗卻忍不住高呼一聲爽快，就是鍾大柱這樣向來不露情緒的人，面上的神色也放鬆了幾分，顯然也是沈醉在美味之中了。

韓師傅非常順利自然的加入了小食肆。

第二日的食客，並不比第一天少，但是有了韓師傅加入之後，鍾菱倒是閒了下來。

目前菜單上的菜，做法都比較簡單。鍾菱也沒有藏著掖著的意思，見韓師傅在，都把做法說了出來。

鍾菱也沒想到，菜單擺出去才一天，就馬上要制定新的了。

歸根究柢，鍾菱是個半路出家的廚師。韓師傅指出了她菜譜裡葷素菜色不均衡的問題，他們兩人開始埋頭研究了起來。

韓師傅一直覺得與鍾菱相識是緣分使然。

怎麼會這麼巧，吃了一口鄰居家小孩給的蛋黃酥，然後就心生了好奇；結果這個食肆掌櫃剛好與梁神醫有幾分關係，直接解了他的燃眉之急。

他們在後廚的一些習慣更是有幾分相像，這讓甫進京城，做好了賣身的最壞打算的韓師傅，一連幾日都有些不真實的感覺。

而這種不真實的感覺，一直到鍾菱將那些奇奇怪怪的菜端到他面前的時候，打破得徹徹底底。

忙了好一段時間的祁珩，總算是閒了下來。他踏著晚飯的點再次來到小食肆時，還沒看到人，就先聽見了爭執的聲音。

祁珩聽說鍾菱招到廚子了，可是這激烈的動靜，怎麼聽都是一個陌生的聲音在極力拒絕吃鍾菱做的菜。

祁珩的臉色沈了幾分，他推開小食肆的後門，想要替鍾菱討個公道。

只見鍾菱端著一個盤子，將祁珩未見過的，但知道身分的韓師傅堵在灶臺前，並沒有祁珩想像中，鍾菱受委屈的場面。

反而是韓師傅一臉憋屈，使勁的往後躲，就差跳到灶臺上了。鍾菱一臉鬥志昂揚的惡霸模樣，執意要將手裡的筷子塞給韓師傅。

縱使見慣了大場面的祁珩，也有點反應不過來眼前這個畫面。

他有些艱難的開口。「你們……在幹什麼？」

鍾菱聞言扭頭，見是祁珩，揚起一個明媚的笑容，將手中盤子裡的菜展現給祁珩看。

「甜菜根炒藕片。」

看著盤子裡一片鮮豔到有幾分詭異的片狀物，祁珩擰著眉毛，臉上的表情扭曲成一團，他有些不敢相信自己聽到了什麼。「什麼東西？」

「甜菜根炒藕片。」見祁珩有滿臉的困惑，鍾菱索性放過韓師傅，朝著祁珩走來。「你來嚐嚐！」

那一瞬間，祁珩只想轉頭就跑。

但是筷子還是被塞到他的手裡，在鍾菱亮晶晶的真誠注視下，祁珩硬著頭皮，伸出了筷子。

他從前覺得鍾菱的煎餅捲茶葉蛋非常令人難以接受，但是如今見了這「甜菜根藕片」，方才知道什麼是小巫見大巫。

在鍾大柱和宋昭昭看戲一般的目光中，祁珩挾起了最上方的一片。

盤子上那一片片疊在一起，紅得有幾分扎眼，根本看不出是什麼東西，但是挾起一片，卻發現另有玄機。

藕片有洞，這藕沿著圓洞，切出了一朵小花的形狀，加之因這甜菜根汁染上了鮮紅色，居然還有幾分可觀賞性。

這一瞬間的驚喜，叫祁珩內心的排斥少了幾分。他趁著此時還有些勇氣，忙將這小花藕片塞進嘴裡。

院子裡所有人的目光都落在祁珩身上，除了韓師傅。韓師傅在偷偷挪動腳步，讓自己有一條可以逃跑的路線，不至於要躲到灶臺上。

祁珩緊皺的眉頭隨著他咀嚼的動作，逐漸舒緩開來。只見他喉結微微滾動，然後用自己都難以置信的目光看向鍾菱。「還挺好吃？」

鍾菱雙目發亮，興奮的朝著祁珩點頭。「你自信一點，就是好吃的！」

祁珩完全沒有被鼓勵到，他頂著眾人懷疑的目光，重新回味了一下。

這菜其實完全沒有看起來的恐怖，反而是很純粹的清甜脆爽口感。就還……真的不難吃。

可接下來，今日還在朝堂上舌戰群儒，說得眾人都語塞落敗的祁珩，卻有些招架不住鍾菱了。

因為他面前擺著的是鹹蛋黃南瓜、梨子炒雞，和一碗清湯裡紅綠色交雜的麵條。

紅色和綠色的，麵條！

「這是用甜菜根汁和菠菜汁揉的麵，這湯還是我熬的高湯呢，你快嚐嚐。」

韓師傅來自川蜀，川蜀的名菜雞豆花和開水白菜都用到了清湯。清湯看似清澈寡淡，並沒有什麼特別的地方，但實際上是用豬大骨和雞鴨煮透了，再用雞胸肉末吸附湯中雜質，才得到這看似清淡，實則鮮美濃郁的清湯。

祁珩很想拒絕，但是無奈此時已經過了飯點，他什麼都沒有吃，就直接從翰林院來小食肆。胃裡空空盪盪的感覺，雖然只有一點點，卻已經十分難以忍受了。

本著對鍾菱的信任，祁珩還是端過了那碗紅綠色的麵。

其實鍾菱清湯熬得並不怎麼好，並沒有那麼清透，並且沒有鎖住全部的鮮味，韓師傅已經從各方面將這一鍋湯定義為不合格的清湯了。

但是對餓著肚子的祁珩來說，這個味道已經鮮得能吞掉舌頭了。

溫熱醇厚的湯滑入胃裡，帶給人一種難以言喻的，足以振奮人心的力量。祁珩再吃那麵條時，也就沒有那麼難以接受了，反而還在鮮美之下，品出了幾分蔬菜的清爽來。

他這一吃就入了神。

宋昭昭看愣了，在她眼裡，祁珩就是無所不能的一個人。

見祁珩此時一臉陶醉享受的模樣，宋昭昭舔了舔嘴唇，狠下心抽出一雙筷子，朝著面前的鹹蛋黃南瓜伸出了手。

就是鍾大柱，也端起了一碗麵條。

看著宋昭昭如同赴死一般決絕的表情，鍾菱有些無奈。

這鹹蛋黃南瓜又叫金沙條，是鍾菱從前常吃的一道菜，是夏日熱炒攤裡小龍蝦沒上桌之前，永恆的前菜。

各色的染色麵條在各大超市皆有販售，早已擺上尋常人家的飯桌了。

唯有這沒人願意碰的梨子炒雞，在後世並沒有流行起來，是正兒八經的古菜方。她是想著梨子潤肺，才做了這道菜，可沒承想，壓根兒沒人敢碰。

祁珩喝完最後幾口湯，放下了碗，感嘆道：「雖然看著有幾分奇怪，但是真的美味。」

鍾菱忙點頭，表示認可祁珩的觀點。她瞬間就拋棄了其他人，熱絡的坐到祁珩身邊，如同見到知己一般，開始訴苦。「他們一點都不懂！我這創新菜，實際上都是有依據的，偏偏他們看著顏色奇怪，就不肯嘗試。」

韓師傅冷哼了一聲，無情的別開頭，聽不下去鍾菱的哭訴了。

宋昭昭也是有苦說不出的皺著臉，就連鍾大柱都嘆了口氣。

「嘆什麼氣啊韓師傅，我那山藥牛乳難道不好吃嗎？」鍾菱昂著頭追問。「連韓姨都吃了兩碗呢，而且山藥泥健脾。」

聞言鍾大柱又嘆了一口氣。

能讓鍾大柱都發出這般感慨，祁珩還真有些好奇了起來。

「我的小祖宗，妳那山藥牛乳是好吃，可是第二天妳做了什麼？」韓師傅憤憤不平的拍了下桌子。「妳用生山藥搗成泥！還往裡面加了胡椒！」

祁珩在家中變故，餓肚子的那段時間裡，生啃過山藥。山藥是會拉絲的，若是搗成泥，那定是一片黏稠，若又恰好是鹹口的……

祁珩的眼尾不自覺的抽搐了一下，忙強迫自己停止這可怕的想像。

而鍾菱和韓師傅還在爭吵。

「沒有嘗試，怎麼能研製出足夠讓人眼前一亮的新菜！」

「那妳也不能往不尋常的方向走啊！」

這一世韓師傅的妻子還在身邊，遠比鍾菱印象中開朗許多，不再是死氣沈沈的模樣。

兩人試著菜，一天就能吵上好多回，鍾大柱和宋昭昭都已經習慣了。

但是祁珩沒有，他又嚐了桌上其他的菜，才想起自己來小食肆的目的。

他緩緩開口。「梁神醫已經在返京的路上了。」

話語一出，爭執的聲音戛然而止。

韓師傅和鍾菱同時轉過頭，雙目發亮，滿懷期待的看向祁珩。

「我明日下午安排馬車過來，到時候韓師傅、昭昭一輛馬車，鍾菱和鍾叔我來接，鍾叔的傷……」

「我不去！」

祁珩有些錯愕的回頭看向鍾大柱。

第十七章

鍾菱非常苦惱。

雖然搬到京城之後，鍾大柱並沒有像在赤北村那樣，對所有社交都拒絕，他在廚房會和韓師傅說上幾句話，宋昭昭有時候也會小心翼翼的找他幫忙取一些搆不到的東西。

大家都把鍾大柱當一個普通人看待，並沒有人因為他的斷臂，而對他有不一樣的態度。但是這平和美好的氛圍，一旦牽扯到與赤北軍相關的，就會被撕碎打破。

這和鍾菱想起樊城那一夜所發生的事情，就會喘不上氣一樣。

鍾大柱的心病更加嚴重。他帶著一身的傷，在每個雨夜裡，折磨著自己，提醒自己用苦痛來銘記曾經發生的一切。

十年的時間、鍾菱的到來、小食肆的開業，他好像已經從過去走出來了，其實仍完全深陷其中。這心病，鍾菱無能為力。

但是第二天祁珩來接他們的時候，她還是好說歹說的把鍾大柱勸上馬車。她和祁珩兩個人商量了一個晚上，最終想出了一個最直接粗暴的方法。

「求您了，只是一起過去，一會兒看完大夫就給大家買衣裳去，您就一起去吧。」

鍾菱好說歹說，藉著一起買衣服的理由，連哄帶拖的把鍾大柱拽上馬車。

馬車在一間醫館的後院停下。

鍾菱下了馬車後，便不錯眼的盯著面無表情的鍾大柱，生怕他翻臉走人。

因為在拽鍾大柱上馬車的時候，費了一些時間，等到小廝引著祁珩他們走到梁神醫的院子門口時，韓師傅已經攙著妻子走出來了。

他面色脹紅，熱淚盈眶。在瞧見鍾菱三人時，喉結一動，鬆開攙著妻子的手就要跪下。

鍾菱臉色一變，忙上前要制止他，只是她才剛伸出手，祁珩和鍾大柱已經一左一右的把韓師傅架住了。

「鍾姑娘啊……」韓師傅一腔激動的感情無以抒發，化作兩行熱淚，淌過臉頰。「能治啊，神醫說能治啊！」

韓師傅的妻子也在一旁抹著眼淚。「這是我們尋醫問藥兩年來，第一次有大夫能這樣精準的說出我的病情。」

「這是好事啊韓姨！」鍾菱也跟著鼻尖一酸，忙抬手替她順著氣。「神醫說能治，那就肯定能好。您只管回去好好休息，安心吃藥。」

走投無路的病人，在聽到「能治」這兩個字的瞬間，活下去的念頭就會變得無與倫比的強大，有了和閻王抗爭的勇氣。

韓師傅雖然在後廚幹活時並不會顯露任何情緒，但是鍾菱不只一次看見，他在背地裡紅著眼眶嘆氣。如果可以，鍾菱希望上輩子記憶裡那個滿臉陰霾的韓師傅能夠永遠都不再出現。

待鍾菱安慰了幾句後，祁珩招來侍衛，先送他們回去。

恰好這個時候，一個小廝陪著宋昭昭從屋內出來。

宋昭昭來小食肆沒多久，但是因為三餐伙食好，而且她衝在試菜第一線，使她現在面色紅潤，雖還消瘦，可臉頰不再如刀削般凹陷進去了。

那小廝朝著三人施了一禮，朗聲道：「我家主子說，宋姑娘並無大礙，只是之前受寒，有些虧損，只需吃些滋補的藥物便可調理回來。」

鍾菱聞言鬆了一口氣，畢竟宋昭昭之前的經歷實在是太苦，她才剛到發育、長個子的年紀，若是留下病根就麻煩了。

說完，小廝便帶著宋昭昭去取藥了。

這一個接一個的好消息，讓鍾菱也忍不住雀躍了起來。

她扭頭看向鍾大柱，雖未說話，但眼眸中的期盼已經完整呈現在鍾大柱面前了。

只可惜，鍾大柱的臉上毫無波瀾，他一點也沒有猶豫的就開口拒絕。「我不看。」

鍾菱對他的拒絕習以為常，她面色不改，甚至上前攥住鍾大柱的衣袖，小聲的勸道：「這多好的機會啊，來都來了，咱就見一見梁神醫吧。畢竟曾經也有交集，如今能再見，也是緣分。」

周圍的氣氛陡然冷了下來。

雖面無表情，但一直對鍾大柱有求必應的鍾大柱此時卻罕見的冷下臉來。他的眉眼像是被凍住一般，眼眸中有一股陰霾瀰漫，教人看不清他的神色。

有一場別人看不見的雨，傾瀉在鍾大柱身上，將表面的平和安逸沖刷得乾乾淨淨，那些陳年的傷口暴露在空氣中，沒有一點要癒合的跡象。

瞧著氛圍不對的祁珩剛想上前勸，可鍾大柱眸中已滿是昏暗，那淬著寒意的目光瞥了鍾菱一眼，然後他便毫不留情的甩掉鍾菱攥在他衣袖上的手，轉身就往外走去。

鍾菱的心裡咯噔一下，她根本來不及思考，下意識的伸手去握鍾大柱的手腕。「爹！」

鍾大柱的腳步一頓，他緩緩轉過身，怔怔的看著鍾菱，眼中的陰霾隨著這一聲呼喚，漸漸消退。

眼前的小姑娘眼神堅定，她的眉頭微蹙，眼眸裡有水光閃爍，顯然有些被嚇到了，可她的眼神清澈又堅定。

「爹。」

鍾大柱高大的身影微微一顫。

「我們不看了好嗎？不看了。」

比起看病，鍾大柱身上的異常，讓鍾菱更為害怕。那一瞬間的威壓幾乎讓她站不住腳，這和平日的鍾大柱根本不是同一個人。她不能想像，一個人的身上，竟能藏著這樣濃郁強烈的負面情緒。

是「大夫」還是「從前的交集」？能讓鍾大柱這樣失態。

總之，鍾菱是不敢再央求了。不看就不看了吧，大不了就用食療滋補著，慢慢來吧，維持現狀，總比強行引出負面情緒要來得強。

「抱歉……」鍾大柱嘆了口氣，他往前走了幾步，站在鍾菱面前，緩緩的抬起手拍了拍她的肩膀。

不管怎麼樣，都不該讓孩子看到這樣的情緒。

「爹？」飛轉的思緒陡然被叫停，鍾菱仰頭看向鍾大柱，迅速的捕捉到他眉眼中的無奈和妥協。

鍾大柱還是走進了梁神醫的房間。

鍾菱有些不明白他為什麼突然就鬆了口，她下意識的扭頭去看祁珩。

只見祁珩抱著手，眼尾微微下垂，透亮的眼眸彎成了月牙。

「你笑什麼？」

「我替鍾叔高興呢。」祁珩往前走了幾步，和鍾菱並肩。「鍾叔剛剛的反應，和之前妳聽到樊城那場戰役時的反應，很像。」他的聲音很輕，但是語氣很篤定。

腦海中亂七八糟的線索突然有了思路，鍾菱有些驚訝的微張著嘴，她抬起頭，從祁珩的眼眸中，得到了答案。

「和妳不能強行回憶一樣，鍾叔也在排斥去接觸從前的人或事。」

有些過去，注定不能讓人釋懷。

鍾菱能做的，就是一切如常，就像並不把鍾大柱當一個殘疾人看一樣，不刻意強調那些過去，平淡的讓生活繼續下去。

他們倆都沒有要繼續聊這個話題的意思。

於是，鍾菱和祁珩掰扯了一會兒她那創新菜上菜單的可行性，嘮到最後，鍾菱發出邀請。「一會兒留下來吃個飯吧，我給你露一手。」

祁珩擺擺手。「可別了吧，妳這一手，我多少還是有點害怕的。」

鍾菱佯怒，她剛瞪一眼祁珩，沒來得及說話，一直緊閉著的房門被推開了。

只見一個仙風道骨的白袍老人拂袖而出，他身後，是面色平淡的鍾大柱。

鍾菱忙跟著祁珩拱手。「梁神醫。」

「他的病，能治，但都是些陳年舊傷了，有點麻煩。」梁神醫沒有多寒暄的意思，直接道：「得先吃好一陣子的藥，慢慢調理才行。我徒弟在這裡，之後來找他看就好。待我去一趟西北，尋得兩味藥後，再看看能不能輔以針灸，疏通氣血。」

能治！鍾菱雙目一亮，忙壓下心中的喜悅，朝著梁神醫道謝。

「不用客氣，我當年承過紀副將的恩，答應過凡赤北軍求醫，一定醫治。」

梁神醫抬手示意鍾菱起身，在鍾菱抬頭的一瞬，他的目光有些發愣，脫口而出道：「妳這骨相……倒是有幾分眼熟啊……」

「您說笑了，我爹就站在這裡，我像他不是正常？」

「不不。」梁神醫搖著頭，喃喃道：「不像……一點也不像。」

就在鍾菱準備打破砂鍋問到底的時候，祁珩的侍衛突然闖了進來，匆匆忙忙的朝著眾人一拱手。「不好了，有人在小食肆門口鬧事。」

鍾菱眉頭一擰，臉色大變。她朝著梁神醫連聲道歉，見他擺手後，轉頭就往外跑去。

會在小食肆鬧事的……鍾菱的第一反應，還是唐之玉在找碴。

小食肆才剛剛起步，不能在這個節骨眼上出事情。

唐之玉是個有手段的人，她不會在明面上做惡人。她將商賈之道學得透澈，很擅長表面帶笑，在背後動手，就像不久前找人支茶葉蛋攤子砸鍾菱場子一樣。

小食肆裡現在只有韓師傅夫婦和宋昭昭，可謂是沒有一點戰鬥力。這一路上，鍾菱焦躁得有些坐不住。

她一直都不是一個有大志向的人，放在心上的東西不算多，可小食肆和鍾大柱都算在其中。

「別慌。」祁珩按住鍾菱胡亂抓著坐墊的手，壓低了聲音。「已經差人去報官了，不會有事情的。」

鍾菱深吸了一口氣，挺直了脊背不再亂動。

她看似已經平緩下心情，可實際上，馬車駛過清水街的路口，鍾菱便敲著車窗喊停，沒等車停穩，她便已經提著裙襬跳了下去。

就是鍾大柱和祁珩同時伸手，也沒能攔住她朝著小食肆跑去的決心。

小食肆的門口已經圍著不少看熱鬧的人了。

鍾菱的一顆心，隨著那密密麻麻的人群，越發的忐忑不安。

外圍的群眾顯然也是兩眼抓瞎，不知道發生了什麼，甚至有人在討論。「聽說鍾姑娘做了新菜，這是好吃還是不好吃啊，至於在門口打起來嗎？」

不知是哪個眼尖的食客認出她，忙喊道：「鍾姑娘在這裡呢！」

頓時所有的目光都落在她身上，看熱鬧的人自發的給她讓出一條路來。

「多謝多謝。」鍾菱連聲道謝，快步朝著門口走去。

先前賣糕餅的地方站著一對中年夫婦，雖然兩人都抹著眼淚，卻是氣勢洶洶，一副咄咄逼人、來者不善的樣子。

韓師傅護著宋昭昭，兩眼圓睜，正和他們對峙。

比較違和的是，蘇錦繡倚靠在小食肆的門框上，一邊衝那對夫婦翻白眼，一邊招呼著客人進來吃飯。

鍾菱喘著氣，皺著眉頭看向那對陌生的夫妻。「你們是誰啊？」

蘇錦繡和韓師傅看見鍾菱後，皆是鬆了一口氣。只是他們還沒開口，就被那對夫妻哭喪的聲音搶了先。

「我這一手養大的姪女自己偷摸著跑出來找活幹啊，一點也不管家裡死活啊。」

「妳那堂兄摔斷了腿，妳轉頭就跑了，真的是一點良心都沒有啊。」

「虧得我們養妳這麼多年啊。」

一唱一和，聽得鍾菱頭大，她費勁的消化著眼前的訊息。

是宋昭昭的叔父找上門來了，宋昭昭才來小食肆這麼幾天，他們就找上門來了，未免有些太快了。

在鍾菱還在懷疑的時候，宋昭昭卻已經從韓師傅身邊站了出來。

或許是鍾菱在場的緣故，或許是她這些日子也見識了許多新鮮的人事物，受眾人影響，膽子大了不少。

她站到韓師傅前面，雖紅了眼眶，但聲音堅定響亮。「你們不要胡說！是祖父、祖母把我養大的，跟你們一點關係都沒有。」

那婦人瞬間就變了臉色，而她的叔父更是猙獰的齜著牙，抬手就朝著宋昭昭搧了過去。

「妳這小賤蹄子，還敢頂嘴了是吧！」

千鈞一髮之際，人群中突然衝出一個瘦高的男人，他的動作快得帶了幾分虛影，抬腿便朝著宋昭昭叔父狠狠踹過去。

眾人還沒看清楚發生了什麼，只聽見「砰」的一聲巨響，剛剛囂張跋扈的人已經蜷曲在幾步外的地上，他費勁的哼哼唧唧了一聲，便再沒了動靜。

人群中傳來一陣倒抽氣的聲音，光是看著就讓人覺得後腰一陣生疼。

比起其他人，鍾菱的眼中除了震驚，更多了一絲迷茫。

這個見義勇為的好心人是誰啊？

只見那瘦高男人兩眼圓睜，雙目赤紅的瞪了一眼驚恐捂嘴的婦人。他大步走上前，一把將宋昭昭的叔父從地上提了起來，手背上青筋突起，抬手攥拳，眼瞅著就又要掄下去了。

鍾菱忙撲上前去攔。「住手！」

「不要！」

千鈞一髮之際，是祁珩的侍衛將手中的劍鞘往宋昭昭叔父胸前狠狠的推了一把，幫著他躲開那帶著風聲的一拳。

宋昭昭的叔父早已被嚇破了膽，那瘦高男子一鬆手，他便雙腿無力，跌坐在地上。

祁珩背著手站在小食肆門口，鍾大柱面色陰沈的站在祁珩身後，手裡提著一根棍子，他雖非常不願意露面，但顯然也做好了動手的準備。

祁珩的侍衛面色凝重的掃視了一圈，沈聲呵道：「我們已報官了，莫要在私下打鬥。」

本朝律法禁止私下鬥毆，那瘦高男子很快就冷靜了下來，他朝著侍衛一拱手，便退後幾步，垂手而立，斂盡身上的鋒芒。

反而是那婦人撲到宋昭昭叔父身邊，連聲叫喚。「沒有王法了啊！當街打人啊！」

她嗓門大，一下子又吸引不少圍觀的人。因為他們確實是被打得挺慘的，圍觀群眾的立場有些飄忽不定。

眼看著周圍看熱鬧的人越來越多，鍾菱有些頭疼的揉了揉眉心。

她怎麼老碰上當街嚷嚷找碴的啊？今日這事不說清楚，怕是會影響小食肆的名聲了。

「妳先別嚷嚷！」鍾菱朝著那婦人呵了一聲，她擰著眉，厲聲問道：「是你們先要打我店裡姑娘的吧！」

「我們做叔叔、嬸子的，打一下自家姪女怎麼了！」

「宋姑娘已經賣身於我了。」

「她賣身給妳，難道就不是我姪女了？」

就……真怕胡攪蠻纏的人啊。雖然在理論上來說，賣身之後的宋昭昭就是鍾菱的所有物了，但當下的社會環境，即使是買賣人口，也是有人文關懷的。

鍾菱剛想開口把宋昭昭叔父的惡行說出來，卻被拉了一下衣袖，回頭看去，宋昭昭不知何時站在了她身邊。

而那個高瘦男人朝著鍾菱一拱手，眼眸中滿是歉意。「鍾掌櫃，給您添麻煩了。」說完後便大步上前，擋在鍾菱前面，朝著人群一拱手，朗聲道：「諸位且聽我說，這位宋姑娘是我戰友的遺孤，我將她帶回家鄉託付給她祖父母，留下了一筆錢財。宋姑娘祖父母去世之後，宋姑娘便跟著這二人生活。但我不久前才知道，這二人吞了我留給宋姑娘的銀兩，還將她趕出家門，宋姑娘只能住在牛棚，被逼得只能賣身。」

人群中一片譁然。

宋昭昭拽著鍾菱的衣袖，小聲道：「孫六叔叔就是幫過我的，我爹的戰友。」那對夫妻臉色蒼白，頂著眾人的目光，居然連一句辯解的話也說不出來。

他們就是欺軟怕硬的，雖然知道有孫六這號人在，但他們覺得對孫六來說，宋昭昭只是戰友的遺孤，能留下一筆錢便已經是仁至義盡了；哪能想到，他們收了宋昭昭的賣身錢不到一月，便被來看宋昭昭的孫六發現宋昭昭並不在家。

赤北軍是人盡皆知的英雄，極強的作戰能力也是聞名天下的。他們生怕孫六一怒之下會幹出什麼事情，糊弄了他一番後，便來京城要把宋昭昭帶回去。

可曾經的斥候孫六不是吃素的，他一路跟著宋昭昭的叔父來了京城，終於沒忍住動了手。

孫六往那兒一站，身形筆挺，像是一桿槍，正氣十足。而他先前那句「戰友遺孤」，也算得上是表明了身分。

一時間，全部的指指點點，都落在還坐在地上的那對夫婦身上。

一直到官府來人，才結束這場鬧劇。孫六說要去狀告這對夫妻，便跟著官差一起走了。

韓師傅帶著宋昭昭進了後廚，鍾菱站在門口道謝。「今日這事，打擾大家了，今天晚上的新菜，全部半價。」

圍觀的人群，有不少本來就是準備來小食肆吃晚飯的，順勢就邁著腳步進店。聽聞新菜半價，座位一下子就坐滿了。

祁珩作為曾經把宋昭昭「買」走的人，也帶著侍衛去了官府。他剛才一直低調的站在門口，剛剛似乎沒有人注意到他。

「今日的新菜是什麼啊，給我透個底吧。」蘇錦繡也跟著走了進去，她碰了碰鍾菱的肩膀，問道：「明日汪姑娘訂的衣裳就裁好了，我剛好可以饞一饞汪琮。」

鍾菱撓撓頭，有些不知如何開口。「今日這菜啊……算了，我一會兒給妳上了就知道了。」

後廚裡，韓姨拉著宋昭昭正噓寒問暖，見鍾菱進來，忙道：「叫昭昭休息一會兒，我去前邊替她看著。」

雖然宋昭昭再三拒絕，但是架不住韓姨非要幫忙，鍾菱只好留下宋昭昭在後廚榨汁。

今日鍾菱負責的創新菜，是金沙條、清泉石上流和山花爛漫時。

在祁珩和韓師傅的再三勸阻下，鍾菱還是妥協了一點點。

她將紅色和綠色的麵條分開，調淡了麵團顏色，淡淡的淺粉和淡綠，視覺上倒沒有那麼具有衝擊性了。

而且今日鍾菱熬的高湯比昨日清透了幾分，她就起了文青風十足的名字。

清泉石上流的清湯之下是綠色的麵條，裡面有一個圓滾白嫩的雞蛋和一小把雞絲，倒真有種清泉淌過青苔的浪漫。

山花爛漫時則是粉色麵條，上面擺了幾片染成紅色的藕片小花，湯水清透，有幾分水中看花的意境。

而且鍾菱深諳擺盤之道，用的都是最能襯托顏色的白瓷碗。

韓師傅在拆豬蹄骨，他要做的是鮮蝦蹄子燴，也是小食肆今日新上的菜，是正兒八經的御菜。但因為價格略高且分量大，點的人並不多。

豬蹄是出門之前就燉上了的，煮豬蹄前，水裡先煮了新鮮的河蝦，保留了蝦的鮮味，又與料酒、花椒、生薑同煮去腥，保留食材最原始的鮮美。

這菜本該用羊蹄，畢竟魚、羊一起，方能得到「鮮」字，只是今早屠戶那裡的羊蹄數量不多，便改用了豬蹄。

調味便靠最後的嫩糖色，一勺澆下去，豬蹄油光發亮，褪去了骨頭後，軟癱在白瓷盤中央，只是端著盤子上菜的幾步路，那豬蹄也跟著微晃，惹得其他客人頻頻投來目光。

鍾菱將盤子放在蘇錦繡面前，笑著道：「先前說的大菜，這便是了。」

蘇錦繡毫不遲疑的伸出筷子，那豬蹄燉煮了許久，一挾便斷，露出蹄筋。入口後的第一感觸便是軟嫩彈牙，膠質感滿滿卻一點也不膩，調味不濃，完美的襯托了食材原本的鮮味。

那河蝦也是入鍋前還好生養著的，帶著河鮮獨有的清甜，如清溪流過舌尖帶來一陣的鮮美清爽，卻忍不住教人回味起剛剛那一口豬蹄的醇香來。

蘇錦繡瞇著眼睛品了半天，才開口道：「我算是明白妳這大菜，是什麼意思了。」

「小娘子，給我這兒也來一道這豬蹄。」旁邊桌的食客，看了半天，迫不及待的開口。

「還有那什麼清泉石上流，也來一碗。」

鍾菱笑著應下。

她剛剛就聽見不少客人在討論清泉石上流和山花爛漫時，本來兩者的味道其實是差不多的，靈魂都是清湯的鮮醇，只是麵團的顏色不同。但不少食客還是叫上了兩碗，並且堅持其中有所不同。

鍾菱無奈，這一晚上都在後廚揉麵團。

雖說新菜半價，但是由於食客十分熱情，今晚的收入並沒有少很多。等到食客散去，鍾菱正在和韓姨對帳，孫六才回到小食肆門口。

見孫六進來，鍾菱忙放下帳本。「您沒事吧。」

「我沒事，有那位祁公子替我解釋了，並沒有追究我當街打人的罪責；倒是將他們倆都送進去了，起碼得蹲上三、五天。」

鍾菱聞言鬆了口氣笑道：「那便太好了，他們之後應該不會再來找昭昭的麻煩了。」

「還沒謝過鍾掌櫃照顧昭昭。」孫六朝著鍾菱鄭重的施了一禮。「若不是您和祁公子，昭昭怕是還要在那對夫妻手下吃苦。」

這是鍾大柱的戰友，鍾菱忙側身躲開。「您還沒吃飯吧，若不嫌棄就留下和我們一起吃吧。」

孫六起初擺手拒絕，在鍾菱的再三邀請下，點頭同意了。

小食肆晚上的菜，通常是後廚剩什麼，便做什麼。韓師傅倒是早就說了，要留一隻豬蹄給宋昭昭壓壓驚，那豬蹄便最早端到桌上。

屋內不同菜品混成一團的飯菜香味已經散去，之前在後廚沒什麼感覺，此時只有一道鮮蝦蹄子燴擺在桌上，醇厚的豬蹄香味格外誘人，勾得鍾菱直嚥口水。

韓姨將鍾菱的小動作看在眼裡，她只是笑著催促著後廚快點。

韓姨一開口，韓師傅便迅速的端著兩盤蔬菜快步走了出來。「來了、來了！」

見宋昭昭和鍾大柱也一起出來了，鍾菱小聲歡呼，轉身就去關小食肆的門。

微涼的風吹拂著月光，落在小食肆門口的清渠中，波光粼粼。鍾菱在合上門的一瞬間，突然動作一頓。

許是那涼風將她忙得冒汗的腦子吹得清醒了幾分，她突然想到了一件很嚴重的事情。祁珩才跟她說了，鍾大柱抗拒接觸之前的人和事……

可孫六不就是赤北軍的將士嗎?!

鍾菱驚恐的回頭，看見眼前的一幕後，瞳孔猛地一縮，一顆心頓時提到了喉嚨。

鍾大柱正和孫六面對面站著，孫六還問了一句。「您是……哪一路的將士？」

鍾大柱側對著鍾菱，他低垂著眼眸，教人看不清神情。

沈默了好一會兒，他沈聲道：「中軍。」

第十八章

他們的談話戛然而止，誰也沒有要多聊一句的意思。

隨著最後一道酒釀圓子端上桌，眾人紛紛落坐。孫六和鍾大柱坐在餐桌上最遠的對角，各自吃著菜。

鮮蝦蹄子燴沒一會兒就被掃光，宋昭昭吃得滿嘴流油，連聲誇讚韓師傅手藝好。

韓師傅給她挾了一筷子藕片，嘴上說著「光吃肉不行，要多吃菜」，可實際上笑容滿面，樂得不行。

小食肆裡吃飯，向來是熱鬧的。尤其是眾人都在的時候，基本上一嚥下嘴裡的菜，便馬上會有人接話了。

第一次加入的孫六端坐得筆直，時不時附和一、兩句，禮貌卻也不過分疏遠。

只是今日鍾菱有些食不知味，連眾人一上來就開始瓜分鮮蝦蹄子燴的時候，都沒伸出筷子，若不是鍾大柱給她挾了兩筷子的河蝦，她怕是一口也吃不上。

她只是覺得有些奇怪。

孫六像是不認識鍾大柱的樣子，完全沒有那種多年戰友重逢後的喜悅和感動，倒是有幾分鍾大柱當初接她回家時的平淡。

可孫六的赤北軍身分，是在官府登記過的。祁珩說過，他給宋昭昭的那一筆錢，是從他自己的撫恤金裡拿出來的。

鍾大柱既然知道宋昭昭的父親，沒理由不認識孫六才對啊……

鍾菱咬著筷子出神，不由得嘆了口氣。

坐在她旁邊的鍾大柱擰著眉頭看了過來，他放下筷子，屈指輕叩了兩下桌子，強行將鍾菱喚回了神。「好好吃飯。」

說罷便又挾了兩筷子炒雞到鍾菱碗裡。

他們這邊的動靜惹得孫六抬起頭，卻也只是朝他們這裡瞥了一眼。

小食肆的飯桌上壓根兒就沒規矩，誰吃完了誰就先去忙自己的事情。

韓師傅急著去後廚研發新菜，三兩口吃完就走了。

就像鍾菱自己說的那樣，她一開始制定的菜譜沒什麼特別高的競爭力，菜品也多家常，吸引得了尋常食客，卻不似攬月樓那樣，能入得了上層人士的眼。

所幸小食肆開業還不久，客流群體和整體風格還沒有定型，但整體修改菜譜的重大任務就落在師從御廚的韓師傅身上。

鍾大柱端著空碗走後，孫六起身幫著宋昭昭和鍾菱收拾碗筷。之後只是叮囑了宋昭昭幾句，和鍾菱道謝後，便去尋找落腳的客棧。

鍾菱雖想不明白，但她知道，只要鍾大柱不想說，她絕對問不出什麼來。

不如先去鑽研菜譜，明天找機會問問祁珩。

鍾菱帶著宋昭昭鑽進廚房，她們和韓師傅一人分占半個廚房，忙得熱火朝天。

在鍾菱和宋昭昭一邊閒聊、一邊收拾碗筷的時候，鍾大柱推開了小食肆的後門。

夜色深沈，天邊一輪月亮被雲團遮掩，只隱約可見一團淺淡的朦朧。沒有月色照拂，靜寂無人的小巷裡，堆滿各家院落裡探出頭的枝葉投下的大片陰影。

這門對門的距離，每天都在走，就是看不見，也能安穩到家。

只是鍾大柱剛邁出門檻，便頓住腳步。他的目光陡然冷厲，朝著小巷的中央看去。

那是用血淚刻在骨肉裡的警覺，在黑暗中的視線落在他身上的一瞬間，他身上的肌肉便快過腦子反應，已經繃了起來。他像一隻蓄勢待發的獅子，瞬間就變了氣場。

一陣風呼嘯過小巷，枝葉簌簌作響，攪碎了地上的大團陰影，也吹散了遮掩在月亮之上的雲。

從雲團中掙扎出來的月光灑落一地，柔和了枝葉的輪廓，也落在小巷中央，那個瘦高身影上。

剛剛和顏悅色向鍾菱告別的孫六，提著一把劍，站在巷子中央。

他像一桿槍一樣，瘦高挺拔的立在那裡，月光將他的影子拉得細長。他雙目中散發著森然冷意，風從他肩頭擦身而過，掀起一陣翻湧的殺氣。

風聲漸停，月光再次被禁錮。

小巷中央重歸黑暗，什麼也看不見了。

鍾大柱盯著那片黑暗，輕嘆了一聲，邁出了腳步。他的步子很穩，雖然行走在黑暗中，卻依舊準確的站在孫六的對面。

風悄然的繞過了二人，周圍的空氣彷彿凝滯一般的死寂。

孫六啞著嗓子打破了安靜。「你究竟是什麼人？」

鍾大柱沒有說話，他只是站在那裡，偶爾有一縷淺淡月光落在他的眼眸中，光暗流轉，好似沒有悲喜一般。

鍾大柱的沈默惹怒了孫六，他攥著劍的手背青筋突起，指節繃得發白。「我入伍五年，見過中軍的每一個將士，卻從未聽聞有叫鍾大柱的。」孫六咬牙，滿腔怒意從字句間迸出，可見是隱忍到了極致。「你怎麼會認識昭昭的父親，你帶走她又有什麼企圖！」

「我沒有什麼企圖，也確實是中軍帳中出來的。」鍾大柱的語氣平緩，目光僵直的落在孫六身上。他緊緊抿著嘴唇，良久才緩緩開口道：「我是誰並不重要，你只需要知道我對她們沒有惡意。」

這平淡的態度，成了點燃孫六一身火氣的火星。

孫六一直不是一個好脾氣的人，能忍到此時已經是他的極限了，他倏地拔出手中的劍。

「我見你身子不便，本想和你好生談談，是你不知好歹，非要敬酒不吃吃罰酒！」

劍身泛著冷光，攜著尖銳的破空聲，朝著鍾大柱刺了過去。

鍾大柱閃身躲過，他皺著眉，看向孫六的目光複雜許多。

赤北軍的將士極其注重個人身體素質，個個都擅長近身打鬥。孫六進赤北軍時，年紀尚小，因此基本功練得非常扎實，哪怕已經過去多年，只要握著劍，那一招一式，依舊標準。

他的攻勢極猛，衣袖翻飛之間，劍光凌厲，攜著冷光，在夜色中劃出道道殘影。

面對著招招逼人的劍光，鍾大柱依舊沒有要還手的意思，只是閃身躲避。孫六的劍勢，他很熟悉，只是聽著聲響，便可知劍鋒的走向，勉強也能應付得下。

只是他終究是年歲漸長，又帶著一身傷病，拖著半邊殘疾的身子，閃躲的動作有些力不從心，漸緩了下來。

孫六自然不會錯過這樣的機會，面對鍾大柱的閃躲，他越發凶狠的撲上前，劍影閃爍，把鍾大柱朝著牆根逼去。

感受到越發凌厲的劍氣，鍾大柱皺著眉，猛地抬起頭來。

他微微側身躲過朝著肩頭刺來的劍，目光一凝，迸發出光亮，不再閃躲，而是迎著那凌厲的破空聲，用他僅有的那條手臂，一掌拍在孫六握劍的手腕上。

啪！

掌心拍打在皮肉上的脆響聲迴盪在小巷中。孫六的手腕在那一瞬間，扭曲成一個極其詭異的不正常弧度。

孫六還沒反應過來，手腕上便炸裂開一陣刺痛，疼得他幾乎拿不穩劍柄，只得眼睜睜的看著劍脫手，掉落在地。

手腕上的疼痛沿著筋絡蔓延而上，疼得他倒抽了一口氣，半邊手臂麻木，失去知覺，軟塌塌的垂蕩著。因為疼痛，他不得已微屈著脊背，有些錯愕的看向鍾大柱。

月光清冷的落在鍾大柱的眉骨之上，透過他的鬍鬚和多年酗酒而產生的浮腫，勾勒出臉頰的弧線來。

鍾大柱被盯得不自在，避開孫六的目光，有些無奈的嘆了口氣。

或許是許久未酣暢淋漓的舞劍了，又或許是這疼痛的刺激，孫六那已經過去多年的模糊記憶之中，突然有一個畫面，變得無比清晰。

記憶裡，他也是這般仰望著那個人。

而那個人也是這樣嘆了口氣，唯一不同的是，那個人是帶著笑意的——

那是孫六成為右路軍斥候的第二年，赤北軍驍勇善戰，私下的切磋也不少，鍾遠山和紀川澤更是帶頭，只要沒事就找人切磋。

那時的孫六年紀小，卻格外靈活，在赤北軍裡是出了名的難纏。

這自然就被鍾遠山和紀川澤盯上了。

和孫六交手的是紀川澤，這位年紀輕輕卻蓄了一臉鬍子的副將擅長用的武器是長棍，卻還是借了鍾遠山的劍，和孫六切磋了一場。

孫六已經不記得具體細節了，只記得他們兩人都打得酣暢淋漓，頗有些殺紅眼的架勢。劍影交織，雙方都帶上了殺氣。

即使是最擅長的武器，但孫六也越來越難招架住紀川澤的攻勢，就在他咬著牙，極其艱難勉強擋下了一劍，被震得胸腔都發麻時，在一眾士兵的驚呼聲中，鍾遠山出手了。

他身形矯健，眼眸閃著皎潔光亮，赤手空拳的便衝了上來。

剛剛的一掌，便和記憶裡一模一樣。

只不過挨下了那一掌的，不是孫六，而是紀川澤。

紀川澤手中的劍掉落在地，眼中的戰意也隨之褪去。

鍾遠山抱著手臂，繃著一張俊朗的臉，有些不悅的沈聲朝紀川澤開口道：「你違紀了。」

「是。」紀川澤應下，朝著鍾遠山一拱手，朗聲道：「不該在切磋中對自家兄弟下狠手，末將知錯，這就去領罰。」

赤北軍內紀律嚴明，即使是將領犯錯也沒特權。

鍾遠山沒再理會紀川澤，只是接過自己的配劍，走到孫六面前。

彼時的孫六還在長個子，他呆呆的仰頭看向這個傳說中戰無不勝的年輕將軍。月光落在將軍的眉骨之上，勾勒出他挺拔俊朗的五官。

他嘆了口氣，問道：「沒事吧——」

見孫六目光呆愣，鍾大柱擰著眉頭問：「沒事吧？」

眼前的畫面和記憶裡漸漸重疊，在這一瞬間，孫六甚至感覺不到手腕的疼痛了。因為激動，渾身發麻，連呼吸都急促了幾分。

他抿著嘴唇，熱意湧上眼眶，喉間一陣發緊；淚意翻湧，兩行熱淚不受控制的淌下來。

中軍帳中沒有鍾大柱，只有鍾遠山……

任誰看見這獨臂落魄的男人，都不會聯想到那個氣宇軒昂，喜歡昂著下巴，永遠挺直脊背，驕傲卻讓人感到親切的將軍。

孫六在吃飯時曾經懷疑過，但中軍帳中，唯一能和鍾大柱的形象挨邊的，其實只有紀川澤。紀川澤雖和鍾遠山一般年紀，在鍾遠山把自己拾飭得整潔俊朗的時候，紀川澤卻留著絡腮鬍，一頓吃六個饅頭，強健的肌肉透過衣裳都能看見弧度。

那一次切磋害得紀川澤挨了頓鞭子。孫六心裡過意不去，便和紀川澤多打了幾次交道，他對紀副將更加熟悉些。

但是也就只有那麼幾次，因為……很快就打仗了。孫六再也沒有見過那個氣宇軒昂的將軍，也沒再見過那個爽朗好戰的副將了。

眼淚滴落在石板路上，孫六屈膝跪下，仰頭看著眼前這個不修邊幅，空盪著半邊衣袖的男人，再也無法從這個雙目無神、略顯浮腫的男人身上，找到一點身形挺拔、意氣風發的模樣了。

孫六只覺得被人掐住了脖子一般，艱難的皺著臉，朝著鍾大柱喊道：「將軍。」

低啞的聲音在空氣中蕩開一絲漣漪，然後逐漸消散在黑夜中。

鍾大柱狠狠的別過頭去，深吸了一口氣，平緩胸腔的劇烈起伏。

他已經很久很久沒有聽見這個稱呼了，他以為自己對一切都感到麻木了，就是再見到故人也不會有觸動。

但是，心裡依舊沈了沈，有一種難以言喻的酸澀隨著血液，在全身蔓延開來。

鍾大柱盯著遠處小食肆的溫暖燈光，輕聲道：「別叫我將軍了……我已經不是將軍了。」

沈默了一會兒，孫六單手捂著臉，脊背彎曲，額頭頂著膝蓋，嗚咽的哭出聲來。他的哭聲克制隱忍，細碎的從手掌間流瀉而出，很快就被風輕輕吹散了。

他們倆，都需要一些時間來面對這場重逢，來面對重逢帶來的，不可避免的沈重回憶。

鍾大柱極有耐心的站在原地，看著面前的孫六脊背微顫，哭得像個稚童一般，彷彿還是那個剛剛成為斥候的小少年。

他們在彼此身上，懷念著過去。

過了良久，孫六才抬起頭來，哽咽著問道：「將……大人，那鍾姑娘她……」

孫六不敢提將軍的妻女，因為那天，他就站在城樓下，看著敵軍殺害了稚童和婦人。

他年紀小，在之後的廝殺裡被兄長們護在身下，只是昏迷，沒有受什麼大傷，之後也是被百姓從樊城救起的。

是他在一眾屍體裡，把鍾將軍的妻女認出來的。

也是他，親手將那個潑辣愛笑的夫人和聰慧嬌軟的小姑娘埋葬在一起的。

他比誰都清楚鍾將軍的妻女不可能存活於世。

聽著鍾菱一聲聲「爹」，喊得親切自然，他便完全沒有往鍾大柱身上想，也沒有多去打量鍾大柱的長相，不然也不會莽撞的提著劍就來堵人了。

「她啊……」提起鍾菱，鍾大柱面上的線條鬆動了一些，略有些懷念的開口道：「她其實是川澤的女兒。」

鍾菱在後廚門口朝著韓師傅揮手。「您快回去吧，別讓韓姨等久了。」

宋昭昭打了個哈欠，剛準備去推院門，卻發現門口的鎖，分毫未動的掛在那裡。

「嗯？」她突然警覺，扭頭扯了扯鍾菱的衣袖。「鍾叔沒有回來？」

鍾菱聞言拽了一下門上的鎖，有些疑惑，卻還是掏出鑰匙。「可能是有事吧。」

宋昭昭站在門口，目光一個勁兒的往小巷兩端看去。

鍾菱微蹙著眉，看著鍾大柱房間漆黑一片的窗口，堆積了一晚上的不安此時瘋狂叫囂了起來。鍾大柱能有什麼事？這話說出口，她自己都不信。

他在赤北村時就不和人往來，來城裡之後除了去屠戶那裡，就是坐著馬車去了醫館，此外再無社交。

鍾菱輕輕推了推宋昭昭的肩膀，是在安慰宋昭昭，也是在安慰自己。「他說不定是去找孫叔喝酒了呢。」

清水街盡頭有一家不起眼的小酒肆。

酒肆老闆是個頭髮半白的大爺，尋常酒客都到另一頭的酒樓瓦舍，一邊喝酒、一邊看戲去了，因此大爺只賣酒，雖在店外擺了酒桌，卻很少有人真的坐下。

但是今日夜裡，來了兩個人高馬大的男人。

這畫面多少有些駭人，這兩個人往門口一站，把不大的店門口擋得嚴嚴實實。

大爺就是不想做這生意，也不敢開口拒絕，只得給他們抱了兩罈酒出來，便忙著關門。

靠著街道這一頭的店鋪，都不是做夜裡生意的。鋪子接連熄滅了光亮，四下寂靜，偶有行人踏著夜色，腳步匆匆，沒有人留意街邊喝酒的兩個人。

孫六端起酒碗，有些感慨道：「我從未想過，居然有一天還能和將軍您一起喝酒。」

鍾大柱輕笑了一聲，也端起酒碗，朝著孫六的方向遞了遞。「我也從來沒有想過。」

這大爺的酒是祖傳的方子，出了名的醇厚香烈，幾口酒下肚，從舌尖到胃裡，暖得發燙。

那些塵封了十年的往事，在烈酒的侵蝕之下，悄然裂開一絲縫隙。

鍾大柱知道孫六好奇鍾菱的事情，他放下酒碗，慢慢說道：「小菱……她身上戴著一個玉章，是川澤從我這兒要的好料子，他自己刻的，從那小姑娘出生起就掛在她身上。」

孫六端起酒罈子給鍾大柱倒酒，安靜的聽他說著。

「那天我們都殺紅了眼，尤其是我，滿腦子只想著不能讓弟兄們和家眷白死，一定要攻下樊城。」

看著鍾大柱空盪盪的衣袖，孫六雙目微紅，喃喃了一聲「將軍」。

那夜的鍾大柱衝在最前方，斬下敵軍頭顱，而後又被數十人圍攻。他只依稀記得紀川澤殺得雙目通紅，要衝上前救他，之後便身中數刀，失去了意識。

鍾大柱是沿著河流漂著，被赤北村的村民們救下的。

因為在水中泡了太久，只剩一口氣，那條近乎被斬斷的手臂，斷面泡得發白，沒能保下來。

「若不是我過於相信朝廷，沒有留意後方，也不至於會這樣。我本不該活著，可能是老天要我帶著痛苦、悔恨和思念，給那些因為我的大意而死去的弟兄們和家眷們懺悔。」

鍾大柱痛苦的閉上眼睛，他顫抖著手，端起酒碗一飲而盡。

「我原以為，這輩子就這樣了，可能再過上幾年，我就可以去見他們了，直到那一天，有人拿著川澤女兒的玉章，說是給唐家養女找家人。」提及此，鍾大柱的眼中泛起一絲笑意。「那個小姑娘是唐家避難回京時撿到的。總之，見到那塊玉章，我怎麼也要去看一看的。」

「可是我瞧著鍾姑娘，並不像紀副將啊。」

「那是川澤後來吃得壯了，又蓄著絡腮鬍；小菱太瘦，又正是抽高的年紀，看起來是不太像他們夫妻倆。若不是我從小和川澤一起長大，又和她相處這麼久，我也不敢確定。」

孫六擰著眉。「可是唐家……」

唐家是京城數一數二的富商，失去了從前記憶的鍾菱，在堅定的朝著鍾大柱喊出那一聲「爹」開始，鍾大柱就對她提起了十分的警惕和懷疑。

這是紀川澤的女兒沒錯，但是十年的生活環境，足夠將一個人徹底改變。

她有什麼目的，鍾大柱不知道，但是她開口了，就沒有理由把她扔在唐家不管。

她的身上有太多奇怪的地方了，那一手出色的廚藝、稀奇古怪的點子，以及……她毫無保留對鍾大柱的好。

曾經的懷疑，在日漸相處之中，逐漸消散。

在鍾菱喊出那聲「爹」後，此後他們之間雖無血緣關係，卻也彼此認可，成為了父女。

鍾大柱笑著，眼中有淚光閃爍。「川澤的女兒，喊我一聲爹，也沒什麼問題吧。」

他頓了頓，有些感慨道：「我以為我這輩子就這樣了，但是小菱出現之後，好像一切又有些不一樣了。」

孫六早已淚流滿面，他心裡有千言萬語，卻一句也沒說出口，只一個勁兒的喝著酒。

「我本不想和你相認的。」鍾大柱紅著眼眶，輕輕搖著頭。「我已經不是將軍了，是我對不起兄弟們。你們只當我死了，把過去忘了，好好過眼下的日子吧。」

第十九章

這一頓酒，一直喝到天色漸亮。當朦朧的灰藍色取代了一片漆黑，鍾大柱和孫六才腳步踉蹌的往小食肆的後門走去。

這一夜太長太長了，長到好像在彼此相伴之下，重新經歷了一遍過去。

鍾大柱不想吵醒鍾菱和宋昭昭，他推開小食肆的後門，卻猝不及防的和鍾菱撞個正著。

鍾菱的臉上略帶睏意，卻有著難以掩飾的驚喜，她肉眼可見的鬆了口氣。「您回來了！」

很明顯，她就是在這裡等鍾大柱。

「您果然是和孫叔出去了，粥剛煮好呢。」

孫六知道了鍾菱的身分，再看見她時，目光不免有些熾熱。宋昭昭的父親於他而言，是兄弟；但紀川澤又有些不同，他是曾經那個少年孫六崇拜和仰慕的對象。

若不是鍾大柱再三向他強調，鍾菱沒有之前的記憶，並且不能強行讓她回憶過去的事，孫六怕是早就要衝上前，把從前的恩情和感激，遞到鍾菱面前了。

雖然鍾菱不知道為什麼只過了一個晚上，孫六對她的態度突然大變了樣，但是怎麼想都應該和赤北軍有關係。

她把粥和小菜端上桌，忍不住打了個哈欠。

「回去休息吧，我在這裡等屠戶來，之後再和妳孫叔出去一趟。」

鍾菱手中的小碟子差點沒拿穩，她有些難以置信的看向鍾大柱，不敢相信自己聽到了什麼。

可能實在是起得太早精神不濟，她居然聽見鍾大柱說，要出去一趟?!

她帶著滿腦子的疑問，在鍾大柱的堅持之下，還是回房間睡下了。

再醒來時，韓師傅正在後廚備菜，屠戶送來的肉和村裡送來的菜，整整齊齊的擺在一旁。

「韓師傅，您看見我爹了嗎？」

「我來的時候，他剛和那個孫六一起出去了。」

居然真的不在……奇怪，實在是太奇怪了！明明昨晚還是根本不熟的樣子，只是經過一個晚上，就可以一起出門了？

若不是他倆帶著一身酒氣回來，鍾菱真的以為他們昨晚是去打架了。

看來祁珩猜錯了，鍾大柱只是抗拒就醫，並不反感見故友。

鍾菱有些焦躁的在原地踱步，一圈又一圈，晃得韓師傅直皺眉。

他忍不住開口道：「綠豆都已經煮好了，放在這裡晾著呢。」

「哦哦。」鍾菱瞬間回神，轉身去尋綠豆了。

雖然她之前的菜單被韓師傅挑剔的刪掉不少，但鍾菱的糕點，卻讓韓師傅也說不出什麼不好來，門口的小糕餅攤子生意也一直很好，甚至不少人會特地為了糕點而來。

綠豆糕成本不高而且方便，成了小食肆銷量第一的糕點。

另一邊，韓師傅尋了藥壺，將中藥煮上。小食肆現在要喝藥的人不少，幾個爐子一同點上火，苦澀的中藥味一下子就飄散出來。

中藥的味道，有人覺得能夠接受，甚至越聞越香；但也有人是完全覺得聞了就嘴裡泛苦的，宋昭昭就是不喜歡這個味道的人，她捂著鼻子，皺著臉，躲到前面去吃飯了。

見她抱著飯碗逃跑似的腳步，鍾菱幸災樂禍的笑了。反正這中藥也有她一碗，她再怎麼躲，橫豎是要喝的。

宋昭昭剛走了沒一會兒，卻又小跑著回到後廚，小聲道：「鍾姊姊，有人找。」

誰會這麼早來找她？

鍾菱擦了手，朝外走去。

小食肆的門口站著一個身形修長的男人，來往的路人經過時，都忍不住把目光往他身上看去，不為別的，只因他那光潔的腦袋，在陽光之下閃著光亮，格外矚目。

「懷舒師父！」鍾菱兩眼發亮，一路小跑著在他面前站定。「您怎麼來了？快進來坐。」

懷舒微微笑著，朝著鍾菱雙手合十，微微欠身。

「就不坐了，一會兒便回去了。只是近日得了些山貨，想著妳應該會喜歡，便尋去了赤北村，村裡人說妳來城裡開食肆了，正巧我也來買些東西，就給妳送過來了。」

鍾菱本想忙過這陣子，等小食肆步入正軌後，再去趟廟裡探望懷舒，誰知懷舒師父竟然親自找上門來了。

被人牽掛著的感覺教鍾菱心裡一暖。

雖然懷舒說著馬上要回去，但鍾菱還是腳步匆忙的跑了一趟後廚，東抓抓、西撿撿，把背簍裝得滿滿當當的，遞給懷舒。

「妳太客氣了。」懷舒看著背簍最上面的一袋鹽，溫潤的眼中有些無奈。

「小食肆的菜單還沒有研究好，等來日多上幾道素菜，您一定要來啊。」

懷舒笑道：「一定。」

目送著懷舒離開後，鍾菱拽著那個袋子，費勁的往後廚走去。

既然鍾大柱能和孫六相處，那同為赤北軍將士的懷舒，應當也和鍾大柱認識，只可惜鍾大柱今日恰好出門了。

鍾菱將袋子放到案板上，嘆了口氣。

她真的有一種為留守老父親操碎心的感覺。

「這是什麼？」韓師傅見鍾菱拖了一大袋東西進來，有些好奇的詢問。

打開袋子，撲面而來的是一股帶著山林氣息的油香。

「是松子！」

這一袋松子圓潤光潔，個頭飽滿，帶著森林泥土的芳香和一整個秋日陽光的精華，泛著淺淡的油光。

「這可是好東西啊。」韓師傅抓了一把，細細嗅了嗅，讚嘆道：「品相真好！」

松子可是稀罕物，價格高昂，不管是採摘還是剝食，都不容易。這一大袋，也不知道懷舒師父忙活了多久。

鍾菱又提過一次開食肆的事情，看這分量，明顯就不是給她當零嘴的。

鍾菱有些感慨的看著面前的松子。

松子能做點什麼呢……

她靠著門框，腦子裡飛速的翻起菜譜。堅果相關，第一反應就教人想起糕點來。

恰好韓師傅提著兩隻處理好的鵝從後院走進來，他邊走邊扯著嗓子問宋昭昭。「那胭脂鵝脯的牌子掛上了沒有？」

「掛上了！」

鵝？

鍾菱眼前一亮，她忙衝到韓師傅面前。「能分我一點鵝油嗎?!」

離小食肆開門營業還有些時間，已經備好菜的韓師傅抱著手臂，看著鍾菱揉麵。

比起切菜剁肉，鍾菱揉麵時的動作更加舒展自然。她低著頭，神色認真，隨著掌心揉搓的動作，白皙小臂上的肌肉線條若隱若現。

她要做的是松瓤鵝油卷，這道菜，鍾菱最早是在中學的時候，在一本書裡看到的。

這是劉姥姥進大觀園時，桌上的一道菜。即使過了這麼久，她還清楚記得，賈母那時只是咬了一口，便遞給一旁的丫鬟。

鍾菱看書的注意點，從小就和別人不一樣，人家在關注大家族興衰的時候，她的注意力全在那些小姐、夫人們的餐桌上。

如今成為廚子，或許也是冥冥之中的注定。

這松瓤鵝油卷的靈魂便是這一碗鵝油，將鵝油刷在擀好的麵皮上，再把松子仁揉成的餡料捲進其中，表面嵌進幾顆完整的松子仁，便可送入蒸鍋。

鍾菱將鍋蓋蓋上後，方才鬆了口氣。她一轉頭，被站在身後的韓師傅嚇了一跳。

「妳其實更適合白案。」

烹飪中，有紅白案之分。簡單來說，紅案師傅烹燒雞鴨魚肉，白案師傅製作麵點糕團。

鍾菱這種野路子出身的，也稱不上什麼師傅了，按照後世的說法，她這是半路出家的「非科班生」。

韓師傅嘆氣道：「瞧著妳剁排骨時的猙獰樣子，不如揉麵團時的輕鬆自如。只可惜我師傅的那手白案功夫，全在我師妹身上了，不然還能教教妳。」

作為小食肆掌櫃的鍾菱，並沒有想著要學什麼，她的第一反應是：「那您師妹在哪兒高就啊？」

照韓師傅的說法，他師妹的白案功夫應該是非常出色的，若是能挖到小食肆來就好了，剛好隔壁賣布料的劉姊想要回鄉了，就把隔壁買下來，再把二樓收拾出來，豈不就把小食肆做大做強的目標一次到位了？

瞧著她眼珠子轉得飛快的模樣，韓師傅便知道她在想什麼了。「別想了，我師妹早幾年就嫁人了，已經不做糕點了。」

鍾菱嘆氣，師從御廚後人，就這樣不做糕點，回歸家庭，實在有些可惜。

只是觀念這東西才是最難改變的，現今她能開小食肆，宮中有女官在職，若是一直這樣下去，說不定以後會有更多的女性擁有自己的事業。

鍾菱真的很想和專業的白案師傅聊一聊，她最近把後院的爐子研究得很透澈了，便有些稀奇古怪的想法冒了頭。

比方說威靈頓牛排，用酥皮覆蓋肉類進行烹飪。雖說本朝禁食牛，卻有很多其他的肉可以用來一試。

她沒問過韓師傅，與其和他爭辯，不如悄悄的把菜端上桌，用這一手真正的創新菜驚豔他。

松瓤鵝油卷很快就出鍋了。

蒸氣升騰，麵點雪白玲瓏，上頭綴著幾顆松子，精巧美觀。鵝油的香氣混著高溫下松子的沁香，淺淡卻令人回味。

「這應該是成功了吧。」鍾菱轉頭去拿筷子，她才走到一半，就聽見宋昭昭似乎在和人爭辯著什麼。

這個點，除了自己闖進來找碴的，就都是些熟客了。

鍾菱探頭一看，果然都是些熟人。

許久不見的祝子琛和汪琮勾肩搭背，正在那塊掛著菜名的毛毯前，低頭和宋昭昭說著什麼；蘇錦繡提著一大包東西，興致勃勃的旁觀。

「這是怎麼了？」鍾菱暫且顧不上她的松瓤鵝油卷了，她捏著筷子，走到毛毯前。

只見宋昭昭手裡捏著牌子，有些不服氣的在和汪琮瞪眼。

「昭昭給我們推薦新菜，可名字對不上啊。」祝子琛指了指毛毯上寫著「油筍香鴨」的小竹牌，又示意比劃了宋昭昭手裡握著的「胭脂鵝脯」。

宋昭昭擺牌子，平時是鍾菱提前一天拿出來，她只管往上掛就是了。在小食肆裡忙來忙去，鍾菱還真忘了宋昭昭不認識字這件事。

鍾菱忙環住宋昭昭的肩膀，連聲道歉。「對不起昭昭，是我拿錯了牌子。」

剛剛還氣鼓鼓的宋昭昭一下子洩了氣，她眨著眼睛看著鍾菱，滿臉寫著「既然是妳，那我只能原諒了」。

這極快的變臉速度惹得汪琮直跳腳。

既然都是熟客，鍾菱便將那盤松瓤鵝油卷端了出來，讓大家一同品嚐。

這是鍾菱頭一次用鵝油做糕點，此時一入口，才察覺到妙處來。

鵝油的香氣濃醇馥郁，與自帶油脂香的松子搭配得極好，那一股沁香幾乎是瞬間就在口腔裡蔓延開，彷彿置身於秋日的森林之中，任由陽光灑落，被略帶著濕氣的草木香氣輕輕包圍。

一時間，所有人都在品味著香氣，沒有人說話。

汪琮陶醉的捧著臉頰，感嘆道：「真好吃啊！」

「這糕點今日販售嗎？我得給祁大人帶一份回去。」

自從祁珩的身分被鍾菱知曉後，他也就沒有瞞著自己和祝子琛的關係。祝子琛經常過來幫祁珩跑腿，給他案牘勞形的上司帶些消夜回去。

「有在今日的菜單上，不過就算不在，祁少爺想要吃，也得給他做啊。」

祁珩畢竟是小食肆的股東，這鋪子還是他買的，他想要吃什麼，鍾菱自然不會拒絕。

但是其他人顯然是會錯了意，尤其是蘇錦繡，在一瞬的驚訝後，她的眼神變得耐人尋味起來。

汪琮是個心裡藏不住事的人，他詫異的捂著嘴。「妳和那位祁大人……私下還有這層關係？」

私下裡確實是有些關係的。但是祁珩身居高位，教人知道他投資小食肆，好像不太合適，於是鍾菱只是點了點頭。

她這一點頭，祝子琛也是臉色一變，他想要問個明白，話卻卡在喉嚨，不知道要怎麼問出口。

恰好店裡來了客人，鍾菱也沒把祝子琛的變臉放在心上，轉頭招呼客人去了。

這三個熟客迅速的自行找了位置坐下。汪琮扯住祝子琛的衣裳，壓低了聲音問道：「鍾姑娘和祁大人……」

「我不知道。」

「你少騙我，你日日在祁大人手下做事，你能不知道?!」

祝子琛有苦說不出，他也覺得很奇怪，祁珩不是在翰林院就是在宮裡，整天從早到晚都在忙公務，是哪來的時間和鍾姑娘發展出不一般的關係呢？

蘇錦繡抿了口茶水，往前探了探，神神秘秘的道：「我倒是聽說了，祁大人府上的馬車，好幾次停在小食肆的門口。那招牌，你們之前不也說過？柳大人的字，可不好討要，可若是祁大人出馬，就不一樣了。」

他們這個圈子，誰不知祁國老和柳恩交好。

汪琮的表情一下子繃不住了。

三人彼此對視，誰也沒開口，可誰都知道自己好像知道了一件不得了的事情。

尤其是祝子琛，他臉上的表情有些不受控制的扭曲了起來。

我那每日與公務相伴的上司居然背著所有人談情說愛！

「你們聊什麼呢？怎麼鬼鬼祟祟的。」

鍾菱擦著手走過來，她特意轉頭確定周圍沒人才坐下。「我有件事想問你們。」

許是剛發現了一件大事，三人都有些敏感，沒有貿然開口，而是先交換了目光，等鍾菱先說話。

「我想送昭昭去讀書。」

「啊？」

對這三個人的反應，鍾菱有些莫名其妙。「送她去讀書，有什麼問題嗎？京城裡應該還是有幾家招收女子的學堂吧？」

汪琮忙擺手。「沒問題，沒問題，我回頭去問下我妹妹在讀的學堂。」

「倒也不急，只是想問問，還得等昭昭同意才行。」

鍾菱是剛剛才突然意識到，這個時代不是人人都識字的。而宋昭昭從小的經歷，根本沒有機會去認識字。

鍾菱自己是一路考試、做題，走到大城市裡的，她的觀念，多少有被「萬般皆下品，唯有讀書高」影響。不管怎麼說，起碼得給宋昭昭一個學習的機會。

再三謝過之後，鍾菱帶著滿腦子的「宋昭昭讀書計劃」，去後廚忙活了。

留下祝子琛、汪琮和蘇錦繡三人面面相覷。

祝子琛提著松瓤鵝油卷回到了翰林院。

不出意料的，祁珩還在看公文，他微蹙著眉，看都沒看推門進來的祝子琛一眼。

「大人，這是鍾姑娘新做的松瓤鵝油卷。」

祁珩這才抬起頭，看見那玲瓏雪白的麵點時，眉眼舒展了幾分，連嘴角都帶上了一絲笑意。

他的表情變化被祝子琛看在眼裡，祝子琛嚥了口口水，大著膽子道：「下官斗膽問一句，大人您覺得，鍾姑娘如何？」

「如何？」祁珩瞇了瞇眼睛，輕笑一聲。「她是極好的一個姑娘。」獨立、能幹、明事理還孝順，這自然是京城裡數一數二的好姑娘了。

祝子琛瞳孔一縮，愣在原地半天沒回過神。

祁珩察覺到了一絲不對勁，他放下手中的筆，正色道：「你莫不是對人家姑娘起了什麼心思？她很特殊，我勸你收起那些心思。」

鍾菱身分實在特別，祝子琛怕是入不了鍾大柱的眼。

祁珩好心相勸，可祝子琛卻完全會錯了意，他忙拱手告罪，逃也似的離開了。

看著他落荒而逃的背影，祁珩只覺得莫名其妙。這小子，今日是抽什麼風？

第二十章

京城的秋日轉瞬即逝，和桂花的花期同步。清晨的空氣中沒了香氣，迎面的風也冷冽許多。

鍾菱推開門的瞬間，便被氤氳晨光中的寒冷水氣凍得一哆嗦，回頭又添了一件立領短襖。

小食肆上下所有人的衣服都是在錦繡坊做的，雖然錦繡坊主打的是京城高級路線，但是耐不住繡坊繡娘們實在是喜歡來小食肆吃飯，而小食肆眾人只要求耐穿暖和、沒有紋飾的冬衣，錦繡坊的繡娘們便抽空隨手裁出來了。

這短襖雖然樣式簡單，但真的暖和。鍾菱又去了宋昭昭房間，提醒她加衣裳。

讓宋昭昭去唸書的事情，鍾大柱和韓師傅都極力支持；但是宋昭昭自己卻不願意。她的排斥抗拒，鍾菱也能理解。畢竟才從那不幹人事的叔父家逃出來，眼瞧著才開朗了些，就又要推她到一個全新的環境去，她自然會覺得難以接受。

所以，鍾菱打算再等等，等到過完年，開了春闈之後，再詢問一次宋昭昭的意願。

鍾菱揣著手，縮著脖子走到小食肆後院的時候，鍾大柱和韓師傅正在處理屠戶送來的肉。

「妳要的石斑魚，兩條，在那裡了。」見她進來，韓師傅指了指一旁的竹筐，忍不住問道：「妳這魚研究得怎麼樣了？」

「還差一點感覺。」鍾菱揉了揉鼻子，或許是冷風吹得有些猛，她覺得腦袋有些昏昏沈沈。

鍾菱這幾日在研究石斑魚，石斑魚少刺且肉嫩鮮美，她不滿足於清蒸，只想著做出點更新奇的吃法。

許是察覺到她的聲音有點悶，鍾大柱抬頭看了過來，沈聲問道：「怎麼了？」

自從那日和孫六一起出了趟門後，鍾大柱就不再喝酒了，而且對於喝藥也不再抗拒了。雖然不曉得他在外面幹什麼，但他真的肉眼可見的精神了許多，不只是身體，更讓人覺得煥然一新的是他的精神狀態。

韓師傅聞言也放下手中的菜，走了過來，臉上滿是擔憂和關切。

最後是韓師傅把妻子叫來，探了探鍾菱的額頭，方才下了定論。

「沒燒，估計是受寒了吧，最近溫度降得厲害。」

大清早的陽光微薄淺淡，並不能驅散寒意。

韓師傅擺擺手，不容分說道：「妳先別研究妳那菜了，叫昭昭給我打下手，妳到門口曬太陽去。」

「不是……」鍾菱被裹在石青色的披風中，企圖掙扎。「我沒事！」

「今日天寒，大家都愛點熱呼的湯水，我現在就把羊湯燉上，一會兒讓昭昭把南瓜削了，金湯也煮上，方便得很；實在不行妳就去把妳的那幾個菜撤下來，我不做就是了。」

小食肆的掌櫃在後廚已經沒有什麼話語權了。

鍾菱最後的妥協是留在後廚烤些棗花酥，端到門口去賣。

棗泥是一早就磨好的，捏成墨塊大小，包覆住雪白的酥皮再用紅麴粉點上五瓣梅花的圖案。

棗泥酥新出爐時，帶著濃郁撲鼻的棗泥甜香味，但是微微放涼後，加在棗泥裡的山楂醬，增加了一絲纖維的口感，甜酸的味道格外突出明顯，甜而不膩，極具層次感。

鍾菱一開始還興致勃勃的仿照著她曾經吃過的棗花酥，做了些多瓣花朵形狀的，後來被鍾大柱發現她磨磨蹭蹭的做小花，直接強制讓宋昭昭上崗，接手棗花酥生產線。

被韓師傅塞了一大碗薑湯的鍾菱被迫裹著厚厚的披風，坐在門口。

看著眼前各色衣裳的行人，溝渠中的水流不知疲倦的汩汩流動。隨著日頭攀升，那陽光終於帶了些溫度，曬得人暖洋洋的。

鍾菱剛喝完薑湯，只覺得胃裡像是生起了一個小火爐，整個人暖得像是要融化了一般。睏意就此萌生。

她半瞇著眼睛，突然就想起開這小食肆的初衷。

過上好日子和給鍾大柱看病，悄然之間好像都已經完成了，那是不是……應該要追求一點新的目標了。

只是還沒等她腦子裡冒出什麼新想法，她已經蓋著溫暖的陽光，睡了過去。

來小食肆門口買糕點的人，大多是熟客。桌上的小竹板寫了價格，除去展示的幾個棗花糕，其他都已經裝在油紙袋裡了。

根本不需打擾睡著的年輕小掌櫃，只需把銅錢放在桌上的竹盒裡，便可實現自助購物。

也虧得京城內治安極好，才能讓眼前這一幕發生。

一輛從翰林院駛出的低調馬車，在清水街上行駛。

馬車上的青年閉目端坐著，而他身邊的祝子琛顯然沒有這樣的穩重，他轉頭看向窗外，卻在瞥見街邊抱著手睡覺的少女時，驚呼一聲。

「鍾姑娘？」

閉目養神的祁珩聞言睜眼，扭頭看向窗外，幾乎是瞬間就抬手叩了叩車窗，示意駕車的侍衛停車。

小食肆的店鋪前擺了一盆翠綠的香松，在陽光下泛著冷光。這是汪琮送的，說是祝小食肆綠樹長青。

香松旁擺了一把椅子，鍾菱倚著椅背，低著頭，整張臉都縮在披風裡。

晴朗的陽光照得她的臉龐白嫩又透亮，許是這些日子吃得多些了，又日日幹活，她已經沒有了大戶人家小姐那種脆弱的纖細感。

臉頰飽滿泛著紅潤光澤，還有一些少女的稚嫩，嘴唇呈現健康的淺紅色，陽光在她微翹的睫毛尾端，折射出淺淺光亮。

她一點也不像是在人來人往的街邊睡覺，更像是在鋪滿青苔，高木聳立的森林中小歇。時光在路過她身邊時，放慢了腳步，綿長又安靜。

眼前的畫面讓祁珩在一瞬間那些紛亂的心緒都平緩了，他的眼裡泛起笑意，抬腿朝著鍾菱走去。

祝子琛愣在原地，有些不知所措，他不知道應該跟上去，還是停在原地不去打擾他們。

祁珩走到鍾菱身邊，彎下腰來，指尖搭在她的肩上輕輕晃了晃。「鍾菱？」

「嗯？」

鍾菱費勁的抬起眼皮，矇矓的從那一條縫裡，判斷出眼前的人是誰。

她許久未坐著睡著了，也很久沒有這樣睡得暖和，有些恍惚得好像回到大學課堂上，被鄰座的室友輕輕喊了起來。

知道她尚未清醒，祁珩放輕了聲音。「妳怎麼在外面睡？小心著涼了。」

他的聲音低低的，撓得鍾菱的耳朵有些發癢。她閉著眼睛，用肩膀蹭了蹭耳朵，明明縮成一團，卻還是拱著脊背伸展了一下身子，含糊道：「我曬得很熱。」

說罷，像是要求證似的，她將手從披風裡抽出來，伸著蔥白手指就朝著祁珩伸過去。

祁珩根本來不及閃躲。

兩隻手，猝不及防的碰在一起。

確實如她所說的那樣，她的手很熱。

即使祁珩一直保持著熱血青年該有的健康溫度，也依舊被灼了一下。那灼熱彷彿順著血液，燙得他心臟跳空了一拍。

鍾菱打了個哈欠，收回手，一邊揉揉眼睛，一邊強調道：「真的很熱。」

祁珩沒有說話，他有些聽不清鍾菱在說什麼了，耳裡盡是心臟亂了節奏的怦怦跳動聲。

從半夢半醒中掙扎出來需要一點時間，鍾菱一邊活動著脖子，還抽空接待了兩個來買棗花酥的食客。

食客的目光一直往一旁身材頎長，容貌和氣質都出眾的祁珩身上瞥去。

鍾菱收完錢，才轉頭問道：「你怎麼來了？」

「我去青月樓。」

青月樓，就是清水街另一頭的一眾勾欄瓦舍中最出名的一間茶樓。雖說是茶樓，賣些尋常糕點、茶水，實際上的重頭戲是歌舞表演。

鍾菱都是聽蘇錦繡說的，歌舞表演是純粹字面上的意思，尋了漂亮姑娘，拂琴吹簫，再穿上層層輕薄的長裙，跳些漂亮的舞，賞心悅目。而且出入的都是些上層人士，那些富商貴人都愛在青月樓的包廂裡談生意。

說到這裡，鍾菱還有什麼不明白的。

只是，祁珩這般忙得連吃飯都沒時間的人，也會去聽曲看戲嗎？

鍾菱咂了一下嘴，總覺得有些怪怪的，但是她什麼都沒說，只是問道：「你要嚐嚐我的棗花酥嗎？」

有公務在身，祁珩並沒有在小食肆門口停留太久。

祝子琛站在馬車旁，看祁珩拿著食盒和鍾菱告別後，走了過來。他面色如常，只是耳尖殘留著一抹不易察覺的緋紅。

自早上睡了一覺後，鍾菱清醒了許多。中午又吃了韓師傅特別煮的薑母鴨，渾身筋脈都被打通了似的，暖洋洋的。

也是清醒了之後，她才突然意識到，今天的棗花酥剩得有點多啊。

她取了帳本，細細的查閱了前幾日的營收後，得出一個結論——從七日前，小食肆的糕餅生意就開始走下坡，而且每天都在降低，今天甚至還剩下了三分之一的棗花酥賣不出去。

這到底是為什麼？

鍾菱百思不得其解的拿起一個花形的棗花酥，小口咬著。

「花！花花！」

路上突然衝出一個老婦人，她略有些佝僂，衣衫雖舊，卻乾淨整潔。她歪著嘴笑，雙目清澈的像一個稚童一般，直直的盯著鍾菱手裡的棗花酥。

「抱歉抱歉，內人無意冒犯。」一個跛腿的老漢忙道歉，伸手要攔那個老婦人。

只是他行動不便，等他一瘸一拐追過來時，鍾菱已經把花瓣形狀的棗花酥遞到那老婦人手上了。

看著滿臉幸福嚼著棗花酥的老婦人，老漢一臉挫敗，重重嘆了口氣，低頭就開始掏錢。

「真是對不住啊小娘子，這糕餅多少錢啊？」

鍾菱笑著擺手。「不用了，我本來就要收攤了，平日裡賣不完的也都是分給周圍的鄰里們。」

那老漢過意不去，硬是要掏錢，買了兩塊回去。

他一瘸一拐的，緊緊牽著老婦人的手，邊走邊絮絮叨叨的溫聲說她。他們朝著夕陽走去，腳步雖慢，卻十分穩當。

鍾菱的目光隨著他們的背影，一直到消失在人流裡。

不知為何，看著這般美好的畫面，她突然就想起祁珩來。

可惡！

為什麼祁珩沒時間來小食肆吃飯，卻有時間去青月樓聽曲?!

第二天一早，鍾菱開門的時候，發現門口的石板上，放著一枝帶著露水的菊花。不是什麼名貴的品種，是在鄉野路邊都能看見的那種，最常見的黃色花瓣菊花。

鍾菱彎腰將花拿起，那股略有些清冷的草木香味撲面而來，很普通，卻又充滿生命力，教人能從那嫩黃之中，窺見無限的生機。

鍾菱用力的嗅了一口，止不住的揚起嘴角。

「哪來的花啊？」

宋昭昭捏著布巾出來洗，正好看見鍾菱從擺在桌上的裝飾陶器裡選中一個細口的瓶子，正要將花插進去。

「食客送的。」

鍾菱特意囑咐了宋昭昭，把那對夫妻的樣子說給她聽，下次要是他們來的時候，一定要當面道謝。

她今日狀態好多了，便又鑽到後廚裡處理魚了。

別的不說，這段時間的練習下來，鍾菱的魚是剖得又快又好。她取下自己要的那一部分後，將魚頭、魚尾送到韓師傅手邊，然後就端著盤子，跑去後院的爐子前鼓搗了。

韓師傅燉排骨的手停頓了一下，忍不住探頭，朝著院子看了一眼。

為什麼魚要放在爐子裡烤？

為了防止魚肉和糕餅的味道混雜，鍾菱還特意請師傅來重新砌了個小些的爐子。她蹲在爐子前不錯眼的盯著，期間韓姨還給她端來了一碗熱騰騰的羊肉湯。

鍾菱自己是不愛吃羊肉的，她味覺比常人更敏感些，羊肉的羶味對她來說太重了些。

但韓師傅煮的羊肉湯，她能喝下一大碗。

淺淺奶白色的湯中只有兩塊羊肉，和浮在上頭顏色鮮豔的大紅棗。看似清淡，入口卻十分濃郁，生薑和紅棗的味道中和了羶味，殘留的那一絲羊肉味，有幾分野性在其中，讓這道湯的滋味更加獨一無二。

滾燙的湯一路暖到胃裡，閉上眼睛，便彷彿置身於一望無際的遼闊草原之中。

耳邊吹來的風帶著草木的香氣，赤紅矯健的馬兒鬃毛飛揚在藍天之下，遠處的羊群柔軟雪白，像是天邊掉下來的雲朵。

直教人恨不得縱馬揚鞭，也痛痛快快的跑上幾圈。

鍾菱長舒了一口氣，她忙扭頭朝著廚房裡喊道：「韓師傅，您先別喝羊肉湯啊！我的魚就要好了！」

白瓷盤子很快就端到桌子上，一塊飽滿的魚肉躺在盤子中央，魚肉飽滿新鮮，賣相看起來卻有點普通。

韓師傅半信半疑的伸出筷子挾魚。

上層的魚皮帶著韌勁，魚肉飽滿彈牙，也不知鍾菱是怎麼處理的，沒有一絲腥味不說，魚肉的汁水充盈，彷彿有新鮮的海水撲面而來，幾乎可以想像出這條魚還在海中時，是如何身形矯健的擺動著魚鰭的。

「這是用爐子烤出來的?!」

若不是後院裡只有爐子，沒有灶臺，韓師傅真的要懷疑這道菜是怎麼做出來的了。

清蒸最能保留住食物原本的味道，這其實很考驗廚師的手法。而對鍾菱這種沒什麼基本功，非常依賴調味的廚子來說，只用簡單的鹽調味，豈不是讓她自廢雙手？

她到底是怎麼做到的？

韓師傅這幾日沒少處理魚頭、魚尾，清蒸、紅燒、打成丸子，挨個兒都做了一遍。如果只是簡單的清蒸，絕對不會有這樣的鮮美。

再細品下去，甚至又發現那魚的鮮味更加厚重些。

「是用爐子烤出來的。」

鍾菱只用筷子挾了一小塊魚肉，送進嘴裡嚐了味道。她這幾日自己一個人埋頭試菜，早就吃得不想再吃了。

不過今日這酥皮魚的薄厚還算不錯，鹹味適中，魚肉汁水也充盈，算是這幾日下來，烤出最好的一盤魚了。

「我還沒想好要調什麼醬汁……」鍾菱抱著手，剛想和韓師傅商量一下，是用蒜蓉醬還是調一個酸甜口味的。

她隱約聽見宋昭昭在喊她，韓師傅正冥思苦想的一口口品著魚肉，鍾菱索性就先去前面看看是什麼情況。

店裡剛開門，客人還不多。宋昭昭和蘇錦繡站在櫃檯前，湊在一起不知看什麼東西。見她出來，宋昭昭雙眼發亮。「錦繡姊把衣服送來了。」

蘇錦繡早就說要裁一套漂亮的衣裳送給鍾菱和宋昭昭。需要裁繡樣式的衣衫不比平日裡幹活的普通衣裳，花了不少時間，眼瞅著都要入冬了才做好。

兩人這般相熟，鍾菱也沒多說什麼謝，只是拉著蘇錦繡坐下，要招待她一頓。

蘇錦繡一坐下，便壓低聲音問道：「妳之前叫我把消息透給唐府，是要幹什麼？」

梁神醫回京的消息，似乎沒有宣揚出去，鍾菱思來想去，還是拜託蘇錦繡去唐府談生意的時候，把這個消息遞給了唐之玉。

前世鍾菱拒絕鍾大柱的認親後沒多久，一直對鍾菱視如己出的唐老爺子，在那個冬日身子一下就垮了。如果可以，鍾菱想要報答唐老爺子將她從路邊撿回去養大的恩情。

反正梁神醫的脾氣大家都知道，唐家就算知道梁神醫在京城，也不敢隨意洩漏消息出去的，只會暗地裡去聯繫。

唐之玉和唐家的嫡子，鍾菱完全不想去管，只是不知道唐老爺子若還活著的話，能不能阻止他們站到陳王那邊。

她前世可沒有聽說過什麼「削藩」，想來陳王的跋扈早就被年輕皇帝看在眼裡，在暗中布局了。

鍾菱給蘇錦繡解釋了兩句，只說是唐老爺子病了，她如今的身分不好自己出面。

「對了，我有一件事想問妳來著。」鍾菱更在意的是連日下跌的糕點銷量。「妳可聽說，京城裡有新開什麼糕點鋪子嗎？」

「沒有啊。」

蘇錦繡有些不解鍾菱為什麼要這樣問，但是她依舊興致勃勃的道：「小食肆的糕餅已經是我吃過數一數二的了，昨日小蘇還買桃花酥分給我吃了，妳這手藝進步可真大……」

「等等！」鍾菱打斷了蘇錦繡，她面上表情複雜又詫異，脫口而出道：「可是我昨日只做了棗花酥啊。」

聞言蘇錦繡瞪大眼睛，忙解釋道：「不是嗎？啊，我不是有意吃別人家的糕點的。」

鍾菱失笑，忙寬慰她。「不是說妳和我關係好，就不可以吃別人家的東西啊，我可不敢這樣要求食客。只是今日糕餅賣不出去，我總要知道為什麼。」

現在鍾菱已經有一點眉目了，錦繡坊的繡娘們素來都喜歡小食肆的糕點，她們突然跑去買別家的糕點，那肯定是在口味上超過了小食肆的糕點。

這突然讓鍾菱心生了好奇。

小食肆的糕餅生意自開業以來一直很好，如今小食肆都賣不出糕點了，也不知道別家情況如何。

鍾菱來京城這麼久，卻沒怎麼出去，等陪著蘇錦繡吃完飯後，她必須得去街上考察一下。

鍾菱去後廚給蘇錦繡端來一碗羊肉湯，待她小心翼翼端著碗出來時，就看見汪琮站在蘇錦繡旁邊桌，對著一位保養得極好的婦人說話。

是個有點眼熟的客人，鍾菱有些印象，那位夫人總是自己一個人來的。

走近了，就聽見汪琮撒嬌似的對那夫人埋怨道：「娘！您怎麼自己一個人出來吃飯都不叫上我啊？」

那婦人翻了個白眼，完全不吃這一套。「我還想問你，國子監明明有飯吃，你怎麼跑出來了？」

「哎，那不是不好吃嗎！」汪琮往汪夫人身邊一坐，招呼著路過的鍾菱。「鍾姑娘快幫我加兩個菜。」

鍾菱連聲應下，和汪夫人打了個招呼後，也給他們一人上了一碗羊肉湯。

旁邊桌的蘇錦繡托著臉樂呵呵的看汪琮挨罵，鍾菱忙完這一陣，又坐了回去，和蘇錦繡聊起來。

而汪琮和汪夫人這桌，就沒有那麼熱鬧融洽了。

汪琮喝了幾口羊肉湯，就有些心不在焉，目光一個勁兒的往隔壁桌飄去。

女孩們細軟的聲音隱約的傳到他耳邊，根本聽不清在說什麼，撓得汪琮心裡癢癢；要知道他平日裡就坐在她們旁邊，積極參與聊天的。

汪夫人翻了個白眼，一筷子敲在汪琮手上。「你若是不願跟我吃飯，可以走。」

「娘！」汪琮撇著嘴，捂住被敲出一條紅痕的手背。

「怎麼……還是說你看上那姑娘了？」

這話可不能亂說，畢竟汪琮自認為已經撞破了鍾菱和祁珩的關係，他可萬萬不敢對鍾菱有什麼心思。

「給你倆和姑娘們坐在一塊兒的機會。」汪夫人神秘的朝著汪琮招招手，在他的耳邊輕聲說了些話。

汪琮瞬間兩眼發亮，從椅子上彈了起來，飛快竄到隔壁桌。那速度看得汪夫人直搖頭，暗自感嘆「兒大不中留」。

汪琮一坐下，便學著汪夫人剛才神秘兮兮的樣子，朝著二人招招手。

他壓低了聲音，語調頓挫，滿是興奮。「那桃花酥我昨日剛巧也吃了，味道和賣相是真的好；若不是鍾姑娘妳手藝真的好，怕是不會近幾日才發現有這樣強勁的競品。京城其他糕點鋪子最近生意都不怎麼樣……」

眼看他就要展開長篇大論了，蘇錦繡虛踹了他一腳，輕聲呵道：「說重點，哪兒買的？」

「是青月樓！」

鍾菱下意識的皺眉，怎麼又是青月樓。祁珩昨日也說去青月樓了……他不會真的也是去吃糕點了吧！

得知這青月樓的糕點竟在如此短的時間，便以這樣猛烈的姿態衝擊京城的糕餅行業，鍾菱便有些按捺不住了。

怎麼說也得去嚐嚐是什麼味道啊！

剛好蘇錦繡常去青月樓談生意，她當即拍案，說今晚就要帶鍾菱去青月樓看看。

這話一出，鍾菱生意都不想做了。只是青月樓在夜間才最熱鬧，蘇錦繡便和她約定，等天色漸暗就來接她。

第二十一章

皇宮，崇文院。

玉冠青年依靠著書櫥，低垂著目光，正快速翻閱著一本卷宗。他袍下的襴衫上，繡著一條銀白色的五爪龍，在陽光之下隱約閃著光亮。他玉白的手指在書脊上輕輕敲了敲，目光微微從文字上移開。「東西都準備好了嗎？」

垂手候在一旁，身著葵花胸背團領衫的白淨男子聲音尖細的恭敬開口道：「回稟陛下，已經全部準備妥當了。」

年輕的皇帝應了一聲，朝著他擺擺手，宦官毫無聲息的拱手彎身退下了。

「祁珩啊。」皇帝啪的合上書，朝著正低頭端立在几案前，挽袖書寫的祁珩走去。

「請陛下放心。」祁珩將筆搭在硯臺邊，側身將案前位置讓了出來。「青月樓那邊已經派人盯好了。」

他頓了一下，緩緩抬起眼眸，眉眼之間閃過一絲胸有成竹的傲氣。

「今晚的行動，可以確保萬無一失。」

鍾菱沒能等到天黑，就抱著衣服跑到錦繡坊了。

她來京城之後就沒怎麼出去逛過，此時突然被勾起玩性，便沒了幹活的耐心了。

看著那竄得飛快的背影，韓師傅笑著對鍾大柱道：「瞧她這樣，才有幾分這個年紀的樣子。」

鍾大柱沒說話，只是一直繃緊的嘴角鬆了幾分，點了點頭。

而鍾菱對他們的評價一無所知。

她正在錦繡坊裡，被繡娘們按坐在鏡子前。

這些擅長刺繡的姑娘們，還精於化妝造型。她們分工明確，有人給鍾菱上妝，有人給她梳頭髮，嘰嘰喳喳的，好生熱鬧。

尤其是梳頭髮的幾個人，對於梳什麼樣式，還各有自己的見解。討論了好一會兒，才定下來，將鍾菱漆黑的長髮分股盤擰，交疊在頭頂。再去蘇錦繡的首飾盒裡，借了一支掐絲嵌翡翠的鎏金簪。

只一支簪子，就讓烏黑的髮間頓時熠熠生輝了，樣式簡單，卻更顯得優雅端莊，秀雅大氣。

尤其是妝容也完成之後，這些繡娘們完全掌握了鍾菱五官的優點，保留了她眉眼的那一絲銳利和英氣，卻又用眼妝突出圓潤雙眼的靈氣，微微上挑的眼尾綴著珠光，倒是讓她看起來貴氣成熟許多。

更能融入青月樓這樣，紙醉金迷的場所。

鍾菱睜開眼後，有些難以置信的盯著鏡中的自己。小心翼翼的轉著臉頰，從各個角度都欣賞了一輪。

錦繡坊的繡娘們，最愛看的就是穿上新衣後，客人們陶醉欣賞的笑容。鍾菱的反應讓她們心情大好，便連聲稱讚起來。

「好了吧，我們走。」

蘇錦繡隨手扯過一件湖藍色的斗篷，遞到鍾菱手裡，叮囑道：「妳別凍著了，不然我可無法交代。」

鍾菱乖巧的接過，把自己裹得嚴嚴實實，擺手和繡娘們道別。

蘇錦繡今日依舊一如既往的妝容豔麗，明豔得在這初冬的夜裡像是一團燃燒的火焰一般，滾燙灼人。

「青月樓裡達官貴人不少，到時候妳可不要亂走啊。」

清水街離青月樓很近，蘇錦繡不過囑咐幾句的工夫，馬車便停了下來。門口的小廝很快迎上來，將她們二人往青月樓中引。

鍾菱在進門前仰頭看了一眼青月樓的全貌，層樓巍峨，燈火璀璨，飛簷高聳，彷彿要飛入夜色之中。門口車馬不斷，細軟的談笑和絲竹管樂聲從雕花的窗縫間洩出一二，在雕砌的玉欄間盤旋，久久不散。

不只是青月樓，這附近的幾間酒樓茶肆皆是如此。煙火喧囂，宛如白晝。

鍾菱跟在蘇錦繡的身後，款步走了進去。

她雖沒有來過青月樓，卻在走進這樣的場所時，本能的微抬了下巴。沈睡已久的矜貴優雅此時正悄然甦醒，縈繞在她周身。

就連蘇錦繡都驚了一瞬，有些不敢相信身邊的人是小食肆裡那個穿著隨意，笑得放肆的鍾菱。

她這才想起來，鍾菱畢竟是在唐家長大的。

但僅僅在唐家長大，卻是遠遠不夠的，更多的是鍾菱成為陳王妃之後，被迫鍛鍊出來的膽量和貴氣。畢竟，她到底是陳王的王妃，再不討喜，也還是要露上幾次面。

引著她們進來的小廝是認識蘇錦繡的，笑著打招呼，卻忍不住多看了鍾菱幾眼。

他在青月樓門口，見過太多達官貴人了。鍾菱這張臉，他確定自己從未見過，可那股清冷卻逼人的貴氣卻教他不敢輕視。

尤其是明明毫不遮掩的四處胡亂張望，但是一點也不教人感覺到失態。

因此在將她們二位交給樓內的姑娘時，小廝遞了個眼色。

是貴客！

負責接引客人的粉色衣裳姑娘也認識蘇錦繡。她讀懂了小廝的眼神，便將鍾菱當作了貴客，恭敬的引著她們上了二樓。

鍾菱哪知道她本能的一些反應，就讓青月樓侍從猜測起她身分來了。

她完全沒多想，只是被青月樓那富麗堂皇的景象驚到。

大廳內是幾張四方桌和一個偌大的舞臺，兩旁各有一道盤旋而上的白玉鎏金樓梯，金光燦燦，二、三樓環著雕花的白玉欄杆皆可倚靠，在上面肆意欣賞演出。

屋內點著炭火，一進門就是一陣熱意襲來。馬上就有侍女從一旁出來，低垂著目光替她們拿著斗篷、披風。

屋內燃著青煙，在這暖洋洋的環境裡，清淡香味教人覺得有些輕飄飄的安逸舒適。

青月樓和別的茶樓酒館相比，特色大概就是伶人和侍從的容貌，個個都是一等一的貌美。

大廳裡，不少青衫年輕姑娘穿梭在方桌間，端酒倒水，聲音細軟，笑容甜美，看得人直晃神；更有穿著同色衣裳的少年人也在其中，這倒是和鍾菱一開始所想的有些不一樣。

見鍾菱目光多在少年的身上停留了幾分，粉裳侍女低頭，恭順的解釋道：「青月樓的伶人，皆可陪酒。貴人若是喜歡，便可傳喚。」

這些竟都是有技藝在身的伶人。這份驚訝鍾菱沒有顯露在臉上，只是點了點頭，表示知道了。

侍女將她們二人帶到樓梯邊靠著欄杆的一桌坐下，便恭順的垂手立在身側。

二樓方桌之間，擺著一架玲瓏的屏風，雖不能完全遮掩旁桌客人的模樣，卻多了幾分雅致。

和樓下調笑的豪爽熱鬧不同，許是舞臺上的表演尚未開始，二樓坐著兩位青衫姑娘，一人拂琴，一人抱著琵琶，彈的都是些輕鬆的曲調。

「我先前訂的，不是這一桌吧。」蘇錦繡喊了那侍女。

二樓方桌的價格自然也有高低，像她們坐的這桌最靠欄杆的，就比二樓其他桌子貴上幾分。她只是來和鍾菱吃糕餅的，不是真要來看表演的，沒必要多花錢坐前排。

鍾菱聞言也抬頭看向那侍女。

只瞧見侍女低垂著眼眸，嘴角帶笑道：「蘇姑娘是我們常客了，為您特意往前挪了一個位置。」

蘇錦繡半信半疑，點了幾樣糕點後，便揮手叫她離開了。她有些疑惑的朝著鍾菱道：「我可從未見過青月樓替客人挪位置的。」

鍾菱點點頭表示在聽，她的目光卻越過雕著錦繡花木的欄杆，落在樓下衣袖翩飛，笑容嫣然的青衫姑娘身上。

「妳在聽我說嗎？」

「我在聽。」鍾菱頭也沒回，臉上浮現出一絲笑意，她由衷的感嘆道：「好多漂亮的姑娘啊！」

蘇錦繡聽完都傻了。鍾菱這什麼意思？

鍾菱單純只是喜歡漂亮的人，她環顧四周，忍不住感嘆，前世真的是白活啊，居然都不知道，京城裡竟有這樣的好地方！歌鶯舞燕，美人在側，好生安逸啊。

鍾菱端起茶盞喝了一口，勉強蓋住嘴角的笑意。

「怎麼？我也叫個姑娘上來陪妳喝酒？」蘇錦繡把弄著面前的杯盞，調笑道：「是喜歡那個吹笛的張凌，還是彈琵琶的阿玉姑娘？」

鍾菱忙擺擺手，失笑道：「我喝不得酒。」

她前世隨陳王參加過宮宴，當時皇帝離席後，在陳王的暗中示意下，他那一黨官員的家眷紛紛向身為王妃的她敬酒，生生將她灌到神智不清，陳王只在旁用看戲的輕蔑目光看著。

這樣令人厭惡的記憶，只有在這樣碰到某一個點時，才會突然想起來。小食肆裡平和熱鬧的生活，逐漸撫平她心上的瘡疤。

想到這裡，鍾菱更是心尖一暖，她朝蘇錦繡笑了笑，一口白牙在明亮如白晝一般的燈光下，亮得很。

蘇錦繡被她這一笑，弄得有些莫名其妙。

只是鍾菱這樣傻憨憨的笑起來，倒是教她身上因盛裝後突生的貴氣少了些，依舊是小食肆那個開心快樂的小掌櫃。

青月樓上菜速度很快，沒聊幾句，蘇錦繡點的茶水以及桃花酥、荷花酥，還有一盤各式各樣果子形狀的糕點便送了上來。

蘇錦繡沒有留人在跟前伺候，而是自己拿起茶壺，將散發茉莉花香的茶水給鍾菱斟上。

「他們家的花茶也很香，配著糕點吃，剛好。」

鍾菱點頭，迫不及待的拿起一個荷花酥。

粉色的酥皮層層展開，在光下呈現微微半透明的輕盈姿態，花朵中間點綴著鵝黃色的花蕊。這荷花酥，好似一件藝術品一樣，教人有些不忍下口。

鍾菱觀賞了半天，剛準備送入口中，就聽見樓下一陣熱鬧的喧譁聲。

她探著身子看去，拿著荷花酥的手頓在半空。

一樓那個被人簇擁在中間，深紫色衣裳的男子衣袖上繡著銀虎，在燭光之下栩栩如生，幾乎要飛躍而起。

鍾菱輕嘖了一聲。

陳王怎麼陰魂不散的！

一旦碰上了陳王，鍾菱就完全沒有看熱鬧的想法了。她縮回腦袋，不再繼續張望，而是滿懷期待的將荷花酥放進嘴裡。

入口便是層層交疊的酥脆，明明是用油炸處理，滿口油香卻一點也不膩人。中間餡料是細膩的蓮蓉餡，帶著一股芬芳撲鼻的清新香味，應該是用了不同的花醬或花蜜，香味馥郁芬芳，宛若身處百花園中，抬手便有蝴蝶停駐。最重要的是，滿腔的芳香卻不死甜。

鍾菱都捨不得喝茉莉花茶了，以免破壞了那和諧的香味。

她一口氣吃完了一整個荷花酥，瞇著眼睛回味著滿口的芳香，眼裡滿是微醺的陶醉感。

「鍾姑娘已經吃上他們家的招牌荷花酥了啊。」

汪琮的身影出現在樓梯上，他穿了一身張揚的梔子黃，搖著扇子，身邊除了一個替他拿著斗篷的小廝，還圍著幾個一看就和他相識的姑娘們，正輕聲細語和他說話。

這畫面將風流這個詞，表現得淋漓盡致。

「今日陪自家姊姊、妹妹來的，就不勞各位姑娘們相陪了。」汪琮笑著朝那幾位青月樓的姑娘拱手，一派風度翩翩的樣子。姑娘們笑嗔幾句，便就離開了。

在蘇錦繡的白眼下，汪琮從容的撩起衣袍坐下，看向鍾菱時，眼中閃過一絲驚訝。

「鍾姑娘這一打扮，當真是……」

他話還沒有誇讚出口，蘇錦繡就開始咳嗽。

汪琮瞬間清醒，在暗自驚了一身冷汗後，正色起來。「怎麼樣，好吃嗎？」

鍾菱剛回味過來，忙點點頭。「太好吃了。我根本做不到這樣起酥，也調不出這樣的餡料。」

她兩眼發亮，感嘆道：「有這荷花酥，我覺得還有人來小食肆買糕點，真的不可思議啊。」

「噗——」汪琮一口茶水差點噴在桌上，他失笑道：「妳怎麼不問問價格，一百文一個呢，可不是一般人吃得起的。」

「這麼貴？」鍾菱脫口而出，但皺著眉思考了兩秒後，她嘆了口氣。「但卻是值這個價格，還好最近賺了點錢，一會兒得帶回去給大家都嚐嚐。」

鍾菱抿了口茉莉花茶，忍不住又開始探聽。「陳王在下面幹什麼呢，這麼大動靜？」

都來這青月樓了，自然是要帶些糕點走的。

「哦，他一進來就拿銀瓜子打賞伶人，大家都在看熱鬧呢。」

這倒是陳王的風格，他好面子，出手也闊綽，就愛聽別人誇讚他。可鍾菱在後院裡卻被苛刻對待，經常連飯都吃不上。

「欸。」汪琮扭頭看向鍾菱。「我剛進來時，看見唐之毅了。」

嗯？鍾菱猛地抬頭，眨了眨眼，本能厭惡的皺眉。

唐之毅，唐家的嫡少爺，也就是唐之玉的胞弟。

前世把鍾菱送去斷頭臺的那個謀害狀元妻子和弟弟的案子，其實是陳王和唐之毅聯手犯下的。

鍾菱和狀元的妻子還短暫的見過幾面，當時狀元的妻子已經被陳王折磨得奄奄一息，卻一直堅信丈夫能救她，而陳王會遭到報應。

鍾菱當時偷偷摸摸的給她送去了藥和吃食，只可惜她並沒有等到丈夫高中的那一天。

而狀元年幼的弟弟，鍾菱沒有見到過，倒是曾見過唐之毅大搖大擺的從屋裡出來，然後便是侍衛們抬著一卷蓆子，毫無聲息的從後院出去。這之後，鍾菱也很快被送上了斷頭臺。

自她重生以來，再沒見過唐之毅，差點都忘了有這號人了，乍一聽到，有些反胃。

她悄悄的探頭看了一眼，果然，唐之毅就坐在陳王旁邊的那一桌，看似沒有交集，可這個距離實在是有些親近了。

在唐之毅身邊陪酒的，是個面目清秀的少年。雖說青月樓的伶人只陪酒，不賣身，但是想起唐之毅的所作所為，她有些沒忍住的乾嘔了一聲。

她尊重自由戀愛，只是這樣不分年紀的強取豪奪，在她原本的時代裡，毫無疑問的就是一個要坐牢的變態性侵犯。

「怎麼了？」

見她這般反應，蘇錦繡有些緊張的站起身來，抬手去觸摸鍾菱的額頭。

汪琮也關切的問道：「是這屋裡太熱了，還是熏香味道太重了？」

鍾菱搖頭表示自己沒事，她雖有些生理上的反感，卻又忍不住探頭朝著樓下看去。

她既然已經重新做出選擇，將鍾大柱和韓師傅的人生軌跡都改變了，如果可以，她想要阻止陳王和唐之毅對狀元一家下手！

她剛這麼想著，只聽見樓下傳來一聲巨響，像是瓷器碎裂在大理石地上的聲音。

鍾菱被嚇了一跳，她剛好是離雕花欄杆最近的人，她站起身來，朝著下面看去，目光一晃，恰好和隔壁桌的人對上目光。

在繡著仙鶴展翅的屏風遮掩不到的地方，鍾菱看見了一雙極為眼熟的，眼尾微微下垂的漆黑眼瞳。

她瞳孔一縮，完全沒想到，會在這裡碰上祁珩。

而更為致命的是，似乎察覺到她的目光，原本立在那兒察看樓下動靜的祁珩竟緩緩側過臉來。

在看見鍾菱的一瞬間，他便抿著嘴唇，有些不悅的皺著眉，將她上下打量了一圈。那目光像是審判似的，教鍾菱心慌得胡亂竄了起來。

她剛想裝作沒事坐回去，只聽見祁珩沈聲道：「鍾菱。」

那聲音低低沈沈的，頗有威懾力，居然把鍾菱喝在了原地。

「好巧！」本著既來之、則安之的想法，鍾菱朝著祁珩咧嘴一笑，先發制人的埋怨道：「這青月樓的糕點這麼好吃，你怎麼不早些跟我說！」

怎麼張口閉口就是糕點。

祁珩有些無奈的一拍額頭，嘆了口氣，剛想要叫他們都先回去，可屏風後傳來一陣極輕的笑聲。

那似乎不是祝子琛的聲音。

就在鍾菱疑惑的時候，祁珩的身影消失在屏風後，隨後他便起身，走到鍾菱所在的這一桌前。

汪琮和蘇錦繡沒想到祁珩竟就這樣過來了，他倆到底是比鍾菱更加老練些，忙起身想要行禮，卻被祁珩抬手按下了。

「你們有帶人來嗎？」
汪琮謹慎的開口。「我帶了兩個小廝。」
祁珩點點頭，招來了候在角落裡的侍女，吩咐她將他們這一桌，挪到角落的位置。
也不管三人臉上是怎麼樣的詫異不解，他只是沈聲吩咐道：「一會兒不管發生什麼，有什麼動靜，都不要亂跑，只管坐著，等燈亮後，便有人帶你們離開。」
他沈下臉色時頗有威嚴，言語之間透露的，是風雨欲來的警示和凝重。
周圍的氛圍一下子從紙醉金迷的歡愉和輕鬆，陡然凝重了起來。那古琴笛鳴恰好變奏，在這氛圍之中，變得有些陰沈嚇人。
三人不敢反駁，也不敢多問，順從的跟著侍女朝角落走去。
鍾菱坐在最後，她剛抬腿，就聽見了祁珩喊了一聲。「鍾菱。」
她回頭，祁珩端立在那裡，朝著她招招手。「妳跟我來。」
鍾菱有些莫名其妙，卻本著對祁珩的信任，還是抬起腳步跟了上去。
或許是知道陳王和唐之毅在樓下的緣故，鍾菱心裡不安的那一個警報器，已經臨近瘋狂叫囂的邊緣了，血液汩汩淌過太陽穴，隱隱脹痛。
鍾菱抬著腳步走入屏風後，看見端坐著的玉白色袍衫青年時，只覺得有些眼熟。
青年正抬頭看向鍾菱，目光中帶著一絲探索和笑意。他五官溫潤，溫和又儒雅，誰看了都會覺得他是個極好說話的文人。

祁珩快步走到青年身邊，低頭說了幾句話，而後便垂手立在那青年身後，完全沒有要落坐的意思。

這般恭敬禮貌的態度，看得鍾菱倒抽了一口氣。她腦子裡本就繃得極緊的弦，啪的斷了。

以祁珩在朝中的地位，絕對是同齡人中的佼佼者，以他的家世，哪怕是碰上品級更高的官員，甚至陳王，都甚少有低人一頭的時候；可在這個青年面前，他甚至不直接落坐。

能讓祁珩這樣對待的，很明顯，普天之下，也就只有那位了。

在接收到祁珩遞來的眼神後，鍾菱忙收斂目光，朝著那青年人屈膝行了一禮。她動作標準且優雅，一副溫順乖巧的模樣。

可是乖巧到底是表象，她內心已經瘋狂的尖叫了起來——

救命！誰能告訴她為什麼能在這裡碰到皇帝！

祁珩、陳王和皇帝同時出現在這裡，用腳趾頭想都知道，一會兒肯定有大事情發生啊！她這輩子可不想再和皇室的人扯上關係了。

此時，皇帝溫聲道：「坐吧。」

鍾菱一點也不想坐，她恨不得現在轉身就走，可是她剛剛看了一眼，青月樓的大門，不知何時已經被關上了。

這不就是，甕中捉鱉嗎！

無奈在皇帝和祁珩的注視之下，鍾菱硬著頭皮還是照著指示坐下了。

「這位是金公子。」

當今陛下姓趙名晉。

「妳是赤北軍將士的女兒？」

「回……金公子。」鍾菱一點都不敢小看眼前這位年輕的帝王，僵硬的笑了笑。「是的。」

她的僵硬和無措，很顯然是已經知曉自己面對的是誰了。

是個聰明人。

既然知道，便也省去解釋的工夫。皇帝抬手拿起茶壺，親自給鍾菱倒了一杯茶。「是朝廷對不起赤北軍。」

鍾菱哪敢接啊，她想站起來道謝，卻被祁珩按住肩膀，只得低頭道：「民女惶恐。」

「妳放輕鬆些，今日坐在這裡的，只是金公子，不是別人。」

見她實在是表現得太過於坐立不安了，皇帝也有些無奈，他轉頭，詢問的目光落到祁珩身上。

轉移鍾菱注意力最快的方式就是讓她吃東西，祁珩將桌上的糕點盤子挪到鍾菱面前，言簡意賅道：「吃吧。」

鍾菱抬頭，見年輕的皇帝面含笑意的看著她，甚至鼓勵似的朝著她頷首。

她便小心翼翼的撚起盤子裡的荷花酥。

入口是依舊酥得掉渣的花瓣，即使已經吃過一顆了，依舊被這味道所驚豔。

見她放鬆了些，皇帝語氣輕鬆的開口道：「叫妳來呢，只是想詢問一下赤北軍將士的現狀。」

甜食一入口，鍾菱的腦子也清醒了很多。皇帝想要重建赤北軍，那他一定會拉攏每一個知道身分的赤北軍將士。

鍾大柱那性子，多少有點油鹽不進，從她這裡入手，顯然是容易得多。

只是鍾大柱不表態，鍾菱哪敢替他瞎答應什麼，但她還是認真思索了一下，才開口道：「謝陛……公子關心，家父搬到京城之後，一切都好。」

她這回答，教人察覺不出什麼意思來。一直沒有說話的祁珩微微側目，從他的角度，可以看到鍾菱耳垂上綴著的暖玉耳墜，和她修長白皙的脖頸，倒是和她平時，有些不一樣。

她的適應能力很強，只是聊上幾句，就瞧著她睫毛微顫，眼尾漾開了一絲笑意。

祁珩看得有些失神。

可突然之間，他眼前那玉雕般的側顏突然消失在黑暗之中。

在現場一片譁然聲中，整個青月樓裡只有一樓大廳中舞臺的燭光在輕紗之間搖曳。

第二十二章

輕紗如瀑布一般傾瀉而下，閃耀著星河一般的盈盈光亮。一個手抱琵琶，高綰雲鬢的女子就這樣出現在雲紗之間，她的眼眸明亮，似盛著萬里星河，璀璨光亮，成為全場的焦點。

就是鍾菱也被她驚豔得挪不開目光，一度忘了自己手裡還捏著半塊荷花酥。只是她旁邊的兩個人，面色越發凝重嚴肅。他們的目光沒有分出絲毫給那個抱琵琶的姑娘，而是精準的盯緊了一樓大廳裡的一處黑暗。

那姑娘低垂下目光，修長玉潤的手指搭上了琵琶弦，隨著指腹摁下，長甲撥過，叮咚脆響蕩開在空氣中。

眾人皆是屏氣凝神，準備聽接下來的樂曲。

和滿堂的期待不同，鍾菱卻預感有些不妙。不知為何那琵琶聲像是砸在心頭一般，教她莫名有些不安起來。

好像……有什麼大事情要發生了……

這圓潤清脆的琵琶音，像是暴風雨來襲，噼哩啪啦砸下的雨水一般，為烏雲蓋天的恢弘壯闊醞釀足了氛圍。

果不其然，處於眾人焦點之中的姑娘還沒來得及抬手撥出悠揚曲調，青月樓的大門便砰的一聲被踹開了。

一身銀鎧的青年氣勢洶洶的站在門口，面容嚴肅，抬手一揮，身後便有士兵快步上前，將熄滅的燈盡數點亮，順便押住了一些準備溜走的客人。

被士兵按在地上的錦袍男子拚命掙扎著，嘴上不停嚷嚷。「你是什麼人，你知道我是誰嗎！竟敢這樣對我！」

那青年冷冷的瞥了他一眼，從懷中掏出了一塊鑲金玉牌，沈聲道：「禁軍統領，陸青，奉旨查案。」

在場早有人認出了這位禁軍統領。

在當今聖上即位後，便組建了僅供皇帝一人差遣的武裝力量。以陸青為首的這批禁軍士兵，奉陛下旨意辦事。他亮出的那塊玉牌，便有「如朕親臨」的意思，是部分皇權的延伸。

在場的人裡，雖有幾個家世顯赫的，卻沒有一個能在此時和代表皇帝的陸青叫板的。若是他們父兄在此，倒還能說上幾句話。只可惜這些來青月樓的年輕人，大多都沒有出仕，自身並無任何談判的資本。

廳內一派死寂，沒有人敢開口說話，只是面色各異的看著禁軍從後門不斷的押人進來。

坐在二樓的鍾菱在燈重新被點上的時候，皺著的眉頭，再沒舒展過。

她記得先前陳王和唐之毅的位置，可燈亮後，那兩桌坐著的，都是陌生的面孔。

皇帝和祁珩倒是面色平靜，一副意料之中的樣子，甚至，皇帝還抽空打量了一眼鍾菱的臉色，問道：「怎麼了？」

鍾菱不敢不答，卻也不敢多答。「樓下有幾桌……好像換人了。」

「妳倒是有點敏銳。」皇帝微微點頭，虛指了一下後門的位置。「他們很快就來了。」

他話音剛落，就看見禁軍士兵押著幾個人走進大廳。

祁珩的目光迅速的從那幾人身上掃過，薄唇微啟，聲音很輕卻吐字清晰的報出一串名字來。「吏部侍郎劉湧、吏部員外郎張震時、禮部侍郎孫浩和、唐家嫡子唐之毅。」

這些人，應當就是皇帝微服出宮又調動禁軍的目的了，又或者說他真正的目的，是這些人背後的陳王。

雖然除了唐之毅，鍾菱誰也不認識，也不確定他們是不是陳王一黨的官員，只是如今這畫面，很顯然就是陳王在青月樓，和他們這些朝廷官員、富商紈袴一起，幹了些見不得人的事情。

陸青自然認識這些人，他吩咐手下將這幾個官員羈押時，發出一聲頗為不屑的嗤笑聲，清清楚楚傳進了在場每個人耳中。

陳王站在那幾個面若死灰的官員身後，面色陰沈，冷冰冰的開口道：「陸青統領好大的威風！」

陸青完全無視陳王無禮傲慢的態度，他一拱手，沈聲道：「陳王殿下，屬下也是依照陛下旨意辦事。」

「你們這些狗仗人勢的東西。」陳王脖間的青筋突起，他瞪了一眼陸青，一字一句，咬牙切齒道：「我看今日，誰敢從我這青月樓裡帶走人！」

火藥味迅速的瀰漫開。

陸青帶領的禁軍人數不少，而這青月樓，其實是陳王的產業，其中不少伶人和躲在暗中的護衛，聞言都站了出來。

雙方對峙之間，氣氛僵硬到了極致。

尋常客人此時大氣都不敢出，生怕這兩尊大佛鬥起來，殃及了池魚。

眼看著不打一架似乎不好收場了，坐在鍾菱對面的皇帝緩緩站了起來，他目光一凝，冷冷的落在陳王身上。

「若是朕今日，非要帶他們走呢？」

皇帝露面，像是一道平地驚雷一般，徹底將眼前的局面炸得稀碎。

接下來的局面，便是毫無懸念的一邊倒了。

陳王再有野心，眼下也沒辦法做出當眾反抗皇帝旨意的行為，只能眼睜睜看著陸青，將那幾個他費了好些功夫才打通關係、籠絡來的官員，全都押走了。

他滿是恨意的看著背手立在二樓的年輕帝王，恨不得用眼神將他撕得粉碎。

而對皇帝身邊的人，他輕蔑的分了一絲眼神，卻在瞥見一旁後方那年輕女子的側顏時，微微愣了一下。

在將整個青月樓搜查了一遍後，陸青總算是撤回了圍守的禁軍。

皇帝擺駕回宮，自有禁軍護衛，祁珩並不與他同路。他站在祁府的馬車旁，將一盒糕點遞給鍾菱。

鍾菱原以為這青月樓被抄了，她打包糕點回去給宋昭昭他們的計劃要落空。此時見了這滿滿當當的糕點盒子，她笑得合不攏嘴。

「妳也是真會挑日子，非趕著今日來吃糕點。」祁珩目光中滿是縱容無奈，他嘆了口氣。「只是也沒下回了，過了今夜，京城就沒青月樓了。」

鍾菱抱著糕點，突然想到了什麼似的，抬頭問道：「那這青月樓裡的雜役和廚子呢？」

「全都關押下去了，審問後沒有問題，就可以放出去了。」

見她眼珠轉得飛快，祁珩一下子就想到了她在盤算什麼。「妳想要這個糕點師傅？」

鍾菱雙目一亮，重重的點了點頭。

她眼中的光亮，讓祁珩的心莫名其妙又被灼了一下。

人人都道青月樓裡抱琵琶的柳姑娘貌美，可祁珩卻覺得，眼前的鍾菱勝過那柳姑娘千萬分。她在妝容加持下的端莊貴氣，此時早已在月光下盡數消融了，肆意笑開的樣子，像是冬日裡的紅梅，清冷卻明豔，簌簌在雪地上燃燒起來。

那一簇火焰，隔著這不遠不近的距離，也在祁珩心底燃燒起來。

去尋這個糕點師傅，並不是什麼難事，不過是和刑部那裡打個招呼的事。祁珩應下後，送了鍾菱回小食肆。

青月樓出事的消息，早就傳到了清水街這邊。

這個點，小食肆雖已經不營業了，卻依舊還點著燈。

鍾菱推門一看，屋內坐得滿滿的。鍾大柱、韓師傅、韓姨、宋昭昭，甚至還有經常來幫忙的阿旭。

「太好了、太好了，可算回來了。」

「沒事可真的太好了。」

「妳有受傷嗎？」

他們一窩蜂的把鍾菱圍住，你一言、我一語的，滿心滿眼都是關切的詢問起來。

鍾菱花了一些時間才解釋清楚到底發生了什麼，她沒把自己和皇帝的交談內容說出來，只說了是禁軍押走了幾個官員。

「好傢伙，吃個糕點還遇上這麼大的事情呢。」韓師傅驚魂未定的拍了拍胸口。「被嚇壞了吧，要吃些什麼壓壓驚嗎？」

鍾菱忙擺手，將手中的點心盒子打開。「我帶了青月樓的荷花酥回來。青月樓不知道還能不能開下去，這糕點以後怕是吃不著了。」

她言語之間惋惜之意十足，倒教韓師傅好奇了起來。
眾人注意力都在形狀優美的荷花酥上時，鍾大柱若有所思的走到鍾菱身邊，輕聲問道：「聖上和妳說什麼了？」
「他說是朝廷對不起赤北軍。」鍾菱有些擔憂。「您……」
她還沒說完，就被鍾大柱打斷了。
「那都是我們上一輩的事情了，不需要你們這一代來揹負，妳只管做妳想做的事。」
這話，說得平淡，卻通透得讓鍾菱眼眶有些發熱。
她張了張嘴，千言萬語，最後只是堅定的點了點頭。
一旁吃著糕點的韓師傅，卻在此時失態的喊了一句。「不對啊！」
眾人一驚，忙看向他手中已經被咬了一口的荷花酥。
「中間這百花醬的味道，分明是我師妹的獨門配方啊。」
韓師傅剝開一層酥皮，展示給眾人看。「其中有一層的顏色，略深些，這也是我師妹的習慣。」
韓姨有些不解。「可是阿蕓不是已經嫁人了嗎？怎麼會在京城？」
韓師傅倒抽了一口氣，他皺著眉，有些不安的摸著下巴。
鍾菱完全沒想到，這荷花酥居然和韓師傅口中那個對白案極其有天賦的師妹有關係。
她忙安慰道：「您別急，明日我便託人去刑部問問！」

陳王府。

侍衛站在書房裡，拱手匯報道：「殿下，已經把其他證據收拾乾淨了。」

陳王面色不豫的輕哼了一聲，揮手叫他下去。

那侍衛應下，剛抬腿，便又聽見陳王吩咐道：「教人去查查今晚坐在皇帝和祁珩旁邊的那個女人。」

第二日一早，鍾菱便和韓師傅去了刑部。

恰好陸青也在，他昨晚就注意到了鍾菱。陸青官職不算高，卻也是伺候在天子身邊的近臣，鍾菱的身世，就是他去查的。

他自然知道陛下對這個姑娘感興趣，而且祁珩昨夜裡也拜託他先提審了青月樓的糕點師傅。

陸青是欣賞佩服祁珩的才幹的，他們之間的關係並不差，他很樂意幫祁珩這個忙。因此陸青親自接待了鍾菱，並耐心的聽完了她的需求。

他對鍾菱說：「鍾姑娘請稍候。」

這一世的韓師傅並沒有入職陳王府，因此他見過最大的官，是他家鄉的通判大人。他見陸青氣宇軒昂，挺拔俊朗，對鍾菱卻又極有耐心，一副好脾氣的樣子，可能是即將見到自己的師妹，看見陸青的時候韓師傅就自動戴上了好感濾鏡。

陸青前腳剛走，韓師傅便湊到鍾菱身邊。「這位大人是……」

「是禁軍統領陸青大人。」

鍾菱一轉頭，看見韓師傅若有所思的目光，她瞬間就反應了過來，瞪著眼睛道：「您在想什麼呢！」

韓師傅忙笑著擺手。「只是想著妳已經到婚配的年紀了。妳爹好像一點都沒有提這事情的意思，倒是妳韓姨提了好幾次了，我這不是看著那位大人的年紀和妳剛好合適嘛。」

鍾菱知道，韓師傅和韓姨都是好意。她已經及笄，按照當朝律法，已經是成年了，可以嫁人、生孩子。

在這個時代，婚姻是極大的事，似乎只有嫁人了，一個女人的下半輩子才能穩定下來。

鍾菱卻不這麼想。

她受過高等教育，將事業放在婚戀之前。前世被迫嫁給陳王的這段經歷，更是讓她對嫁人生了幾分恐懼。好在鍾大柱完全沒有提這件事的意思，倒是讓鍾菱的壓力小了很多。

她不好直接的拒絕韓師傅的好意，只是含糊道：「那不得找個門當戶對的才是嗎？」

這話倒是在理，韓師傅認可的點了點頭，也沒有再說什麼了。也不知道是在思考師妹的事情，還是在給鍾菱尋找門當戶對的對象。

每個人緊張時的反應不一樣，韓師傅就是會強迫自己轉移注意力，強行去思考別的事情。他剛剛還在和鍾菱扯婚事，當腳步聲在門口響起時，韓師傅倏地站了起來，一個箭步就衝到門口。

陸青身後跟著一個微胖略矮的中年男人。

他被韓師傅嚇了一跳，兩人大眼瞪小眼，都從彼此的臉上看到了迷茫和困惑。

「你誰啊？」

「你什麼人？」

這矮胖的男人顯然和韓師傅口中的師妹，並不是同一個人。

之前和陸青描述的時候，鍾菱並沒說那糕餅師傅是韓師傅的師妹。她和韓師傅都覺得，能做出打敗京城中其他糕點的荷花酥的糕點師傅，一定是青月樓的主廚。

但是實際上，似乎不是這樣？

鍾菱扭頭看了一眼陸青，他微微皺眉，面色略有些嚴肅，卻沒有要出聲的意思，只是看著韓師傅和那個矮胖男人說話。

「荷花酥是你做的？」

提及荷花酥，那男人昂著脖頸，被關押了一夜的落魄瞬間消散，取而代之的是高傲和得意。「是啊！」

「是你個頭！」韓師傅咬牙切齒，捋袖揎拳，若不是陸青在場，他定是要上前給這男人兩拳。

「你倒是說說，餡料用什麼調的？荷花酥到底有幾層起酥？中間那層花瓣用什麼染色的！」

韓師傅這話近乎是大吼出來的，那男的被嚇得縮了縮脖子，卻依舊強撐著，維持著眼裡的自信。「用……用的是甜菜根啊！」

「我去你大爺的甜菜根！用的是洛神花！」韓師傅面色脹紅，再也壓不住火氣，一把揪起男人的衣領。

剁骨顛勺，皆是體力活，韓師傅此時正在氣頭上，那男子竟腳跟離地，就這樣被提了起來。他因為缺氧而脹紅了脖子，擺動著手想要掙扎，卻無力掙脫韓師傅那鐵鉤似的大手。

眼前的畫面越來越脫離正常談話範圍，一直立在旁邊的陸青厲呵一聲。「夠了！」

韓師傅還是尚存幾分理智的，他鬆開手，冷眼看著那男人驚魂未定的跌坐到地上。

這是鍾菱第一次看到韓師傅發脾氣，他前世喪妻，身上有一股冷冰冰的死氣；而如今整天都是笑咪咪的，好像永遠不會生氣一般。

她忙上前，朝著陸青施了一禮。

「陸大人見諒，我們要找的糕點師傅，其實是韓師傅的師妹。她的糕點被這人冒領了，如今不知身在何處，是否安全，韓師傅也是一時心急。」

陸青板著臉點點頭。

鍾菱忙拽了拽韓師傅的衣袖，要他描述一下他師妹的容貌，麻煩陸青再去牢裡尋一次人。

那矮胖男子被嚇得回不過神，被陸青的手下連拖帶拽的帶走了。

屋內只剩下韓師傅和鍾菱兩個人。

韓師傅再沒了給鍾菱說對象的心思，他剛剛的那股凶勁也瞬間消散。他頹廢的跌坐在椅子上，雙手抱著頭，痛苦的開口。「怎麼辦啊，阿蕓為什麼會出現在京城啊，又為什麼會在青月樓裡做糕點啊？」

他頓了頓，聲音帶上了幾分哽咽。「她可是我師父的獨女啊，她要是出事了，我要怎麼和師傅交代啊？」

鍾菱忙出聲打斷韓師傅的自責。「不會的，青月樓是陳王的產業，他向來唯利是圖，您師妹既然有這手藝傍身，他們不敢對她怎麼樣的，她不會有事的。」

可能陳王都不會相信，世界上還有一個人這樣的瞭解他。

鍾菱在陳王府也不是只等死的，她是有準備反抗的。正所謂知己知彼，百戰不殆，要和敵人鬥，首先就要摸清敵人的習性。

鍾菱昨日其實打聽過，這青月樓的糕點，是在一個月前開始出現新花樣的，而真正開始打出名氣來，是在半個月前。所以韓師傅的師妹，應該是在一個月前來到京城的。

至於其中到底是怎麼回事，就要等到人來了再問了。

鍾菱又安慰了韓師傅幾句，總算是等到陸青再次出現。

這一次，跟在他身後的，是一個消瘦虛弱的女子。

那女人眼中滿是惶恐，她不敢離陸青太近，腳步也有些蹣跚不穩，最讓人矚目的是，她左半邊臉上一大片青色的疤痕，近瞧才發現，似乎是胎記。

在看見這個女人的一瞬間，韓師傅便紅了眼眶。

女人抬頭見到韓師傅，同樣難掩驚訝。「師兄?!」

雖然她看起來有些虛弱的樣子，但起碼現在看起來是全鬚全尾的。

他們兩個人情緒都非常激動，含含糊糊的說了幾句什麼，便失控的開始掉眼淚。鍾菱也沒辦法聽出什麼有用的訊息，好在此時陸青拿著卷宗走到她身邊。

韓師傅的師妹叫周蕓，是他師父的親生女兒，傳承了一手白案手藝，在川蜀一代小有名氣。只可惜她在剛闖出一條屬於自己的路時，突然嫁人了。

是她自己心甘情願嫁給一個頗為普通的鄉村秀才。

她的父兄其實強烈反對，阻止過她，只是架不住她非要嫁，鬧得頗有些不愉快，甚至到了斷絕關係的一步。

她鐵了心獨自一人就出嫁了。

其實鍾菱完全能夠想像她為什麼會這樣。

畢竟學廚很苦，她年少時就有這樣的名氣，吃過的苦絕對是難以想像得多。

韓師傅尊重他的師父，是因為他學到了手藝；但周蕓卻不一定這樣想，她學到了手藝，但是很難再從同一個人身上得到父愛了。

在缺乏父母愛的環境裡長大的女孩子，最容易被騙。

而周蕓這樣義無反顧的要嫁的男人，很快就露出了真面目。

他是秀才，自恃身分高貴，實則沒有繼續考試的能力和決心。他看不起農人，自然也看不起身為白案師傅的周蕓，並且時常嘲諷她的容貌、她的胎記。

從陸青審問出來的這寥寥幾句話，鍾菱就斷定，她是被渣男騙了。

她之所以會出現在京城，是因為她在半年前懷孕了。

這本是好事。但是渣男完全不管她孕婦的身分，依舊吆喝著她幹活。渣男的母親也覺得周蕓配不上她的兒子，哪怕是懷孕了也處處為難她。

那日渣男的同窗來家中做客，周蕓挺著略微顯懷的肚子，在院子裡打水，因為提不動，扯著嗓子喊了一聲渣男來幫忙。

渣男覺得是她讓自己在同窗面前丟人，便氣憤的走了出去，將那一桶水提起來，全部倒在周蕓的身上。因為受了寒卻沒有即時照護，她狠狠病了一場。

這一桶井水，澆沒了孩子，也將她本就消磨得所剩無幾的愛意，沖刷得乾乾淨淨。

她大鬧一場，和渣男和離後，卻不敢回川蜀，打聽到與她關係好的師兄去了京城，便也過來了。

只是她流產後並未好好休息，初到京城，身子便有些撐不住了。恰好青月樓在招白案師傅，周蕓雖多年不做精緻糕點，但畢竟有結結實實的功力。她進了青月樓半個月，便展現了鋒芒，這才有了後來橫掃京城糕點行業的景象出現。

青月樓雖知道她在找師兄，但怎麼可能會放她這棵搖錢樹走。他們假意給周蕓準備了房間和下人，說著叫她好生養著，實際上是阻止她出青月樓。

這些，都是剛剛被韓師傅嚇得站不起來的男人交代的。

鍾菱聽完之後，看著眼前有些平復心情的韓師傅和周蕓，感慨的嘆了口氣。

不幸的婚姻真的會毀掉一個女人一輩子，但幸運的是周蕓能在某個瞬間清醒起來，一切倒也不算太晚。

和陸青道謝後，鍾菱雇了一輛馬車，和韓師傅、周蕓一起回小食肆。

鍾菱覺得自己可能不太適合做老闆。

在聽了周蕓的故事之後，就完全沒有了想要把人聘請到小食肆的想法了。

周蕓該去做自己想做的事情。做糕點到底是不是她喜歡的事情，鍾菱不知道，她當年急著嫁人，是不是也有些厭倦了日日做糕點的生活？

但是……

馬車駛過錦繡坊，看著那招牌，鍾菱撐著下巴，忍不住笑了。

也讓她和蘇錦繡見一見吧。

第二十三章

因為要去刑部的緣故，小食肆今天中午並不營業。

但是雇來的馬車停在小食肆的後院時，依舊能聞見四處瀰漫著香味。後廚的灶上煲著滋補的羊肉湯，鍾大柱正在看火。

宋昭昭坐在後院裡，在她身邊，韓姨捏著一根細長的柴火棍，在一片沙土上寫字。宋昭昭聽得認真，時不時點頭應和。

一起旁聽的還有阿旭，他捏著小竹棍，小臉繃得很緊，用手上的竹棍跟著在沙土上寫著。

看見從馬車上下來的韓師傅時，韓姨只是抬頭望了一眼，笑了笑。

但當看見鍾菱攙扶著周蕓下馬車時，韓姨臉上的笑意瞬間消散，她瞪大了眼睛，柴火棍從手裡滑落，她難以置信的看著周蕓。

「妳……妳怎麼瘦成了這樣啊！」

韓姨和韓師傅都是韓家村人，但是她其實更早認識周蕓，也是在周蕓父親的撮合下，才和韓師傅成親的。

年少時的玩伴重新出現在面前，卻已經不復當年那明媚張揚的模樣。

雖然周蕓天生臉上有胎記，但年少時的她並不怎麼放在心上。因為有一門手藝傍身，她是發自內心的自信和驕傲的。

可是現在呢？

周蕓在踏進後門，看見不認識的人時，本能的縮了一下肩膀，眼中的不安滿得都要溢出來了。

韓姨有太多話要和周蕓說了，眾人索性就把後院讓出來，都進了廚房。

「這就是做出荷花酥的師傅？」宋昭昭攀著鍾菱肩膀，小聲問道。

鍾菱點了點頭，小聲的把周蕓來京城的原因簡單說了。

鍾大柱緩緩從灶臺後站起身來，他近期瘦了，不再浮腫，五官也顯得銳利許多。他問：「所以，妳準備讓她來店裡做白案師傅嗎？」

「我不知道。」鍾菱搖搖頭，側過目光看向在窗外相擁的周蕓和韓姨。「等蕓姨調理好身子吧，她若是願意留在後廚，那再好不過了；如果她想繼續留在京城，但不想碰糕點了，我之前擺攤的東西還留著呢。」

反正是信得過的人，將茶葉蛋的配方給出去也無妨。而且就算不擺煎餅攤子，賣飯糰的話生意也會好的。

跟著他們進來的阿旭皺著眉頭，站在鍾菱身邊，有些老成的開口道：「為什麼，她看起來臉色那麼差，卻能做出這麼好看又好吃的荷花酥？」

鍾菱微微笑了笑，她抬手揉了揉阿旭的頭頂，輕聲道：「或許她現在過得不好，但是她曾經也有像這荷花酥一樣，足夠驚豔別人的過去。」

她的聲音輕輕柔柔的，穿過噼啪的柴火聲，傳到鍾大柱耳裡時，顯得有些恍惚不真實。

她的話，落進鍾大柱心裡，竟隱約掀動了一角他那早已塵封的過去。

灶中的火苗熊熊燃燒著，迎面撲來的熱氣，讓鍾大柱忍不住想起很多年前的一個午後。

塞北的烈日之下，吹來的風，就是帶著這樣的溫度。那時他尚年輕，剛當了父親，身邊是生死相交的兄弟們。那個時候，他坐在馬上，眺望著遠方的雪山。

他以為……他會一直這樣意氣風發的走下去。

鍾大柱長嘆了一口氣，強迫自己回過神來。

眼前塞北的畫面被灶火吞噬取代。他帶著滿心道不明的情緒，抬頭看向鍾菱。

鍾菱在桌子上找到了昨天做的棗花酥，塞給阿旭一個後，興沖沖的朝著院子裡已經平復情緒的周蕓去了。

那可是白案名廚！若是能得到幾分指導，那不得在技術層面實現質的飛躍！

周蕓知道是鍾菱走了關係，才能先把她從牢中帶出來的。

如今的鍾菱和當年出嫁時的周蕓差不多大，周蕓見她做的棗花酥像模像樣，足夠讓人眼前一亮，而且見她也是用心討教的樣子，自然不忍拒絕。

雖然鍾菱沒提讓她來小食肆任職的事情，但周蕓肯定是要和韓姨一起住的，韓姨在一番調養之後，人精神了許多，自告奮勇的坐在櫃檯管帳，這樣一來，家中就沒人了。

周蕓答應了鍾菱，在暫時不知道何去何從之前，會經常來小食肆指導鍾菱。

她被渣男打壓了太久，對自己非常沒自信，甚至怯懦得不敢開口說話；但是在提起糕點時，她的眼中，是泛著光彩的。

現在，小食肆四捨五入的有了一個極其專業的白案師傅。

為了慶祝周蕓擺脫渣男，逃離壓榨人的青月樓，韓師傅和鍾菱一人一個灶臺，手裡的鍋鏟都興奮得翻出了殘影。

屋外的風冷，宋昭昭搓著手一直往灶火邊湊，鍾大柱起身將看火的位置讓給了她。

和鍾大柱待了一段時間後，宋昭昭知道這個看起來有些嚇人的大叔，實際上只是不愛說話，是個實打實好相處的人。

鍾大柱起身走出廚房，院子裡吹過的風帶著些冷意。

身後的廚房溫暖又熱鬧，反倒教人想起以前在赤北村的時候，那清清冷冷的廚房裡，只有鍾菱一個人在穿梭忙活。

她似乎有一種能夠教人信服的溫暖力量。有些事情，或許是可以找她幫忙的……

鍾大柱若有所思的邁開步子，他本失神想著事情，卻在敏銳察覺到空中隱隱傳來的破空聲時，猛地皺眉抬頭。

阿旭站在院子裡，腳下扎著馬步。他拿著剛剛當作筆的小樹枝，抬手朝著空氣中刺去，一招一式，竟還有些像模像樣的。

這個年紀的男孩子都有個想當劍客的武俠夢，阿旭也不例外。

他自己家的院子人來人往，不好比劃，他只能每日抽空在街頭巷尾「練習劍術」。阿旭在鍾菱剛剛留了他吃飯，畢竟周蕓要住到他家院子對面，有些東西要麻煩阿旭搬。阿旭在小食肆裡沒有一頓飯是白吃的，都是拿勞動換來的。

眼下所有人都在廚房裡，院子空空盪盪，他就有些心癢了起來。

誰能想到鍾大柱這個時候走了出來，阿旭有些被戳破的窘迫，他垂下拿樹枝的手，撓了撓腦袋，想要轉身洗手，當這件事沒有發生。

「馬步再下沈，氣沈丹田，手臂伸直。」

阿旭皺著眉，本能的開口道：「啊？」

見鍾大柱站在那裡，面上沒什麼表情，眼中並無玩笑的意思。

阿旭扯著嘴角，有些心慌但依舊開口打著哈哈。「您說什麼呢鍾叔，我就是隨便……」

他的話說到一半，就說不下去了。因為鍾大柱的目光太有威嚴了，阿旭覺得他站在臺階上往下看的時候，不是在看他一個人，而是在檢閱著千軍萬馬。

只是站在那裡，他渾身的熱血被這一個日光，調動了起來。擦過臉頰的冷風，都帶著肅殺的戰意。

阿旭咬了咬嘴唇，照著鍾大柱說的，將馬步再往下扎了些。

「手臂往後，打直。」

阿旭照做，在刺出這一「劍」的時候，他眼前猛地一亮，真的和他平日裡自己練習是完全不同的感受。

他感覺到自己手臂和脊背的力量都豐沛了起來，連那破空聲都比平時來得清晰銳利。

「鍾……鍾叔……」男孩子想要成為俠客，自然也無比佩服俠客。

他從前就覺得鍾大柱是個有故事的高人，如今再抬頭看向鍾大柱的表情，帶著毫不掩飾的欽佩和崇拜。

這樣的目光，鍾大柱很熟悉，卻也很久沒有見過了。或許是鍾菱的那句話，也可能是那些從前的回憶冒了個頭。

他看見阿旭拿著樹枝當劍時，不由得就想起小時候的自己和紀川澤，鬼使神差的，開口指導了一句。

阿旭是個高冷有個性的小孩，鍾菱挺喜歡他這樣的性子，她總說阿旭像一頭小狼。

如今四目相對，鍾大柱倒是有點贊同鍾菱的看法。

那三白眼中毫不掩飾的渴望和嚮往，雖然稚嫩，但是也有幾分躍躍欲試的凶勁在。

鍾大柱嘆了口氣，有些無奈，但是已經開口，眼前這小孩也是有點韌性的樣子，他索性又指導了阿旭幾個招式。

阿旭雖然年少，但鍾大柱簡單幾句提點，他就察覺到鍾大柱是有真本事在身上的。

他抬手蹬腿的動作，越發賣力了起來，不一會兒便在寒風中出了一身薄汗，清澈稚嫩的眼眸裡燃著熊熊火焰。

見阿旭似乎一點都不知道疲倦的樣子，堅持著一下一下的揮著木棍，倒是個……可造之材。

鍾大柱在軍中多年，雖沒有上手觸摸，但他一眼便能看出，阿旭是適合學武的。真可惜啊，如今已經沒有了赤北軍，要不然這真是個不錯的苗子。

大多數時候，是鍾大柱看著，偶爾才出聲指導。

當鍾菱端著砧板，風風火火的衝向已經預熱好的爐子時，阿旭有些不好意思被鍾菱看見自己撿樹枝當劍的畫面，他總覺得這樣很幼稚。

但是他剛垂下來的手腕，在下意識轉頭，對上鍾大柱不悲不喜的深沈目光時，他還是咬著牙，重新舉起了「劍」。

「帥呀阿旭！」鍾菱笑盈盈的誇讚了一句，轉頭朝著鍾大柱道：「爹，您先幫我看著點火！」

鍾大柱點了點頭，轉身走到爐子邊，低頭察看。「這是什麼？」

鍾菱臉上止不住的笑著。「我研發的新菜。之前外面的酥皮研究得不是很順利，請教了一下蕓姨，這次應該是沒有問題了！」

鍾大柱撥弄了一下柴火，他有些猶豫的叫住鍾菱。「我有一件事想要麻煩妳……」

這好像是鍾菱第一次聽見鍾大柱開口說要麻煩她。

她眼中迸發出光亮，猛地轉頭，像隻小狗一樣，將頭上看不見的耳朵甩出了殘影。

「嗯?!」

「我想要妳那個煎餅攤子。」

鍾大柱開口想要煎餅攤子，是因為孫六。

孫六前些年娶了妻，得了個兒子，他和妻子原先是在大戶人家裡做工的，但是有了孩子後，他們便想要自己做些小生意。京城房價高昂，擺攤成本低，是最好的選擇。

可擺攤賣什麼，也是大有講究的。

今日聽見鍾菱提到可以把煎餅攤子讓出去，鍾大柱便起了幾分想法。

「行啊，沒問題。」鍾菱毫不猶豫的答應了。「到時候直接叫孫叔來取東西就好，我把配方都給他們，茶葉蛋要是煮不出那個味道，也可以在這後廚煮，我幫著看，反正冬日浸泡一夜完全沒問題。」

她目光一轉，掃過堆放著擺攤工具的角落時，若有所思的頓了一下。

「爹……您或者孫叔，還有認識其他的，嗯……那些過得不那麼好的，赤北軍的將士們嗎？」

這話有點不好措辭，鍾菱怕鍾大柱誤會，說得很快很急。「我是說，如果是擺攤的話，我還有其他幾個點子，但是我自己是沒有精力去擺了。如果可以的話，讓他們來做就再好不過了。」

鍾菱的反應，超乎了鍾大柱的意料。她不僅答應了，甚至願意幫更多的忙。

鍾大柱之前推開孫六，是因為他一直對當年決策的失誤耿耿於懷。他自認愧對這幫兄弟，甚至不願意治療手臂上的傷，用疼痛折磨自己，來緩解心裡的愧疚。

但是……鍾菱給出的幫助，實在是太誘人了。

他去過孫六的家，知道孫六過得清貧。雖然不清楚煎餅攤的具體收入，但是他給鍾菱送過裝錢的匣子，是相當有分量的。

鍾大柱掙扎了良久，才開口道：「多謝。」

「您不用跟我客氣的。」鍾菱擺擺手，起身準備回廚房。

阿旭依舊在揮舞著樹枝，鍾菱看了一會兒，笑著招呼他。「阿旭，一會兒停下來就進來，出了一身汗可吹不了風。」

「知道了！」

阿旭的體力比所有人想像得都要好，他一開始還有些不好意思，可是活動開了之後，反而越來越進入狀態了。

他頂著一頭大汗進了廚房，宋昭昭忙把他推到灶火邊，給他找了一塊帕子擦汗。

鍾菱正和韓師傅、周蕓一起研究桌上的菜。

高湯是照例每日都熬了的，韓師傅熬的高湯比鍾菱熬的要清透醇厚許多。

白瓷小盞盛著清湯，清湯之上，漂著一朵潔白的雲，綴在上面的兩點鮮紅枸杞，和一旁漂著的脆嫩青菜，色彩鮮明，讓這道看似清淡的菜，鮮活了許多。

鍾菱驚喜的脫口而出。「雞豆花?!」

這可是川蜀名菜，鍾菱從前只聽聞過名字，卻從未親眼見過，如今看見了，按捺不住心中的好奇和激動，一把就抄起了桌上的勺子。

雞豆花是按照人數做的，鍾菱挑了一盞，小心的舀起一塊「雲朵」，柔嫩細膩，就好像真的送了一團雲朵進口中一般。

雞豆花以「豆花」為名，樣貌和口感都像極了豆花，可實際上是雞肉做的，保留肉類鮮美的同時，浸泡在用三、五隻雞鴨熬出來的高湯裡，又吸收了湯汁的鮮美。

嚐一口，直教人覺得每一寸的肌膚毛孔都舒展開來，沐浴在雲端的水氣和陽光之下，感受到這鮮到極致的美味。

鍾菱捧著臉頰，品味著這回味無窮的醇厚鮮美，久久無法回神。

而韓師傅和周蕓，看也沒看這雞豆花一眼，他們圍著鍾菱剛從爐子裡端出來的，一個金燦燦、圓滾滾的酥餅，研究了許久。

「這是什麼？這是怎麼吃的？」

韓師傅拿著筷子，半天不知道怎麼下手，只得轉過頭來把沈浸在雞豆花裡的鍾菱喊醒。

「這就是那日的魚啊。」鍾菱放下勺子，轉身抽出一把小巧的、有弧度的刀來。

她俐落的在金黃酥脆的圓餅表面劃了一刀，然後將酥皮剝開，露出裡面的樣子。金燦之下，是白皙細嫩的一塊魚肉，隱藏其中的熱氣與香味爭先恐後的升騰，白瓷盤上的景象精巧而富有意境。

這靈感，其實來自於鍾菱曾經吃過的威靈頓牛排，當然她吃的是街頭平價版，使用酥皮來做菜，非常西式。

鍾菱是揉麵團的時候，突發奇想想要試試。她調整了口味和麵團的配方，並且多次嘗試了合適的火候之後，確保這魚能夠恰好熟透，並且保證鮮嫩。

本朝的廚師，應當是沒有見過這樣做法的菜。

韓師傅的表情有些不能控制，他拿起筷子挾了塊魚，閉上眼睛細細咀嚼，和上次一樣，入口依舊是那翻湧的海水。只是他越品，眉頭就皺得越深。

「不對，和上次比起來，香味更醇厚……」

雖然不知道上一次的味道是怎樣的，但是周芸的第二筷，伸向了金黃色的酥皮。

「松子，還有榛子的香味。」她點著頭道：「酥皮鎖住了石斑魚的鮮美，同時在烤製過程中，把豬油的香氣浸進魚裡。這個想法，非常妙。」

作為小食肆的掌櫃，鍾菱覺得自己總是要在菜單上擁有一道招牌菜的，要比櫻桃肉之類的高級才行。

鍾菱一開始想要去酥皮，只把魚端上桌，就像上次讓韓師傅品嚐的那樣。

但是周芸卻有不同的意見，她覺得這酥皮味道絕妙，外脆內軟。破開酥皮的過程，更應當是這道菜的一部分。

「從前一直覺得妳在胡鬧，沒想到妳居然真的做出東西來了。」韓師傅感嘆的搖搖頭，笑道：「妳這菜上了菜單啊，可是要壓我一頭啦。」

能得到韓師傅認可，鍾菱可算是鬆了口氣，她轉頭招呼大家來吃飯，一邊又詢問起這道菜的名字。

她迫不及待的要把菜名掛出去了。

周芸抿著嘴沈思了一會兒。「不如叫金鑲玉吧。這酥皮破開後，倒有幾分這意思。」

這名字一聽就高級，鍾菱非常滿意。她甚至顧不上吃飯，先去尋了小竹牌，把菜名寫上後掛了上去。

這頓飯，可謂是鮮美到了極致。

離下午開業的時間還早，韓姨要帶著周芸去買些東西，畢竟她沒從那渣男前夫家帶出來什麼，青月樓也沒有真情實意的給她置辦東西。有韓師傅和阿旭跟著，倒也教人放心。

鍾菱趕著宋昭昭回屋裡休息，轉頭就看見鍾大柱準備出門。四目相對，鍾菱眨眨眼睛，眼神中有幾分詢問之意。

鍾大柱輕咳了一聲。「妳的想法很好，我去孫六那裡問問。」

鍾菱點點頭，笑著擺手和他道別。

「我剛想了想，除了踏燕街，可以換一條街再擺一個煎餅攤，反正統一招牌就行了，目標食客並不重疊。反正如今朝廷鼓勵攤販經濟，只要他們願意，都能想出辦法有個攤位的。」

鍾菱覺得，自己好像加盟總店，雖然現在只有小食肆一家店面，但可以把「鍾記」的招牌，擺到京城各處去啊。

這是一件共贏的好事，也是鍾菱實現經營擴大和餵飽京城民眾的一個好機會。

但是鍾大柱不這麼看。

他望著有些出神的鍾菱，目光越發複雜。鍾菱的小食肆一開始只是她自己的願望，如今倒成了赤北軍的援助中心了。

鍾大柱嘆了口氣，朝著鍾菱點了點頭，轉身離開。

鍾菱什麼都不記得了，她這麼做，無非就是知道他這個當爹的心裡有心結。雖是半路得來的女兒，她能做到這一步，即使是認為自己鐵石心腸的鍾大柱，都有幾分動容。

鍾菱能為他做這些，他不能辜負她的好意才是。

於是當天晚上，鍾菱在後院裡看著爐火，在鍾大柱走過她身邊時，她突然意識到有什麼不對勁的地方。

她錯愕的瞪大了眼睛，聲音有幾分失控的高昂。「爹？」

鍾大柱回過頭來看她，目光平靜。他那不知道蓄了多久的鬍子，不見了蹤影。

鍾菱這才發現，鍾大柱的顏值，是被這鬍子給耽誤了啊！他已經很久不喝酒了，下頜不再浮腫，變得清晰硬朗。這兩個月沒有在山裡和田間接受風吹日曬，皮膚狀態也好了許多。沒有了鬍子的遮掩，看起來年輕了不知道多少歲，更再也看不見鍾菱一開始見到他時的狼狽落魄了。

鍾大柱語氣平常的道：「孫六說，等交代完田裡的事情，會過來的。還有其他幾個兄弟，還在聯繫著，若是他們願意，會過來的。」

「您……您為何……」

鍾大柱有些不自然的摸了摸下巴。「畢竟是要見故人，總得體面些，免得教他們和孫六一樣，乍一見面還認不出我來。」

他不能一直停留在原地。自從孫六告訴他，活下來的赤北軍將士比想像中多之後，他便一直有這個想法。

他一直對死去的兄弟們耿耿於懷，可是活著的兄弟們，比他想像中過得更差，更需要幫助。

孫六家在京郊的房子和他在赤北村的住所有得一拚，他的孩子蹣跚著，在泥地裡摔倒，又站起來，露出一圈沾著泥巴的腳踝——孩子的褲子短了，還沒裁新的。

鍾大柱覺得，人得往前看才是……就像鍾菱那樣。

鍾菱並不知道，她無意的幾句話和展現出的態度，悄然之間推動著鍾大柱朝前走去了。

剛剛宋昭昭告訴她，祁珩來了。

這個點，祁珩應該是剛下值。今天能這麼順利的把周蕓接回來，還得感謝祁珩才是。鍾菱烤了一盤金鑲玉，端去祁珩那桌。

祁珩端詳著面前豐盛的菜，輕笑了一聲。「幾日沒來，這菜單倒是高級許多。」

「經濟實惠的菜也還有呢，你想吃些什麼？」鍾菱也不見外，把金鑲玉擺上桌之後，給祁珩展示了一手劃酥皮。

今天晚上的金鑲玉，全是鍾菱親自上菜的。

看著食客驚訝得瞪大眼睛，驚嘆不止，鍾菱就非常有成就感。這菜成本偏高，尋常食客有些捨不得點，但只要有一桌點了，周圍人的目光便會不自覺的飄過去。

鍾菱這一晚上聽到了太多的讚嘆聲了，而祁珩表現出來的情緒比較低調內斂，已經無法取悅她了。

在祁珩還在打量金鑲玉的時候，鍾菱一把扯過椅子，在他對面坐下了。

祁珩來的這個時間點，店裡已經沒什麼客人了。鍾菱環顧了一圈四周，確定沒有人能聽見他們談話的聲音後，她兩隻手搭在桌邊，上半身朝前湊去，眼中迸發著光亮。

雖然刻意壓低了聲音，但依然壓不住語氣間的幸災樂禍。「所以陳王他還好嗎?!」

祁珩緩緩的抬起頭來，他眼尾微瞇，若有所思的反問道：「妳為何對陳王如此上心？」

——未完，待續，請看文創風1253《炊出好運道》2

追風時代

5/6(8:30)~5/17(23:59)

2024 週年慶

文娛魅力 不可抗劇

✦ 好書 75 折新登場

文創風 1255-1257 素禾《心有柒柒》全三冊

文創風 1258-1260 白梨《我們一家不炮灰》全三冊

✦ 經典重現價 50元 UP

75 折 文創風1212-1254

7折 文創風1167-1211

6折 文創風1070-1166

每本100元 文創風958-1069 (加蓋㊣)

每本50元 文創風001-957 (加蓋㊣)

用超值價購入曾經的美好吧☺~~

激安！任購大特惠（加蓋㊣）

任選 2 本 50 元 花蝶/采花/橘子說全系列（典心、樓雨晴除外）

任選 2 本 8 元 PUPPY/小情書全系列

週年慶 2024

素禾 著

溫馨色彩揮灑高手

5/7 出版

儘管年幼，卻比誰都更加堅忍不拔……
人生嘛，就是看誰能在惡劣的環境下奮戰不懈、尋找出路，
只要留著一口氣，定能等到撥雲見日的一天！

文創風 1255-1257《心有柒柒》全三冊

在「吃飽」跟「養一個來路不明又渾身是毛病」的人之間，
柒柒同時選擇了兩者，哪一邊都不打算落下。
先說啊，她可不是看上了慕羽崢過人的俊美外表，
而是深感亂世不易、生命可貴，何況她孤孤單單一個人，
就算他不是條可愛的小奶狗，多個家人也不錯嘛！
為了改善生活條件，柒柒典當母親的遺物、去醫館幹活賺錢，
然而慕羽崢此人的身分似乎有些蹊蹺，
先有追兵搜索，後有神秘的鄰居用心關照，
就在柒柒終於察覺到不對勁的時候，才發現……
她認了多年的「哥哥」，是傳說中手段狠辣的太子殿下！

白梨 著

手足齊心協力發家致富，
全家分工合作造生機

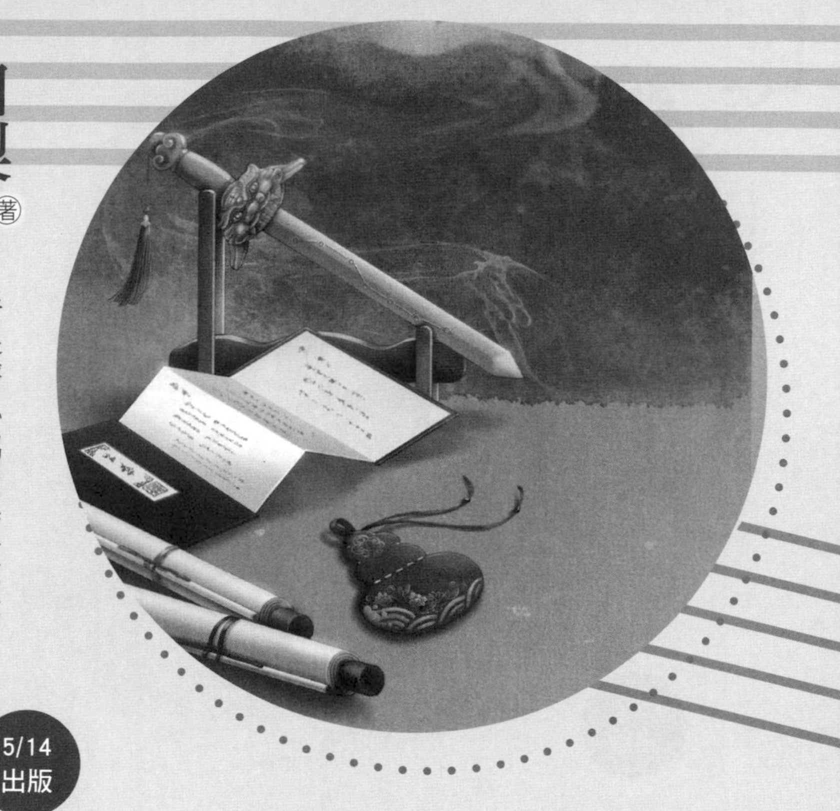

5/14 出版

穿成農村小丫頭，親爹受傷瘸腿，娘親越過越糊塗，
她只得自立自強為自家這一房打算，趁早分家免得被其他人拖累！
只是怎麼一切跟計畫的不一樣，各房還搶著照顧他們這一家?!

文創風 1258-1260《我們一家不炮灰》全三冊

明明是好好在睡覺，穿越這種事為什麼就輪到自己身上了？
穿成一個農村的六歲小丫頭就算了，偏偏親爹打獵傷了雙腿，
娘親懷著身孕又是個不濟事的，家裡還有一個任性無腦的極品奶奶；
最要命的是，她知道再過幾年，這一家子在故事裡就是炮灰配角，
再怎麼努力怕也是沒用，王晴嵐鬱悶得只想找死穿回去！
為了求生，她打算趁著爹爹受傷的情況，順勢提出分家，
但是……這個原本的極品奶奶怎麼不極品了?!
而且其他各房怎麼還搶著要照顧他們三房?!

登入狗屋HAPPY GO，買書抽獎夠哈皮

購書專屬抽好禮

參加辦法

活動期間內，只要在官網購書並成功付款，系統會發e-mail給您，並附上抽獎專用之流水編號，買一本就送一組，買十本就能抽十次，不須拆單，買越多中獎機率越大。

獎項

10名　紅利金 200元

3名　文創風 1261-1262《算是劫也是緣》全二冊

得獎公佈

6/5(三)於狗屋官網公佈得獎名單

週年慶 購書注意事項：

(1) 請於訂購後**三日內**完成付款，最後訂購於2024/5/19前完成付款才算有效訂單喔！
(2) 購書滿千元(含)以上免郵資。未滿千元部分：
郵資65元(2本以下郵資50元)／超商取貨70元(限7本以內)／宅配100元。
(3) 特賣書籍因出書時間較久，雖經擦拭、整理，仍有褪色或整飾痕跡，故難免不如新書亮麗。
除缺頁、倒裝外無法換書，因實在無書可換，但一定會優先提供書況較良好的書給大家。
若有個人原因需要換書，需自付來回郵資。
(4) 各書籍庫存不一，若遇缺書情形可選擇換書或退款。
(5) 歡迎海外讀者參與(郵資另計)，請上網訂購或是mail至love小姐信箱(love@doghouse.com.tw)詢問相關訊息。

狗屋有權修改優惠活動的實施權益及辦法。

為流浪貓狗加油 和貓寶貝 狗寶貝

廝守終生(一定要終生喔！)的幸福機會

對人來說，貓寶貝狗寶貝只是生活的一部分，但妳（你）對牠們來說，卻是生活的全部，領養前請一定要考慮清楚——

▲ 害羞的大眼睛女孩——布偶

性　　別：女生
品　　種：米克斯
年　　紀：6個月
個　　性：膽小、無攻擊性
健康狀況：已結紮，已施打一劑預防針，愛滋白血陰性
目前住所：台中市西屯區（中途之家）

本期資料來源：洪多多小姐

『布偶』的故事：

討喜的毛髮和毛色，氣質優雅，正是布偶貓的迷人之處。混到布偶貓血統的布偶，外型天生好，個性也好，而且混種貓還比純種貓更容易照顧。不過，各位貓奴們可先千萬別暴動，且再往下看……

布偶目前不親近人類，時常窩在愛媽家的天花板上活動，連吃飯喝水都避著人享用，一看見愛媽探頭探腦地想觀察牠，就會發出喵喵叫，似乎頗有種「登徒子別偷窺，黃花大閨女我未出嫁，不許亂瞄亂瞧」的莫名喜感，愛媽的拳拳愛女之心，尚待布偶回眸一笑啊！

如此嬌羞的小閨女，連照片都是剛來中途家需要關籠隔離一段時間才拍到的。若您就是偏愛家貓獨立來去的人士，願意與布偶簽下一生一世的契約，用耐心締結良緣，請在臉書搜尋洪小姐，或是加Line ID：dhn0131，高貴不貴的喵星人等您上門「娶」回家！

認養資格：

1. 認養人一旦認養，須負擔部分醫療費（延續救援用），
   並繳交半年期追蹤保證金，回報正常且確認無誤後，會歸還保證金。
2. 須同意簽認養寵物切結書。
3. 須同意送養人日後之追蹤探訪，對待布偶不離不棄。

來信請說明：

a. 個人基本資料：姓名、性別、年齡、家庭狀況、職業與經濟來源等。
b. 想認養布偶的理由。
c. 過去養寵物的經驗，及簡介一下您的飼養環境。
d. 若未來有結婚、懷孕、出國或搬家等計劃，將如何安置布偶？

love.doghouse.com.tw 狗屋誠心企劃

炊出好運道 1

國家圖書館出版品預行編目資料

炊出好運道 / 商季之著. --
初版. -- 臺北市 : 狗屋出版社有限公司, 2024.04
冊 ; 公分. --（文創風 ; 1252-1254）
ISBN 978-986-509-515-4（第1冊 : 平裝）. --

857.7　　113002394

著作者	商季之
編輯	黃暄尹
校對	沈毓萍
發行所	狗屋出版社有限公司
地址	台北市104中山區龍江路71巷15號1樓
電話	02-2776-5889～0
發行字號	局版台業字845號
法律顧問	蕭雄淋律師
總經銷	知遠文化事業有限公司
電話	02-2664-8800
初版	2024年4月
國際書碼	ISBN-13　978-986-509-515-4

本著作物由北京晉江原創網絡科技有限公司授權出版

定價290元

狗屋劃撥帳號：19001626

網址：love.doghouse.com.tw　E-mail：love@doghouse.com.tw

版權所有．翻印必究　倘有倒裝、缺頁、污損請寄回調換